기다렸던 먹잇감이 제 발로 왔구나

기다렸던 먹잇감이 제 발로 왔구나

제1판 1쇄 2022년 2월 23일

지은이   고호
펴낸이   이경재

펴낸곳   도서출판 델피노
등록   2016년 8월 11일 제2020-000082호
주소   서울시 양천구 신정중앙로 86, 덕산빌딩 6층
전화   070-8095-2425
팩스   0505-947-5494
이메일   delpinobooks@naver.com
ISBN   979-11-91459-17-3 (03810)

기다렸던 먹잇감이
제 발로 왔구나

고호 추리소설

 델피노

차 례

1장

공범자들

"세상에 방관자란 없어.
공범자는 있어도."

– 본문 중에서 –

1

말복 날에 관 짜고 싶으면 어디 한 번 또 기어와 이 새끼들아, 조금 전 롤에서 진 것 까지 보태지자 구두 앞코에 힘이 실렸다. 그래도 화딱지가 나던지 개업축하로 받은 장식용 수석을 집어 들자, 걸음아 나 살려라 서둘러 꽁무니를 빼버리는 부산파 졸개들. 강식은 놈들이 줄행랑을 친 쪽을 향해 걸쭉한 침을 뱉었다. 뭐라 더 구시렁대며 쾅, 하고 세게 닫는 바람에 철제 캐비닛 위에 올려둔 말라 죽은 난 화분이 미세하게 흔들렸다.

"형님!"

때마침 놈들과 교대하듯 헐레벌떡 컨테이너 안으로 뛰어 들어온 동욱. 반듯한 상고머리에 싸구려 머슬티를 입은 누가 봐도 똘마니 스타일. 풀리지 않은 분의 찌꺼기는 으레 그랬듯이 아군에게 향하기 마련이다.

"어딜 그렇게 싸돌아다녀?! 이 자식아!"

앞니로 아랫입술을 한껏 악물고 다그친 얼굴엔 여전히 분이 서렸다.

"아닌 게 아니라요, 형님! 방금 들어온 속봅니다!"

"뭐!!"

강식은 얼마 전, 홈쇼핑에서 주문한 신축성이 뛰어난 골프바지 양쪽을 살짝 집어 올리더니 일부분 가죽이 벗겨진 중역의자에 몸을 파묻었다. 마치 처음부터 리클라이너였던 것처럼 뒤로 한없이 넘어가는 의자. 동욱이 잽싸게 박카스 하나를 따 대령했다. 185센티미터에 거구인 강식은 그동안 헬스장에 끊어놓고 버려두다시피 한 정액권만 다 합쳐도 근 천만 원은 될 몸뚱아리를 자랑하듯 천장을 바라보며 몸을 젖혔다. 그럼에도 좀처럼 퍼지지 않고 오히려 높이 솟아오른 저 딴딴한 배하며 세 겹으로 겹친 턱하며 평소에 자기가 왕년에 중학교 씨름부였다고 떠들어대는 것만큼은 어쩌면 그의 유일한 진실일지도 모른다는 생각이 동욱의 뇌리를 스쳤다.

"방금 애들한테서 연락이 왔는데요, 고 계집애 잡아났답니다."

"누구?"

쌍절곤으로 양쪽 뒤통수를 지압하며 심드렁한 얼굴로 물었다.

"고 계집애 말입니다!"

스마트폰을 집어 책상 밑에 아무렇게나 널브러진 콘센트에 연결하려는 그의 등에 대고 동욱이 신이 나서 덧붙였다.

"애들한테 대기하라고 했습니다! 일단 고 계집애 기를 팍 죽여 놔야 될 텐데요?"

"야 임마! 세상에 계집애가 얼마나 많은데, 하고 많은 계집애 중에 고 계집애라고 하면... 아!"

"어떡할까요? 손 좀 보라고 할까요? 키킥."

그러자, 끙차하고 상체를 일으키던 강식의 벌건 얼굴이 일그러졌다. 한 템포 쉬고,

"그럼 내가 하랴? 하여간 빠져가지고. 내 밑에서 일하는 동안은 어떤 새끼도 월급 꽁으로 받을 생각 말어."

"그래도..."

"그래도 뭐 새끼야?"

"보통 물건이어야 말이죠."

그 말에 얼굴과 목덜미에 흥건한 땀을 닦던 강식의 손길이 멈췄다. 벽에 걸린 시곗바늘은 어느덧 오후 다섯 시를 가리키고 있었다. 강식은 하긴 그래, 라고 생각하며 골똘히 생각에라도 잠긴 듯 혓바닥으로 입안을 훑어댔다. 그러다 툭! 하고 세 시간 전에 점심으로 시켜 먹은 짜장면 면발 조각을 뱉어내더니,

"좋아. 일단 맛보기로 내가 갈 때까지만 겁만 살짝 주라고 해. 다금바리 뜨는데 면도칼이 웬 말이냐?"

"그럼 지금 출발할까요?"

"못 먹어도 고!"

기다렸다는 듯이 동욱이 구석에 세워놓은 칸막이 쪽을 향해 눈짓을 보내자, 아까부터 이쪽을 주시하고 있던 금발의 나타샤가 신이 나 차키를 던졌다. 포물선을 그으며 경쾌하게 날아오는 그것을 한 손에 캐치하고, 나이스!

컨테이너 사무실 밖에 주차된 연식 11년 된 중고 BMW 뒷좌석에 강식을 태운 동욱이 운전대를 잡았다. 시동을 걸고 출발하면서 자갈밭을 구르는 불쾌한 진동이 엉덩이까지 전해졌다.

"형님, 진짜 팔자 제대로 고치는 거 아닙니까, 이러다가? 아주 간 떨려 죽겠습니다."

"앞이나 봐. 여하튼 네 몫도 단단히 챙겨 줄 테니까 그런 줄 알아. 나타샤 쟤 빚도 갚고. 둘이 언제까지 월세방 전전할 건데? 사내자식이 가오가 있지."

그 말에 동욱의 가슴이 흥분과 설렘으로 간질거리기 시작했다. 자아 출발합니다, 하고 차는 어느새 길게 뻗은 국도로 접어들었다. 룸미러를 통해 힐끗 본 강식의 눈빛은 미처 읽지 못한 채.

한편, 길게 한 모금 빨아 마신 뒤 담배꽁초를 밖으로 휙 던진 그 눈빛엔 동욱과 다른 종류의 기쁨이 넘실거리고 있었다.

간다, 요 돈덩어리 년아.

2

K시 공업단지. B블럭 3롯트.

고속도로를 삼십 분을 내달려 도착한 곳은 회색 콘크리트 공장들이 지루하게 늘어선 공단이었다. 이곳에 변화의 바람이 불다 만 건 삼 년 전의 일이다. 안 그래도 공단에서 발생하는 매연 탓에 공기가 탁해지고, 주거환경도 낙후됨에 따라 집값도 떨어지자 원주민들의 반발이 갈수록 거세졌다. 그런 와중에 시장이 바뀌면서 스마트한 산업단지로 바꾸겠다며 물갈이를 시도했지만 결국, '대거 공장 이전'이라는 결과만 낳을 뿐 계획은 흐지부지. 시장이 뇌물 스캔들로 물러나는 바람에 정책이 중단된 것이다. 어쨌거나 이 자리에는 일제 강점기 때, 상공업 육성의 일환으로 세워진 공장들이 더러 문을 닫은 채 귀신의 집처럼 방치되어 있었다.

폐공장 한복판에서 가벼운 먼지바람을 일으키며 멈춰선 차에서 먼저 동욱이, 그다음엔 에스코트를 받으며 강식이 이어서 내렸다. 간신히 남은 한쪽 다리마저 빠져나오자 흔들리는 차체. 하아 족치기 딱 좋은 날씨네, 꾸물꾸물한 하늘을 노려보는 강식은 누런 가래침을 갈겼다. 며칠째 계속된 마른장마 탓에 하천 비린내가 훅 끼얹었다.

이윽고 빈 공장을 지키던 늙은 경비원 하나가 어슬렁거리며 다가와서는 꿰다 놓은 보릿자루마냥 영 떨어져나갈 기미가 보이지 않자, 동욱이 담뱃값이나 하라며 오만 원권 두 장을 앞섶에 찔러주었다. 그제야 음침하게 비굴한 경례를 하더니 알아서 사라진 경비. 하여간 다 늙어서 욕심은, 강식은 경멸스럽다는 듯이 혀를 찼다.

"여기냐?"

담배를 어금니에 물며 묻자,

"예, 형님."

하고 손으로 바람을 막으며 불을 붙인 동욱이 대답했다.

"건물이 왜 이따구야?"

"이게 아주 옛날에 지어진 건데 일본인 회사였답니다."

"그걸 어떻게 알아?"

"예전에 전역하고 잠깐 친구랑 요 근처에서 선반 쪽 아르바이트한 적 있었습니다. 여기가 무슨 회사였더라... 시바우라였나?"

"시바라? 이름 꼬라지하고는."

우중충한 콘크리트 건물 외벽 곳곳에는 담쟁이 넝쿨만 스산하게 흔들릴 뿐 인적을 느낄 수 없었고, 공장 정문 건너편으로 시원하게 뚫린 왕복 사차선 도로에는 오가는 차가 드물었다. 옆으론 쏟아져 나온 폐수가 흘러나오는 하천이 석양빛에 비쳐 불그죽죽했다. 막말로 뭔 일을 내도 목격자 찾는데 애먹이기 딱 좋은 곳이었다.

"그나저나 그 어린 계집애가 우리한텐 로또 아닙니까? 대박의 기운이 여기까지 풍기는데요, 형님!"

"설레발치긴 일러. 모든 대박은 확률게임이란 것도 몰라?"

"로또 1등은 아마 천 분의 일 정돈 되겠죠?"

"천만분의 일이다, 임마."

바닥에 던진 담배꽁초를 구두로 짓이기며 강식이 개기름으로 번들거리는 이마를 쓸어 넘겼다.

"그럼 우린 몇 프로나 승산이 있을까요?"

"오십 프로. 열어."

끼이이익ㅡ

녹슨 철문을 옆으로 힘껏 밀어젖히자, 잠시 후 까맣고 광활한 세상이 열리는 듯했다. 티끌만한 먼지들이 사선으로 비치는 빛줄기 속에서 나풀거렸다. 뚜벅 뚜벅 뚜벅... 공허한 대기 중에 두 사람의 발소리가 엇갈려 울렸다. 차츰 동공이 커지면서 내부 모습이 환해졌다. 그러자 저쪽 어디에서도 이쪽을 알아봤는지 한데 엉켜 울리는 굵직한 목소리들.

"오셨습니까, 형님!"

"어서 오십시오, 형님!"

구김이 많은 싸구려 양복을 위아래 빼입은 건장한 '어깨들'이 건들거리며 허리를 숙였다. 녀석들이 하나둘 홍해처럼 갈라지자 그 가운데의 '먹잇감'의 모습이 드러났다. 밧줄에 온몸을 꽁꽁 묶인 채, 입에는 웬 놈의 것인지 모를 양말 뭉텅이로 재갈이 물린 십 대 소녀. 여고생다운 검은 생머리에 아이돌처럼 예쁘장하게 생겼다. 살짝 교복 치맛단이 무릎 위 허벅지까지 올라간 채 비스듬히 앉아있는 자세에서 야릇한 정복감을 느꼈다. 허허, 고년 때깔부터 돈 냄새가 나네. 강식은 터질 것 같은 웃음을 애써 참으려 위아래 입술을 안으로 한껏 말아 넣으며 다가갔다. 그러자 시커먼 상어 떼가 부유하듯 느리적 느리적 옆으로 선 부하들이 그의 지시를 기다리며 일제히 공손하게 차렷 자세를 취했다.

'먹잇감'은 갑작스레 붙들려와 경황이 없었던지 다크써클이 내려와 있을 만큼 지친 기색이 역력했지만, 강식을 쏘아보는 두 눈동자는 냉랭하게 빛났다. 충분히 공포스럽고 위압적인 공기 속에서도 딴엔 자존심과 자신의 배경이 가진 우월감을 잊지 않기라도 하듯이.

가만 보자... 눈은 왕방울만한 게 지 엄마를 닮았고, 고속도로처럼 뻗은 팔다리도 지 엄마, 밀가루처럼 새하얀 피부도 지 엄마, 뭐 애빈 닮은 구석이 하나도 없네. 그래, 차라리 유전자 몰빵인 게 나을지도 모를 일이지. 왕년에 네 엄마가 얼마나 날렸는지 알긴 하냐? 강식은 근질거리는 입술을 씰룩거리며 90년대 하이틴스타 하미숙을 떠올렸다. 그녀는 한때 연예계 전체를 점령했던 막강한 매력의 소유자였다. 하지만 가만 생각해보면, 그녀의 이른 결혼으로 (정확히는 혼전임신) 보상받지 못해 아쉬움으로 점철된 애수는 아련한 상처로 남기보다는 어느 정도 추억으로 남은 채였고, 또 먼 시간을 돌아서 그 딸이 돈 덩어리 노릇을 해준다는 생각을 하면 추억을 뛰어넘어 복권에라도 당첨된 듯한 기분에 속으로 쾌재를 부르고 있었다. 하지만 뚫어질 듯 쏘아보는 '먹잇감'을 향해 어깨를 과하게 건들거리며,

"아이고 무서워라."

"지랄."

"어어? 눈깔 왜 그래?"

"꺼져."

"하− 요것 봐라. 지 엄마 닮아서 낯짝은 봐줄 만한데, 고 주둥이가 더럽네, 주둥이가."

하하하. '어깨들'의 가래 낀 웃음소리로 창고 안이 울려 퍼졌다. **'먹잇감'**은 자신의 턱을 잡고 이리저리 흔드는 강식의 손을 뿌리치며 아까보다 더 톡 쏘아붙였다. 그 뒤로 여고생 특유의 변성기 짙은 목소리에 온갖 욕설이 이어졌다

작게 한숨을 쉬며 일어난 강식의 무릎에서 딱 하고 소리가 났다. 이거 안 되겠네, 육중한 배를 지탱이라도 하듯 상체를 뒤로 젖히며 몸을 풀 듯 그 자리에서 몇 번 무심코 걷더니 눈 하나 깜짝 하지 않고

퍽!!!

아...!!!

예기치 못한 전개에 '어깨들'도 움찔했는지 낄낄거림이 사그라졌다. 본능적으로 몸을 새우처럼 잔뜩 웅크리는 **'먹잇감'**. 입인지 코인지 어딘가가 구둣발에 얻어터진 것이다. 고개 들어, 한 마디에 오르골 인형처럼 파르르 떨며 천천히 이쪽으로 돌리자 뺨에 달라붙은 머리칼 너머로 피가 배어나왔다. 다시 쭈그려 앉아 니코틴에 절은 냄새를 풍겨가며 아까와는 전혀 다른 강한 어조로,

"시간 없어 죽겠는데 똥인지 된장인지 분간도 못하고 짜증나게.

지금부터 이 아저씨가 하는 말 재깍재깍 알아들어, 언더스탠?"

뒤에서 부하 한 놈이 가져온 대포폰을 낚아채듯 받아 흔들며 말했다.

"지금부터 아저씨가 니 잘난 마덜한테 전활 때릴 거야. 그럼 너는 그냥 시키는 대로만 하면 돼요. 여기까지 알아먹어?"

"왜, 왜... 저, 저한테... 누구신데..."

"여기 적혀 있는 대로 옮기나 하셔, 잔소리 말고."

강식이 거친 손으로 하얗고 작은 턱을 쥐더니 좌우로 돌려보며 말했다. 조금 전과 달리 저항을 할 기미가 보이지 않자, 매가 약이었군! 하며 순조로운 전개를 예감했다.

– 여보세요? 초아야! 엄마야! 너 초, 초아 맞지? 여보세요...?!

어느새 스피커폰을 통해 한 여성의 다급한 음성이 창고 안을 울렸다. 목동맥까지 깊숙이 찔러오는 커터 칼날에 **'먹잇감'**의 턱이 반사적으로 한껏 치켜 들렸다. 그리고 눈앞까지 들이댄 메모지에 삐뚤삐뚤한 글씨를 보자 안색이 하얗게 질렸다.

엄마. 나 좀 살려줘.
당장 돈 오십억을 준비해. 어서.

3

부와와앙-

최대한 속도를 높여 달리는 평일의 강원도 해안가는 언제 와도 상쾌한 곳이다.

네에- 다음 뉴스입니다.

조금 전인 오후 5시경, 청담 모 노래방에서 인근 여고에 재학중인 학생이 실종됐다는 신고가 접수되었습니다.

경찰은 이에 따라 피해 학생의 신원을 파악하려 애쓰는 한편...

광고가 이어지자 그쯤에서 라디오를 껐다. 질겅질겅 껌을 씹으며 흥얼거리는 구봉은 길게 뻗은 해안도로를 달리던 중에 저만치 빨간 등대가 보이자 속도를 늦추고 왼편을 주시했다. 거기엔 각기 다른 횟집들이 죽 이어져 있는 식당가였는데, [신의주 수산]이라는 간판이 보이자 옆 차선을 흘긋하더니 대뜸 핸들을 꺾어 중앙선을 넘었다.

차에서 내리자 짜고 비릿한 바다 냄새가 덮쳤다. 코를 벌렁거리며 기지개를 한 번 쭉 펴더니 입에 담배 한 개비를 꼬나무는 구봉. 구름 한 점 없는 파란 하늘가에는 두 날개를 쭉 편 채 공중을 선회하는 갈매기 떼가 시선을 사로잡았다. 이따금 울리는 뱃고동 소리.

풍경 감상을 짧게 마치고 바로 옆에 마련된 벤치에 털썩하고 앉아 품에서 스마트폰을 꺼내 들었다. 가만있어 보자- 흥얼거리며 연락처를 뒤지던 그의 시선이 어딘가에 머물렀다. 몸은 퍼졌어도 뭐 얼굴은 그럭저럭 봐줄 만했지, 으흠... 깊이 빨아들인 담배 한 모금이 뿌연 연기로 나오기도 전에 통화 연결음이 끝나고 그토록 듣고 싶었던 여자 목소리가 들렸다.

- 예에. 누구심까?

예상보다 빨리 받자 쿨럭이며,

- 크흠! 향란이? 나야.

전화 건너편에선 누굴까 하고 생각하는 눈치던지 정적이 흐르다가 황급히 끊어 버렸다.

"아이 제기랄..."

다시 통화 버튼을 누르자 지루한 연결음 끝에 이내 맥이 빠진, 그러다 가시돋힌 목소리가 터져 나왔다.

- 와요?!

- 사람이 전활 했는데 끊어?

- 와 전화질이냐 이 말임다.

- 왜는. 잘 지내나 해서.

- 용건만 말하십쇼.

- 요새 뭐 하고 살아?

- 안 죽고 잘 살고 있으끼니 신경 끄십쇼.

- 일은?

- 구했슴다.

- 어디? 그때 그 부잣집 식모로 다시 들어간 거야?

– 거긴 관둔지가 언젠데요.

– 그럼 그 핸드폰 만드는 공장? 아 어디이.

– 와 자꾸 묻고 난리... 아, 식당이에요, 식당!

– 이야아... 식당? 재주도 좋네. 평양냉면 뭐 그런 거 파는 데야? 그나저나 오랜만에 우리 만나서 얘기 좀 해야지?

– 할 얘기 없슴다.

– 중요한 얘기야.

– 전화로 하십쇼.

– 왜 그렇게 까칠해? 엉?

그러다 옛날 버릇이 나온 구봉은 더 이상 못 베길 거란 생각으로 수사조로 다그쳤다.

– 너 바른대로 말해.

– 뭘요?

– 지난주 주말에 어디서 뭐 했어?

– 일일이 보고해야 됨까? 집에서 텔레비죤 봤지요.

– 또?

– 시장에 가고요. 그게 담다. 와요?

구봉은 담배꽁초를 구둣발로 짓이기며 뒤를 돌았다. 3층짜리 횟집 건물 위 옥탑방을 흘끗 쳐다봤다. 그러자 한 여자가 구봉과 눈이 마주치자 황급히 커튼 뒤로 모습을 감췄다. 때가 낀 손톱을 습관적으로 물어뜯자 거기서 짭조름한 염분기가 혀끝으로 전해져왔다. 지체할 시간이 없었다. 주변을 둘러보니 평일 오후인데도 관광객들로 보이는 사람들로 붐볐다. 좁아터진 땅에 뭔 놈의 인간들이 많아, 도움 안 되게. 구봉은 순발력 없는 머리를 원망하듯 벅벅 긁으며 말했다. 하지만 그 말도 뱉어놓고 바로 후회했다. 그토록 고리타분한 수법이라니.

– 시체가 나왔거든. 너 전에 일하던 공장 뒷산에서.

4

– 대체 나랑 무슨 상관이라고 자꾸 전화질임까?

시침은 어느덧 오후 다섯 시 오십 분을 가리키고 있었다.

아무리 숙식이 해결되는 식당이어도 지금 내려가야 하는 게 맞았지만 걸려온 전화가 그 발목을 붙잡고 말았다. 오래전 탈북해서 어엿한 식당 주인으로 자리 잡고 있는 리씨 할아버지는 같은 고향이라는 이유만으로 향란을 고용해준 고마운 사람이다. 그러나 설거지 찬모를 시작한 지 한 달이 되어가도록 툭하면 실수 연발인지라 평소보다 더 일찍 나서도 모자랄 판에.

010-5033-XXXX. 지금은 아니지만, 잠깐이나마 인연을 맺었던 탈북자 담당관의 전화는 함부로 무시해선 안 될 일이었다. 얼마 전 브로커를 통해 중국 비자를 허위 발급받으려다 발각된 이후로 감시가 붙어 더욱 그랬다. 커튼을 젖혀 밖을 내다보니 호리호리한

체격에 비열하게 생긴 김구봉이 하이에나처럼 어슬렁거리고 있었다. 그 인간은 하나원에서 알게 된 스무 살짜리 어린 여자애를 한밤중에 불러다 술 마시자고 꼬드기질 않나, 넘어지는 척하고 가슴을 만지질 않나, 그 외에도 미수에 그쳤지만 입에 담지도 못할 상스러운 일들이 한둘이 아닌 인간이었다. 신변 보호 담당으로 그 인간이 걸린 뒤 불쾌한 나날의 연속이었다. 그런데 여기까지 거머리같이 따라오기는.

— 바로 알고 말하십쇼. 더구나 내 여기 토박이도 아이고... 아 글쎄 모른다지 않아요?

두어 번의 한숨 끝에 벌컥 전화를 끊었다. 그러고도 한참 중고 휴대폰의 액정화면에서 떠날 줄 모르는 시선. 짧은 비웃음이 메마른 입가를 스쳤다.

살인사건? 구봉은 분명 그렇게 말했다. 전에 일하던 공장 앞에 작은 하천이 하나 흐르는데 거기서 푸대 자루에 쌓인 여성의 시신이 나왔다고 했다. 근처에서 하루 세 시간 쓰레기 줍는 일로 먹고사는 주민 센터 소속 노인봉사단들에 의해 발견되었다고. 허나, 부패 정도가 심각해서 신원을 확인할 수 없다는 것인데... 문제는 그다음 본론이었다. 경찰 쪽에서는 인근 주민들 중에 목격자를 찾는답시고 전화를 했지만 실은 의심이 갈 만한 사람들에게만 전화를 돌린 것 같았다. 한두 번이 아니다. 남조선에 온 뒤로 이러한 일은 비일비재했다. 거주지 금은방에서 일어난 절도사건, 밤길에 일어난 모 공장 직원 상해사건, 아침 출근길에 고층에서 던진 살림 집기에 유아가 맞아 구급차에 실려 가던 도중에 사망한 일까지 모든 사건사고의 용의선상에는 언제나 향란과 같은 탈북자가 있었다. 역시 낯선 땅에서 이방인은 배척 대상 일 순위라는 걸 체감해가는 과정 중 하나다. 하지만 오늘따라 짜증이 났다.

처음 식모로 들어간 부잣집은 주6일 하루 9시간씩 일했다. 하지만 탈북하면서 얼굴에 생긴 큰 흉터를 문제 삼은 그 집 여자는 나중에 어린애들 정서에 안 좋다나 어쨌다나 볼 적마다 걸고넘어졌다. 북한식 억양도 듣기 싫다고 핀잔주기 일쑤였고, 나중엔 음식 간 가지고도 일일이 타박이었다. 남한에 왔으면 남한식을 따르라고 주인 양반의 욕설도 끊이지 않았다. 때론 빨갱이라고 욕까지 했다. 그야말로 머슴 중의 상머슴. 그 집 딸이 그나마 나은 편이었는데, 그것도 잘해줬다기보다 엮이기 싫으니까 무관심으로 일관했다고 해야 맞다. 결국 짤리다시피했다. 물론 계약 기간 만료 전이기 때문에 퇴직금은 줄 수 없단다. 역시 얼만큼 사는 것들이 더 하다.

그 후로 다닌 핸드폰 생산 공장은 텃새에 못 이겨 그만둘 수밖에 없었다. 처음엔 북한에서 왔다고 단순히 깔보는 정도였는데, 나중에 북한에 아들을 두고 왔다고 하니 보는 눈초리가 180도 달라졌다. 더구나 그 아들이 걸음도 못 뗀 나이였다는 것이 알려졌을 때는 남조선 말로 소위 '왕따'를 당했다. 화장실에서 다른 아주머니들이 욕을 해댔다. 독한 년이라고. 지 한 몸 살겠다고 새끼도 버리고 온 년이라고. 뭐 하러 정부는 저런 탈북자들 뒤치다꺼리를 하는지 세금 아깝다며... 그이들의 등쌀에 못 이겨서가 아니다. 죄책감 때문에 그만둔 것이다. 틀린 말이 아니니까. 구구절절 옳은 소리만 해댔으니까.

그렇게 여기저기 떠돌아다녔다. 다시 직장을 구하기 위해 수소문했지만 북에 있을 때 익힌 고려의학은 여기선 무용지물이었다. 동향 사람도 없는 데다 증명할 길이 없어 아무도 인정해주지 않을 뿐더러, 다시 시험을 보라는데 북녘과 천양지차인 학업 과정을 따라갈 자신이 도무지 없었다. 무엇보다 의지를 상실했다고 해야 맞다. 친정 부모는 물론이요, 자식의 생사도 모르는데, 그 어떤 것도 동기부여가 되지 않았다. 자포자기의 심정으로 나중엔 그냥 아무 일이나 닥치는 대로 할 테니 시켜만 주시오ー하자, 담당 경찰관인 김구봉도 '그럼 그렇지, 제 까짓게 무슨 한의사'하는 눈초리였다. 개새끼 믿든 말든. 보안원 새끼들은 북이나 남이나 다 똑같단 말씀이야.

다시 얼굴에 분칠하는 손길에 힘이 실렸다. 퍽... 퍽... 아무리 파운데이션을 찍어 발라도 좀처럼 왼쪽 이마에서 시작해서 오른쪽 턱까지 죽 그어진 흉터가 덮어지지 않는다. 과거의 삶을 어떻게든 기억하라고 재촉하는 것처럼.

윙ー 윙ーーー

또다시 휴대폰 진동음이 게걸스럽게 울렸다. 뿌옇게 얼룩덜룩해진 액정 위엔 역시 낯선 번호, 아니 아까 그 번호가 찍혔다. 지문이 닳은 엄지로 신경질적으로 밀어서 받은 뒤, 벌컥 내질렀다.

ー 내 아니라지 않슴까? 생각을 해보시라 이 말이오! 목숨 걸고 자유의 땅에 와서리 납작 엎드려 살아도 모자랄 판에 뭐 하러 사람

을 죽인담까?!

– ......

– 이보시오! 김 선생! 내 출근 시간이 늦어서리 길게 통화...

– 아들 안 보고 싶어?!

순간 얼어붙은 향란. 화장대 거울 속 자신의 눈동자에서 눈을 떼지 못한 채 그대로 굳어버렸다.

– 네 남편 탈북하다 걸려서 죽은 건 알고 있어? 그거 말해주러 온 거야. 에휴. 어쩌냐? 북에 있을 때 시할머니에 시고모까지 죄다 병수발하며 모시고 살았다며? 이제 겨우 살 만한데 말이지. 고생은 고생대로 하고... 아 김정은이는 뭐했대? 열녀비도 안 세워주고? 아니지. 옛날이니까 김정일인가? 여보세요? 야 듣고 있어? 그건 그렇고, 알아보니까 네 아들 어디로 갔는지 행방불명이래네? 여보세요? 여보... 아, 사람이 말하는데 왜 대꾸가 없어? 우향란, 내가 진짜 인간적으로 한마디만 하자. 아, 언제까지 그렇게 살 거야?

이미 허공에 떠 있던 손에서 떨어진 분첩은 향란의 무릎에 뽀얀 흔적을 남겼다.

– 기게... 대체 어디서 들은 이야기요? 내, 내 뒷조사라도 했습까?

– 설마하니 대한민국 경찰이 없는 얘기 지어낼까 봐?

– 바른대로 말하시오. 우리 애가 어쩌고 어째요?

– 이제 좀 대화가 되겠는데?

– 날래 말하라!!

- 아 귀청 떨어지겠네. 여기 나 혼자만 온 게 아니야. 함경도 온정 집결소, 윤정애라고 말하면 알 거라는데?

- 정...애?

- 아, 기다려! 바꿔줄게.

전화 건너편에선 부스럭거리는 소리가 들렸다. 김구봉 혼자가 아니다! 일행이 더 있다! 이윽고 흐릿한 기억을 깨우는 귀에 익은 목소리가 들렸다. 여자였다.

- 언니!

순식간에 의식의 끈은 수년 전으로 날아갔다. 집결소 다섯 평짜리 작은 쪽감옥에 갇혀 온종일 잠도 자지 못한 채 서 있어야 하는 벌을 받을 때, 손에 손을 잡던 얼굴들. 아들을 기대했는데 딸이 태어났다고 아바디가 이름을 개같이 지어줬다는 계장련, 인민배우 림정애의 이름을 따서 지었다는 윤정애. 그 기나긴 형벌의 시간을 이겨내기 위해 저마다 중국에 가면 또 남조선에 가면 어떻게 살겠다ㅡ 뭘 먹고 싶다ㅡ 어떤 일을 하고 싶다ㅡ 송혜교를 꼭 만나고 싶다ㅡ 설운도를 만나고 싶다ㅡ 등등의 꿈에 부푼 말들을 주고받던 가여운 족속들. 어느 겨울 새벽. 탈옥을 감행하며 약속하기를, 만약 누구 하나 걸리더라도 배신하지 말자, 반드시 살아서 만나자, 그렇게 죽지 않고 같은 하늘 아래에서 만나게 된다면ㅡ

'언니 아들이 언니 닮았으면 참 인물이 잘났겠다.'

– 정애 맞아? 정말 정애가 맞다면 내 아들 이름 말해보라.

휴대폰에 바짝 대고 숨죽여 물었다. 만약 그때 함께 감옥에서 지냈던 '너'가 맞다면, 단번에 알아들을 것이다. 온몸의 신경이 왼쪽 귀에 쏠려 있는 와중에 무거운 허공을 두드리는 시계 초침 소리.

째깍 째깍 째깍...

거울 속 향란의 눈빛은 비장했다.

– 언니 아들 이름을 내가 왜 몰라.

'내가 남조선에 가게 되면 언니 아들부터 찾을게.'

전화 건너편에서 향란의 질문을 천천히 되짚는 듯 회상에 젖은 한숨이 흘러나왔다. 상대도 긴장하고 있음이 분명했다. 아니, 어쩌면 역시 울먹이고 있는지 모른다.

– 종성이. 리종성...!

5

연면적 6000평의 120개 호실로 공급되는 OO블레스파크!

세련되고 편안한 주거환경과 입주민 전용 브런치 가든까지!

럭셔리한 삶의 중심을 누릴 수 있는 절호의 기회!

"자아 어머님들! 질문 하나 드릴게요. 헤헤. 맹자네 엄마가 왜 멀쩡한 집 버리고 세 번씩이나 이사했을까요? 일타 강사 찾으러? 노우- 이삿짐센터 돈 벌어다 주려고? 아니죠. 바로 요 수질이죠, 수질."

재욱은 간이테이블 밑에 놓여 있는 생수 박스에서 한 병을 꺼내 들었다. 딱 하고 열어서 한 모금 마신다. 그리고 흐트러진 모습을 연출하며 작게 말하기를,

"왕년에 놀아볼 때 들어 본 단어죠, 수질? 우리 어머님들?"

까르르. 함박 입을 벌리고 앉은 사오십 명의 주부들은 모두 이곳 OO블레스파크 조합원 설명회에 참관한 고객들이었다. 운동으로 다져진 단단한 몸의 재욱은 슬림핏의 반팔 남방 너머로 가슴근육을 자랑하기라도 하듯 일부러 과한 액션을 취했다. 여자들은 드러내놓고 웃통을 까는 것보다 이렇게 섬세한 구석에서 섹시함을 느끼는 오묘한 동물이니까. 살색이 은근히 비치는 남방 한가운데를 가르는 블루 톤의 폴로 넥타이가 매력을 한층 풍겼다. 그것은 얼마 전 남편이 조만간 해외주재원으로 캐나다로 가야 할 것 같다며 이별을 고했던 애인의 마지막 선물이었다.

"사람이 살면서 중요한 게 주변 수질입니다. 자아 생각을 해보자고요. 돼지 오줌통이나 차면서 허송세월하는 동네 얼간이들하고 있어 봐야 자식 놈이 어떻게 크겠어요? 여자 뒤꽁무니나 쫓아다니고 욕이나 지껄이면서 허접하게 살기밖에 더 해요? 반대로 먹물 갖

고 노는 애들 속에서 부대끼며 살다 보면 아무래도 술을 마셔도 공자 왈 맹자 왈 한단 말이죠. 막말로 주사부터가 때깔이 다르다는 겁니다, 이런 걸 두고 수질이라고 합니다, 어머님들. 그렇게 수질이 바뀌면 애가 좀 발전도 되고 나름 목표도 높게 잡게 되겠죠? 대답 좀 해주세요, 우리 어머님들."

여기저기서 맞다는 호응이 쏟아져 나왔다. 모인 인원 중 절반은 거뜬히 넘어온 듯한 후끈한 현장 분위기는 마치 신흥종교 강연회를 연상케 했다.

"이왕 태어났으니까 그냥저냥 살자 하는 애들 속에서 자란 애들은요. 진짜 성공해봤자 거기서 거기에요. 그런데 웬만큼 한 따까리 한다는 집 애들 틈바구니에서 자란 애들은 달라요. 제가 직접 겪어봤는데요, 천지 차이라고요. 부모만큼은 아니더라도 못해도 부모 정도는 돼야 한다는 구체적인 고민을 하고 살거든요. 한마디로 말해서 역사와 미래를 대하는 사고의 스펙트럼이 넓어져요! 자 수질로 비교를 해볼까요? 전자가 개골창이면 후자는? 축령산 일급수 정도는 된다는 거죠. 우리 어머님들 다들 해외 나가보면 아시겠지만 경치는 우리나라도 스위스 못지않다는 거 다들 아시죠? 사람도 마찬가지에요. 수질만 잘 조성해주면 어지간한 아이비리그? 저리 가라에요. 그렇게 만들려면 어떻게 해야 되겠어요? 환경을 만들어주는 게 급선무입니다. 환.경."

화이트보드에 갈겨쓴 '환경'이라는 단어를 매직펜으로 강조하듯 수없이 동그라미를 쳤다. 어느새 1층 로비는 숙연한 분위기가 조성

되었다. 단순 관심에서 학습으로 분위기가 바뀐 것이다. 신이 난 재욱이 다시 입을 열기도 전에 맨 뒤에서 팔짱을 낀 채 시종일관 이쪽을 노려보던 여자가 끼어들었다.

"질문 있어요."

"하시죠!"

"물론 환경도 중요하지만 육아를 하는 부모의 자세나 공교육 시스템이 얼마나 영양가 있게 작동하는지가 더 중요하지 않을까요? 실장님께서 하신 말씀들을 들어보면 마치 부촌에 살면 부자가 될 수 있다는 것처럼 들려서 전혀 설득력이 없어 보이는데요?"

듣고 보니 또 그 말에도 일리가 있다며 좌중은 술렁이기 시작했다. 염병하네. 재욱이 다시 생수를 들이켰다. 남은 생수를 전부 마시기까지 4초. 그 안에 반박거리를 생각해내야 한다. 수수한 차림의 그녀였지만 하나하나 뜯어보면 서민들은 접하기도 힘든 고가의 브랜드라는 것을 재욱은 이미 눈치 채고 있었다. 게다가 눈빛도 호락호락하지 않다. 보통집 여자가 아니다 이거지.

"어머님 말씀도 일리가 있습니다. 그런데, 부모의 자세? 과연 부모가 어디까지 학습을 케어해 줄 수 있을까요? 결국 만만한 게 사교육입니다. 공교육 시스템? 이미 대한민국 공교육 무너진 건 이십 년도 더 됐어요."

"그야 사교육이 아이들을 점령하고 있기 때문이죠."

"아이들이 사교육을 더 신뢰하고 있는 건 아니고요?"

못마땅한 표정의 여자는 말이 없었다. 휴전이라도 하듯 재욱은 뭐라 뭐라 잔뜩 갈겨 쓰인 화이트보드를 지우기 위해 등을 돌렸다. 그 짧은 시간, 여자가 재차 치고 오기 전에 재욱은 또 다른 반박거리를 떠올리지 않으면 안 됐다.

"제가 왜 환경을 계속 강조할까요? 단지 교육 때문에? 물론 블레스파크 주변 인프라가 훌륭한 데엔 밀집된 학원가도 한몫 합니다. 그런데 그게 전부냐? 노우- 네버- 그렇지 않습니다. 그 두 번째 이유를 말씀드리기 전에 앞서 질문타임! 자 어머님들, 여기 예쁜 공주님이 있는 집 손 들어 볼까요?"

절반이 손을 들었다.

"이야 역시 딸이 최고구나. 아들 있는 사람 손 들라고 할 때보다 다들 표정들이 밝으시네요?"

까르르르. 일단 분위기 재장악에 성공. 흘긋 보아하니 문제의 깐깐한 여자는 손을 들지 않았다. 그 심뽀로 나중에 네 아들 장가보내기는 틀렸다. 그리고 두 손을 앞으로 깍지 끼며 착잡한 얼굴로 이어서 말했다.

"그런데 딸 키우기 무서운 세상이죠, 안 그래요? 하루가 멀게 사건사고가 끊이질 않아요. 아주 기사 클릭하기 무섭다니까요. 게다가 화도 나요. 범인이 잡히면 뭐 합니까? 솜방망이 처벌인데. 길어야 징역 2년, 아니면 다 집행유예로 풀려나요. 여러분들 그런 생각 해봤을 거예요. 판사 딸이 당해야 법이 바뀐다고. 그런데 말이죠. 제가 불편한 진실 하나 알려드릴까요? 애석하게도 판사 딸이 당해서 법이 확 바뀌는 그런 드라마틱한 일은 절대 벌어지지 않는다는 겁니다. 판사 딸이 당한다?? 그럼 그거야말로 불공평한 세상이거든요!"

분위기 포섭은 물론이고, 본론에 힘을 싣기 위해 꺼내든 자극적인 발언은 꽤 효과적이었다. 다들 자기네들끼리 중얼대며 그렇게 한동안 잡음이 이어졌다. 일부에서는 반박의 야유도 터져 나왔다. 워워- 조련하듯 두 손바닥을 부드럽게 흔들며 말했다.

"이유가 뭘까요? 아까 말했듯이 수질입니다. 수질. 판사 딸은 말입니다. 자기 부모가 사회적으로 갖는 지위, 그와 맞물린 학군, 교육시스템, 주변 인프라 등등에서 일상 전반을 보내며 삽니다. 그렇기 때문에 사회적 의식수준이 현저히 낮고 정부나 지자체의 도움으로 살아가며 늦게까지 자빠져 자다가 밤중 되면 사고나 치는 그런 범죄자들과는 생활반경이 정반대거든요. 즉, 삶의 기본 토양 자체가 180도 다르다는 겁니다. 그만큼 범죄자와 만날 확률이 반의반의 반의반으로! 줄어든다 이거죠. 그 토양 누가 만들었게요? 바로 판사가 자기 자식 주려고 만든 겁니다. 그런데 판사 딸이 당한다? 판사 입장에선 그거야말로 불공정한 거죠. 왜? 그런 일 안 당하게 하려고 기껏 조성해놓은 환경이니까."

멍청한 사람들이 쉽게 속아 넘어가는 게 아니다. 설득을 당하기 쉬운 사람이 속아 넘어간다. 흡사 메시아를 발견하기라도 하듯이 이미 재욱의 말에 매료된 주부들은 하나같이 큰 깨달음을 얻은 듯 하나같이 웅장한 얼굴을 하고 있었다.

"자아... 내 자식이 나중에 재벌이니 판검사니 꼭 되리란 보장 없습니다. 저 그렇게 될 거라고 떠들면서 여러분 속이기 싫어요. 그건 사기입니다, 사기. 하지만 적어도 내 자식이 안전한 치안의 테두리 안에서 제대로 된 인간 인프라에서 살게 하는 거, 그거 부모 몫이라고 꼭 말씀드리고 싶습니다. 이제 저출산 시대 아닙니까? 집집마다 자식이 많아야 둘이고, 대부분 하나라고요. 귀한 자식일수록 매를 드는 건 옛말입니다. 그러지 마세요. 쇠고랑 차요. 이제 귀한 자식일수록 최고의 환경을 만들어주는 게 21세기 부모의 미덕이에요, 어머님들. 범죄로부터 안전한 환경, 고품질의 인적 자원이 넘쳐나는 환경. 우리 자식들에게는 그런 환경을 물려주셔야지 않겠습니까? 내 자식이 훗날 누릴 수 있는 최소한 인생 수질 마지노선은 바로 여러분들이 정하는 겁니다. 언제? 바로 오늘! 어디서? 지금 여기서! 역전시킬 수 있습니다! 충분히 물려줄 수 있습니다! 꿈은 이루어집니다! 감사합니다!"

2, 3초 뒤 약속했다는 듯이 우레와 같은 박수가 터져 나오고, 눈 깜짝할 새에 거대한 인파가 우르르 몰려 들었다. 맨 앞에 쌓여 있던 'OO조합원 모집 팸플릿'은 순식간에 동이 났다.

"자자! 유럽의 감성을 담았습니다! 서울 고급 주택단지에만 납품되는 유럽의 프리미엄 욕실 브랜드 라인업으로..."

홍보물을 나눠 주는 직원들의 목소리를 뒤로하고, 인기 락밴드의 보컬처럼 인파 속을 헤치며 빌딩을 나선 재욱. 이미 코앞에 주차되어 있는 낡은 BMW에 올라탔다. 여름 저녁의 밤공기는 상쾌했다.

운전석에 앉은 동욱이 감자튀김을 먹던 손가락을 쭉쭉 빨며 말했다.

"이번엔 좀 건수 올릴 거 같냐?"

"내가 누구야?"

"그야 하나뿐인 내 동생이지."

"형이 봤어야 했는데, 아줌마들 자식 얘기 나오니까 눈 돌아가는 거."

2층짜리 가건물 외벽에 [OO블레스파크 주택홍보관 개관/조합원 모집]이라는 현수막을 비웃기라도 하듯 재욱이 말했다.

"엄마들의 제일 큰 약점은 역시 자식인건가."

동욱이 중얼거렸다

"우리 엄만 빼자."

그리고 아무렇지 않게 화제를 전환했는데, 이어진 내용은 시공사가 선정되기로 한 가을 전까지만 시청 측에 심어놓은 한패거리랑 작당하고 시장의 방문을 유도한다는 것이다. 원체 사람들은 의심이 많아서 큰돈을 내놓기 전에는 뭔가 공신력 있는 인물의 보증이 필요한데, 이번엔 시장이 그 희생양이었다. 적당히 통합뉴스, 조선경제 등 일간지에 기사 한 줄 내보내고, 첫 삽 좀 뜨는 척하다가 눈치껏 돈 들고 이륙하면 끝. 신나게 떠벌리는 재욱의 얼굴에는 이 일에 뛰어들어 실수 연발이던 처음과 달리 뻔뻔함으로 가득 차 있었다.

"아 형. 무슨 말 할지 아는데, 나 지금 이렇게 사는 거 완전 대만

족이거든?"

도롯가 차량 불빛에 붉게 그늘진 형 동욱의 얼굴을 보자 말을 미리 차단부터 하고 나섰다.

"그래도 명색이 한국대학까지 나와서... 아까우니까 그렇지, 임마. 좀 좋은 대학이냐."

"노량진에서 몇 년 썩었으면 됐어. 그 길은 내 길이 아닌 거야. 오히려 진로 잘 찾은 걸지도 몰라."

"하 돌겠네. 진짜 그렇게 생각하냐? 괜히 하는 소리 아니고?"

"당연하지. 막말로 공무원 월급으로 오억이라도 제대로 벌 수 있을 것 같아? 평생 안 먹고 안 써도 못 모을걸? 근데 봐봐. 작년 부산 타운 하우스랑 이번 블레스파크 건까지 해서 벌써 십오억 가까이 챙겼어. 그중 주식으로 이익 본 게 십팔 퍼센트고! 자고로 쌀과 돈은 불려야 제 맛이지. 거기다 이번에 맡은 건 어떻고? 완전 대박이야!"

"여튼 이번이 마지막이야. 너 이번 일만 성공하면..."

"알았어. 오케이. 학원 차릴게. 됐지?"

대한민국 평균 학력에도 못 미치는 동욱의 큰 자랑거리는 동생 재욱이었다. 이렇다 할 울타리 없이 어려서부터 서로 의지하며 기초생활수급자로 살아온 피붙이라 재욱은 생각만 해도 가슴이 먹먹해지는 존재로 애정이 각별했다. 게다가 남달리 총명해서 학창 시절부터 온갖 경시대회를 휩쓸고 다니던 녀석. 정작 본인은 보스 강식 밑에서 더러운 돈을 벌 지언정 동생만이라도 출세시키고 싶었는데... 그런 녀석이 번듯한 직장을 갖는 대신 '비즈니스'에 합류하게 된 데엔 동욱의 책임이 없지 않아 있었다. 그저 방학 때 아르바이트 삼아 한다는 것이 이렇게 밥벌이로 굳어버릴 줄이야. 양심의 가책 때문에라도 손을 떼게 해야 했다. 그러나 이미 큰돈을 맛 본 녀석의 뜻을 꺾기란 결코 쉽지 않았다. 강수를 놓을 필요가 있었다. 해서 얼마 전, 만취한 밤 무릎을 꿇고 말했다. 이번 '비즈니스'를 끝으로 손 씻고 남들처럼 착실하게 살아달라는 것이다. 형의 소원은 그거 하나라고. 씨알도 안 먹힐 얘기였지만, 적당히 둘은 강사 몇 명을 고용해서 학원을 운영하는 원장이 되는 것으로 합의를 보았다.

"어쨌거나. 형 우리 돈 받아서 뭐할까?"

"후우... 나는 떨려서 계산도 안 된다. 넌?"

"일단 포르쉐 하나 뽑고."

"집 안 사? 언제까지 월세 150씩 내고 살려고? 나더러 그 돈 내라고 하면 어휴."

"뭐 하러. 내가 형처럼 결혼할 여자가 있는 것도 아니고."

"돈이 많으면 좋은 점이 뭔지 아냐?"

"평생 일 안하고 놀아도 되지. 먹고 싶은 거 먹고, 하고 싶은 거 하고."

"제일 좋은 건 말이야. 싫은 사람은 쉽게 안 볼 수 있다는 거야. 좋아하는 사람하곤 헤어지지 않아도 되고."

"오– 명언인데?"

"......"

그러다 어느새 찢어지게 가난했던 어린 시절, 술주정뱅이 아버지에게 두 형제를 맡기고 버리고 간 엄마에 대한 향수로 번질까봐 재욱이 화제를 전환했다.

"그러니까 형! 형이나 송도에 아파트 한 채 떡하니 사두라고. 나타샤 누나도 좋아 죽을걸. 안 그래? 빨리 결혼식 올리고 살아. 난 형만 잘살면 돼. 뭐 조카는 옵션이고."

그 말에 동욱은 과연 나타샤도 같은 생각일지 고민이 들었다. 그녀에 대한 농도 짙은 사랑은 언제부터 집착이 되었을까? 생각은 꼬리에 꼬리를 물어 일주일 전, 빌라 화장실에서 있었던 일을 떠올렸다. 온 몸의 근육이 바짝 수축되어 숨도 제대로 쉴 수 없었던 그 날의 일. 대낮에 갑자기 들이닥쳐야 바람 현장을 잡을 수 있다고 코치한 전직 형사였던 김구봉은 팁이랍시고 멋대로 지껄였다.

"바람 피는 년들은 꼭 칫솔만 숨기면 다 되는 줄 안다니까? 아, 세면대에 떨어진 수염가루는 어쩔 거냐고? 크큭."

그 날 품고 자던 나타샤에게서 풍긴 남자 향수 냄새는 묻어두었던 살기를 돋웠다.

"그나저나 김 경사님은 강원도 간다더니 여태 소식이 없어?"

재욱이 흥얼거리며 말했다.

6

"정애야!"

"언니!"

무려 14년 만이었다.

길에서 봐도 몰라볼 만큼 아주 딴사람이 되어버린 정애는 함박
웃음을 지으며 두 팔을 벌렸다. 꼭 살아서 보자고 쪽방에서 별자리
를 보며 다짐하던 전우! 기합을 받던 중 잔가지에 긁혀 찢어진 누더
기 옷차림이 아니었다. 기껏해야 시장표 옷밖에 모르던 향란의 눈
에는 색색의 차림이 하나하나 고급으로 비쳤다. 미국 사람처럼 염
색하고 심지어 뽀글뽀글 볶은 머릿결에서는 좋은 향기가 났다. 블
라우스 주머니에 꽂은 선글라스하며, 짱짱하니 광택 나는 손가방하
며, 스마트폰 끝에 주렁주렁 달린 장식꾸러미까지. 모든 게 화려해
보였다. 심지어 길가의 화장품 가게 점원보다 더 세련된 얼굴을 하
고 있었다. 강냉이 밭에서 낟알이라도 주워 먹겠다고 땅바닥을 기
어 다니던 그때의 정애가 결.코. 아니었다. 아예 처음부터 남조선
사람이었던 것처럼. 아무도 정애가 탈북민이라고는 추호의 의심조
차 못 할 것 같은 세련된 모습.

"너 정애 맞니? 진짜 정애야?"

"그래! 보고도 모르겠어? 나 정애야. 윤정애."

"세상에...!"

향란은 갑작스런 해후에 어찌나 들떴는지 조금 전 구봉과의 불

쾌한 신경전이 있었던 일은 까맣게 잊은 듯 보였다. 그러다 한참 뒤에야 퍼뜩 본래의 이야기가 떠오르자 사색이 되어 물었다.

"긴데 김 선생은 어찌 아니?"

"아아 저 인간, 나 한국 처음 왔을 때부터 담당 경찰이었어."

"니 언제 왔는데?"

"2012년에. 언닌?"

"2017년..."

"그렇게나 늦게? 어디서 붙잡히기라도 했어?"

"경비가 좀 삼엄했어야지. 중간에 인신매매도 당했고... 그나저나 장련이는?"

"몰라. 내 몸 건사하기도 바쁜데, 도망치다 지 다리 부러진 것까지 어떻게 챙기냐고. 언니도 뭐 들은 거 없지?"

"수소문 해 봤는데 중국에서 공안에 잡혔단 얘기는 들었어."

"그럴 줄 알았어."

"안 죽었으면 언젠간 만나겠지. 그나저나 우리 아들이 행방불명 됐다지 않니. 미치겠다. 정말."

"꽃제비로 떠돌아다니는 것일 수도 있어. 그리고 어디 묶여 있는 것보단 오히려 그편이 나아. 찾기에도 수월하구."

"기래도..."

그때, 두 사람의 해후를 방해하지 않고 배려라도 하고 있다는 듯이 저만치서 담배를 태우던 구봉이 이쪽을 향해 기분 나쁜 미소를 지었다. 간이 안 좋은지 칙칙한 낯빛에 야비한 이목구비. 몰랐으면 몰랐을까, 평상시 탈북민을 등치고 다닌 그의 얼굴에는 그간의 삶의 이력이 화석처럼 굳어 있었다.

"그나저나 너 김 선생하고 무슨 사이니?"

낮은 목소리로 옆구리를 쿡 찌르며 물었다.

"무슨 사이라니? 에엥? 이 언니가 무슨 엉뚱한 상상을 하는 거야 증말. 나 사귀는 남자도 있어. 남한에 와서 일하다 만났어."

"그럼 다행이구. 저런 종자하고 엮여서 좋을 거 하나도 없지."

"말이라고. 아무튼 언니 이제 나랑 연락 계속하고 지내는 거야. 알았지?"

"당연하지."

시간이 얼마쯤 흘러 구봉과 정애는 [신의주 수산]에서 광어회 한 접시에 소주를 곁들이며 향란의 일이 끝날 때까지 기다리기로 했다. 식당 안은 무안하리만큼 손님이 없었다. 서빙하기 위해 미리 무빙 카트에 올려놓은 찬거리들이 출격하기만을 기다리며 지루하게 대기 중이었고, 침묵 속에 에어컨 바람 소리만 공허하게 울려 퍼졌다. 보통 때 같으면 선풍기만 틀 리노인이 구봉이 **경찰**이라는 말에 극도로 긴장한 것이었다. 연신 바람세기를 확인하기 위해 에어컨에 손을 갖다 댔다.

"사장님, 여기 한 병 더."

빈 소주병을 흔들며 웃는 구봉. 벌써 세 병째다. 아무리 말술이라지만 대낮부터 찾아와서 저 지랄이구나 싶은 향란은 얼굴이 다

화끈거렸다. 아무것도 모르는 리 노인은 높은 사람 불러다 매출을 올려 주는 게 고마웠던지 향란이 됐다는데도 소주 한 병을 서비스로 내가라며 등을 떠밀었다.

소주병을 툭! 하고 구봉 앞에 퉁명스레 내려놓았다. 걸리적거리게 하지 말고 그만 좀 가줬으면 싶었지만, 구봉은 아랑곳하지 않았다. 도리어 속을 긁기라도 하듯 젓가락으로 집어 든 개불을 미리 마중 나온 혓바닥으로 탐욕스럽게 감아 넘겼다. 정애가 말했다.

"언니도 이리와 앉아."

"디금 일하는 중이라서..."

그러자 아까부터 이쪽을 쭉 주시하고 있었던지 리 노인이 카운터 앞에서 여래상 같은 미소를 지으며 고개를 끄덕였다. 그럴수록 갑작스레 들이닥친 김구봉에 대한 분노는 높아져 갔다. 사람이 죽었다고 거짓말을 해가며 끈덕지게 찾아오질 않나, 거기다 말도 없이 멋대로 정애까지 데려와서는.

"정애만 바래다주고 갈 일이지. 김 선생은 뭐 볼 일 있다고 여까지 찾아옵니까?"

"서운하게 진짜 이러기야? 코로나19 때문에 장사도 안 되는데, 같은 동포끼리 돕고 살아야지. 자자 한 잔 마셔."

상황도 권태로우거니와 아까부터 뇌리를 떠나지 않은 아들 생각에 에라 모르겠다, 한 잔을 단숨에 털어 내는 향란. 그 수심 가득한 낯을 슬쩍 훔쳐보던 구봉이 입가를 훔치며 천연덕스럽게 한탄을 쏟아냈다.

"아효... 을마나 속이 상하겠어. 말 안 해도 내가 다 알지."

"아는 체 하지 마십쇼."

"아 과부 사정을 홀아비가 모르면 누가 아나?"

하면서 더러운 손을 슬금슬금 손등 위로 뻗어오자 찰싹하고 쳐내렸다.

"서방은 마누라 따라 탈북하다 붙잡혀 죽어, 세상천지 하나뿐인 자식새낀 살았는지 죽었는지 어디 가 붙어있는지도 몰라, 염병 혼자 한국 땅에 와서 아등바등 사는데 이젠 희망도 없어, 어디 맨 정신으로 살겠냐 이 말이야. 에이 시발, 북한 그 돼지새낀 언제 뒤지나 몰라."

그러고 야무지게 또 한 잔 털어내는 구봉. 그러면서 희번덕허니 곁눈으로 향란을 훔쳐보는 것을 잊지 않았다.

"참나. 김정은이 앞에 가서 직접 말해보시지 그래요."

빈정거리는 말투로 향란이 말했다.

"안 그래도 전쟁 나면 진짜 실미도 투 찍을 거야 내가. 그나저나 말이야. 너무 낙담할 거 없어. 내가 향란이보다 십 년은 더 살아보니까 알겠는게 뭐냐면. 하늘이 무너져도 솟아날 구녕은 있더라고. 진짜야."

구녕 좋아하네. 저 먼 바다 한가운데를 끼룩끼룩 날아가는 갈매기 떼를 한참 바라보던 향란은 이번엔 제 손으로 잔을 채웠다. 잘 닦은 투명 통창에 정애에게 눈을 찡긋거리는 구봉의 모습이 비쳤다. 구봉은 선언하듯 젓가락을 탁 놓더니,

"우향란! 아들 데려오자!"

"참나..."

"어어? 안 믿어? 내가 여태 하는 말 뭘로 들었어? 하늘이 무너져도 솟아난다니깐?"

"아, 위로만 골백번 솟음 뭐해요? 옆으로 가는 길이 막혔는데. 그리고 나요, 이제 그런 뜬구름 잡는 소리에 괜히 기대하는 것도 아주 이력이 났어요. 머리 아프다고요. 다 잡쉈음 가보시요 쫌. 나 일해야 돼요."

"내가 윤정애 요거 왜 데려왔을 것 같애?"

"......"

그 말에 정애에게 시선을 옮기자 정애는 향란과 눈을 마주치지 않고 쌈 채소 위에 회 한 점을 올리며 말이 없었다. 잠시 말을 곱씹어보니 그래, 분명히 온 목적이 있을 것이다. 그렇게 평소에 북에 두고 온 가족들을 찾을 수 있게 도와달라고 사정했을 땐 권한 밖이라고 들은 척도 안 하더니, 북한의 남편과 아들 소식도 알아내고 거기다 느닷없이 감방동지였던 정애를 달고 온 걸 보면 필히 꿍꿍이가 있을 것이다. 처음 한국살이를 했을 때 과한 친절을 베푼 이면에는 향란을 어떻게 해보려는 수작이 숨어 있었듯이. 정애도 그렇다. 이런 인간과 어울릴 아이가 아닌데. 향란은 앞에 앉은 두 사람을 심각한 눈빛으로 번갈아 보더니 천천히 자리에 다시 앉았다. 그리고 뱃속에서부터 끌어온 숨을 길게 뱉으며 낮은 음성으로 말했다.

"내 질질 끄는 성미는 못되니, 딱 이야기합시다. 여까지 날 찾아온 이유가 뭐에요?"

"화끈한 건 알아줘야 해."

그리곤, 옆에 앉은 정애와 모종의 눈짓을 주고받더니 구봉이 입을 열었다. 아까와는 달리 딴엔 진중한 눈빛이었다.

"일거리가 하나 있어."

"여기서 나 일하는 거 안보임까?"

"식당 설거지나 해서 어느 천 년에 돈 벌 건데?"

"……"

"크게 한 몫 챙겨야지. 참고로 이 일에 못 껴서 안달 난 인간들 많아. 근데 내가 향란이한테만 특별히 스카웃 제의하러 온 거야, 옛정을 생각해서."

"옛정 좋아하네. 게다가 김 선생은 경찰이잖아요? 딴 주머니라도 챙기겠다, 이겸까?"

그러자 정애가 목에 손날을 흔들며, "짤렸대."

"가지가지 하는구먼요."

"내 발로 나왔어. 여하튼 우리랑 일할 거야 말 거야?"

"우리?"

그러자 옆통수를 까딱거리는 구봉. 정애가 배시시 하고 준비된 웃음을 지었다. 향란이 정애에게 곡절을 따져 물을 새도 없이 구봉이 물었다.

"고향이 개마고원 이랬나?"

"예." 하고 도움이 될까 다시 덧붙이기를, "정확히는 함경남도

갑산군이에요."

"시력 하난 끝내주겠네."

"이래봬도 양쪽 다 이쩜영임다. 멀리서도 공안은 귀신같이 알아봤다구요."

"젊었을 때 군 생활도 했다며?"

"군 생활이요? 아아! 돌격대 말하는가 본데 기게 군대는 아니고... 하여간 뭐 그렇다 치고요. 기게 와요?"

"음... 몸 쓰는 건 도가 텄을테고... 이 일을 하려면 체력도 바쳐줘야 되거든. 아참! 거기다 한의사였다고 했었지?"

"안 믿을 땐 언제구. 누구 말대로 북에서 뭘 하든 여기선 식당 뒤치다꺼리나 하고 있잖습까."

"뒤끝은... 그럼 침술도 배웠어? 한의사였다니까?"

"예... 아 근데, 진짜. 지금 나 신문하러 왔습까? 이딴 건 국정원 양반들 앞에서 골백번도 넘게 말한 거예요. 도대체 뭐가 궁금한 거예요? 일 하잠서요? 뭔 일을 하겠단..."

"독침도 놔 봤겠네?"

손부채질을 하던 향란의 모든 동작이 멈춰버렸다. 옆에서 야무지게 먹어대던 정애도 그 순간만큼은 향란의 안색만 살폈다. 정지화면처럼 미동도 없는 그 장면에서 움직이는 것이라곤 철썩이는 짙푸른 파도뿐이었다. 어느덧 밀물 시간인 것이다.

누가 들을까 상체를 납작 숙이고 속삭였다.

"김 선생 미쳤어요?"

"이럴 땐 얼마 줄 거냐고 물어보는 거야."

향란은 벌어진 입을 다물지 못했다. 형사질을 때려치우고, 아니 쫓겨나다시피 한 뒤로 어디서 굴러 먹는진 몰라도 딱 보니 갈 데까지 간 건 분명했다. 어떻게 하면 여자를 후릴까, 어떻게 하면 남 등쳐먹을까 그 궁리만 하는 인간인 줄 알았건만, 지금 보니 향란이 생각했던 것보다 김구봉 이 자는 인간 말종일지도 모른다. 실소를 터뜨리며 이번엔 술이 아니라 가득 따른 물 한 잔을 벌컥 들이켰다. 그리고 작심하듯 말했다.

"나 우습게보지 말아요. 북에 있을 때 말이지요. 안 해 본 게 없다고요. 도둑질부터 해서 비법월경은 뭐 밥 먹듯이 했구 탈옥에... 돈 떼먹은 브로커 맥살잡이에... 어디 이뿐인가? 한겨울엔 나 살았다고 죽은 시신서 속옷까지 뱃겨본 사람임다 내가. 왜 그랬는 줄 알아요? 살고 싶어서요. 인간답게 살아보구 싶어서. 지옥이 따로 없었어요. 긴데도 내래 절대 하지 않은 한 가지가 뭔 줄 알기나 해요?? 아냐고요?!"

이마에 분노의 정맥이 솟아 벌겋게 달아오른 향란과 달리 구봉은 툭 튀어나온 잡초 같은 눈썹을 씰룩이며 지그시 미소를 짓고 있었다. 본능적으로 이미 자기가 원하는 방향으로 결말이 날 것을 직감하는 태도였다. 그 말도 안 되는 여유에 향란은 말을 잃었다.

안 되겠는지 정애가 끼어들었다.

"언니 내 말 좀 들어봐."

"됐어! 너도 똑같아! 못된 에미나이 같으니라구... 이만 인간하고 붙어서 대체 뭔 짓거리를 하고 다니는 거야? 부모형제 버리고 왔으면 보란 듯이 살아야지! 이게 뭐야?"

"내가 오자고 했어. 언니가 이 일에 제격이라고."

"생각해 준 건 고마운데, 기냥 가주라. 너 이렇게 변해있을 줄 몰랐다 정말."

"언니 아들 데려와야지? 언제까지 헤어져 있을래? 애가 엄마 얼굴도 까먹었겠다."

자리를 털고 일어나려던 향란의 이성의 끈이 무너져버린 것은 결국 자식이란 존재 앞이었다. 다시 만날 그날을 위해 꾹꾹 눌러 담고 살면 기어이 쿡쿡 찌르고 마는 낭중지추. 정곡으로 찔린 향란에게 이때다 싶은 정애가 몰아붙였다.

"부잣집서 식모살이하더니, 그만둘 땐 퇴직금도 못 받았다며? 공장에서 일 한 건 사기 당해서 다 날렸구? 그거 아직도 못 찾았지? 뜯겼지?"

"알아서 해."

"어떻게 알아서 할 건데? 어느 세월에 또 오천만 원을 벌어? 아들 생각은 안 해?"

"왜 안 하갔니? 자나 깨나 앉으나 서나 난 우리 아들 생각뿐이야! 너도 알잖니?"

"알다마다! 그럼 찾아와야지! 돈 벌어야지!"

"하지만...!"

그때, 마치 이 언쟁에서 줄곧 제3자였던 마냥 구봉이 손을 들어

제지하고 나섰다. 언제 처먹었는지 우물거리는 입안에서는 알싸한 알콜과 쌈장 냄새가 쓰레기처럼 섞여 풍겼다. 그리고 단단히 설득할 모양으로 양반다리를 고쳐 앉았다. 다행히 리 노인은 인근 시장에 발주 넣은 채소를 확인하고 값을 치르느라 줄곧 주방에서 나올 줄 몰랐다.

"어이 향란이. 내가 밑천 다 꿰고 있는데 괜히 우리 사이에 거짓말하지 말자, 소득도 없이. 한국 와서 얼마나 모았어? 사천? 오천? 그마저도 여기저기 뜯기고 한 푼도 없지?"

"……"

"요새 뉴스도 안 봐? 정권 교체되고 나서부턴 남북관계 개막장인거. 중국 애들이 북한하고 싸바싸바해서 탈북자들 눈에 띄면 짤없이 싹 다 북한으로 보내잖아, 나중에 지들 골치 아플까봐. 근데 지금은 오죽하겠어? 이 와중에 브로커들이 미쳤냐고? 꼴랑 몇 푼에 목숨 걸게? 푼돈으로 가족 데려올 수 있는 시대는 이젠 사요나라야. 북한에서 살다 와서 아직 감이 제대로 안 잡혔나 본데 이 엿같은 자본주의 사회에서는 말이지 자고로 불경기일수록 물가가 염병 드럽게 올라요, 알아? 내가 왜 옷 벗고 나왔는데? 명절에 꼴랑만 몇천 원 수당 받는 게 드럽고 치사해서야. 시간은 황금이에요 황금. 근데 내가 김밥천국에서 돈까스 정식 시키면 담배 살 돈도 안되는 거 벌겠다고 그렇게 아등바등 살아야겠냐? 하물며, 애 데려오는데 오천? 오천 같은 소리 하네. 일억 아닌 게 다행이다. 그 돈 있어? 아, 있냐고?"

있을 리가 있나. 얼마 전에 사기 당했던 돈도 꼬박 삼 년을 안 먹고 안 입어서 모은 돈이었다. 공장에서 유일하게 편들어주던 언니가 코인인가 뭔가에 넣으면 다섯 배는 불려 준다길래 가입했던 예금까지 해지해서 믿고 넘긴 돈이었는데... 전화를 걸 때마다 불통, 급기야 없는 번호라는 안내 음성에 희망이 산산이 부서졌다. 과연 생전에 멀쩡히 목숨이 붙어있는 자식을 볼 수 있을지에 대한 절망이 하루하루 목을 죄어왔다.

이제 클라이막스를 정돈할 차례다. 와이셔츠 주머니에서 담배를 꺼내 문 구봉이 불을 붙이며 고민할 수 있는 한 텀을 내어주었다. 그들 사이로 담배 연기가 조용히 피어오르고, 옆에 앉은 정애는 맹추같이 고개만 끄덕이며 콘 옥수수를 바닥째 벅벅 긁어먹고 있었다. 이 두 사람이 처음부터 작당을 하고 찾아왔구나 하는 생각에 괘씸했지만, 이상하리만큼 구봉의 말은 설득력이 있었다.

"나중에 알게 되겠지만, 일단 미리 말해두는 거야. 내가 누구랑 비즈니스를 같이 하고 있는데, 이번에 하청을 좀 받은 게 있어. 간단해. 사람 하나 처리하면 돼."

"그렇다고 어째 독침을...!"

"목소리 낮춰. 누가 바로 냅다 꽂으래? 만약을 위해서 물어본 거니까 벌써 겁먹을 거 없어. 하여간 재주가 요긴하게 쓰일 거라는 것만 알아둬."

"기게 기거지요. 누군딘 몰라도 대체 그 인간은 와 지가 안 하고 남을 부리는데요?"

"지 손 더럽히기 싫다 이거지. 대신 우린 그 대가로 돈을 받는 거야. 그럼 됐잖아? 서로 쌤쌤이라고."

"누구 누구 하는데요?"

향란이 관심을 보여 오자, 신이 난 구봉이 애써 침착함을 유지하고 대답했다.

"일단 지금 모인 인원이 네 명. 뭐 향란이가 들어온다고 하면 다섯 명이 되겠지. 보수는 걱정 마. 공평하게 머릿수대로 나눌 거야. 다섯 명이니까 못해도 인당 떨어지는 게..."

구봉이 앞으로 상체를 기울였다. 그의 입에서 뿌연 연기가 신기루처럼 피어올랐다. 그리고 작은 목소리로,

"십억."

7

쌩쌩 달리는 차 소리가 창문을 올리자 고막으로부터 차츰 멀어져갔다. 고속도로 진입로에 들어서면서 내내 말이 없던 세 사람. 향란은 차창 밖으로 불안한 시선을 던졌다. 다른 차들은 하나도 보이지 않고, 깜깜한 야산만 보였다. 스산한 분위기에 불길해진 향란이 휴대폰 액정화면을 보니 통화권역 이탈이라고 떴다.

"김 선생, 우리 지금 어디로 가는 거예요?"

구봉은 말이 없었다. 뒷자리를 돌아보니 정애가 울먹이고 있었다. 불안한 감정은 금세 폭발해 버렸다.

"아, 어디로 데려가냔 말이에요!"

정면의 도로 푯말에 두 눈이 크게 벌어졌다.

[⬆개성 Gaeseong / 남북출입사무소]

차 세우라!!!하고 향란이 있는 힘껏 소리치며 핸들을 잡은 구봉의 어깨를 쥐고 흔들었다.

"아이 깜짝이야. 놀랬네."

구봉이 보조석에 앉아있는 향란을 힐끔거리며 타박했다.

"뭔 잠꼬대를 그렇게 해?"

꿈이었다.

어느새 차창밖에는 쏴아아- 하고 하얀 장대비가 을씨년스럽게 내리고 있었다. 옆 차선을 달리는 차들 바퀴에서 물보라가 살벌하게 일어나는 고속도로 한복판. 한국에 온 지 수 년이 흘렀다. 제법 새로운 환경에 익숙해졌고 지난 고통에서 벗어나는가 싶었는데 왜 하필 악몽을 꾼 걸까. 그것도 마지막 구명줄인 '비즈니스'를 하러 가는 차 안에서.

"아들?"

향란의 두 손에 꼭 쥔 스마트폰 배경화면을 힐긋 보던 구봉이 물었다.

"예."

한참 뒤에야 잠긴 목소리로 대답했다.

"이야 잘 생겼네."

"......"

"누구 닮은 거야? 남편? 반반인가?"

"......"

"몇 살?"

"열... 다섯 살임다."

"열다... 열다섯 살??"

구봉이 휘둥그레진 눈으로 향란과 스마트폰을 번갈아 힐끗거렸지만, 더 묻지 않았다. 향란은 배경화면 속 포대기에 싸인 갓난쟁이 아들의 얼굴을 가만 내려다보았다. 몇 초 후 화면이 꺼지자, 대각선의 긴 흉터를 간직한 우울한 얼굴이 비쳤다. '잘 선택한 거겠지. 잘한 걸 거야.' 하고 스스로를 타일렀다. 문득, 리노인에게 한 달만 어디 좀 갔다 오겠노라고 말하던 게 생각났다. 까마득한 오래전 같지만 불과 두 시간 전의 일이었다. 리노인은 헤어지는 것이 아쉬운 듯 다소 실망한 기색이 역력했지만 흔쾌히 다녀오라고 허락해주었다. 그런데 어째서 시름에 잠긴 그 얼굴이 마음에 남는가. 문득 아버지가 고난의 행군 때 굶어 죽지 않고 살아계셨다면 리노인 같지 않을까 하는 생각에 새삼 서글픔이 밀려왔다. 지옥 같았던 내 고향, 내 고국을 등지고 떠나올 때도 이런 기분은 아니었다.

"우리 향란이가 의기투합하기로 한 기쁜 날인데, 뭔 비가 이렇게 내려."

"나는 그냥 한의사로서 그 애 지키면 된다고 했죠?"

"뭘 지켜. 환자도 아니고. 감시지 감시. 나중엔 향란이도 뭔가 액션을 취해야 할 거야. 물론 그건 일 진행되는 거 봐서 차차 정해질 거니까 벌써부터 겁먹지 말고."

"진짜로 독침을 놓는 것도 아니람서요? 나는 그냥 감시만 하고 잘 보고만 있으면 되는 줄 알았어요."

"에헤이, 이렇게 순진해서야 원. 이봐, 향란이. 세상에 방관자란 없어. 공범자는 있어도."

공.범.

"정애야 너도 사정 내막 다 알고 있는 거니?"

"얼추."

뒷좌석에서 스마트폰 삼매경이던 정애가 고개를 들었다. 그리고 룸미러 속 구봉과 눈을 마주치더니 뭐라도 타진하는 듯 이리저리 눈동자를 굴렸다. 그들만의 시그널이라는 걸 알아챘을까? 향란이 더 파고들었다.

"너는 무슨 역할인데?"

"딱히 없어."

"무슨 말이 그러니. 그럼 빠지는 거야?"

"빠지긴. 나도 같은 팀이야. 딱 뭘 해야겠다– 이런 건 없지만 같이 움직일 거라고. 탈북하고 온 다음부터 같이 동고동락하며 일하던 사람들이라 한 식구나 마찬가지거든. 아참, 그보다 언니."

향란이 뭐라 더 묻기도 전에 정애가 앞으로 상체를 내밀었다. 아무리 봐도 미국놈 마냥 물들인 머리는 적응이 되지 않았다. 처음 봤을 땐 마냥 곱고 신기했던 꼬불머리가 왜인지 낯설고 불안하게 다가왔다.

"여기서 나 정애 아니야. 어디서 점을 봤는데, 이름을 바꿔야 재물이 팍팍 들어온대. 그니까 적어도 일할 때만이라도 가명으로 불러줘."

"가명?"

"나타샤. 다들 날 그렇게 불러."

8

7월 30일. 납치 이튿날 오전.

"퍼뜩 찾아내라카이!!"

땡그랑!

날아든 재떨이에 이마를 얻어맞은 비서가 주춤하며 일어설 때, 막 문을 열고 들어온 하미숙과 눈이 마주쳤다. 살았다! 지금 상황에선 흥분한 회장을 잠재울 수 있는 유일한 사람은 그녀뿐이었으니까.

"작은 사모님!"

하지만 '작은'을 뺐어야 했다는 걸 깨달았을 땐 늦었다.

"한심해서 원."

지나는 말로 작게 중얼거린 그녀는 쑥대밭이 되어 버린 회장실 내부를 찬찬히 돌아보았다. 분노와 흥분을 가라앉히지 못해 마구 집어던진 집기 조각들로 아수라장이 되어버린 집무실. 그 난리 통에 비서들은 우왕좌왕하기 시작했다. 미숙이 그런 회장의 왼팔을 붙들고 매달렸다. 그 모습이 흡사 발광하는 말을 노련하게 다루는 조련사 같았다.

"우선 진정하세요."

"진저엉? 니 진정이라켔나?!"

"좀 가라앉힌 다음에 대책을 세우든 하죠! 앉으세요, 좀! 네?"

간신히 중진소파 상석에 앉은 선 회장은 비서가 내온 물 컵에 입을 가져다 대다 말고 뭐가 떠올랐는지 토끼 눈을 하고 미숙에게 소리쳤다. 가쁜 숨을 몰아쉴 때마다 입에서는 노인네 특유의 단내가 풍겼다.

"서장한테 연락해라마! 아이다, 내사 직접 통화해야겠다!"

"경찰은 안 돼요."

미숙이 단호하게 받아쳤다.

"문 개똥같은 소리고?!"

흡사 시아버지가 며느리를 혼을 내는 듯한 풍경이 연출 되자, 널브러진 물건들을 주워 담는 비서들의 눈빛이 묘하게 부딪혔다. 비록 만으론 서른아홉이지만, 회장을 측근에서 모셔온 지가 올해로

꼬박 스무 해째다. 눈빛만 봐도 숨소리만 들어도 척하면 척. 밑바닥에서 시작해서 대한민국 초일류기업을 일궈낸 능구렁이 영감을 구워삶는 일에는 미모만으로는 부족하다. 확실히 눈썰미와 노련한 처세능력이 있었기 때문에 가능한 일이었다.

"안 그래도 초석이 군 면제 문제로 왈가왈부하는 요즘에 초아 일까지 커져 봐요. 일파만파 퍼질 텐데..."

"구더기 무서바 장 못 담그겄나? 참말로 한심하데이. 아가 핵꼴 가는지 몇 시에 들어오는지 간심도 읎나? 확인도 안 해?"

"처음엔 단순히 친구랑 놀다 늦게 들어오겠거니 했어요. 그런데 그런 전화가 걸려올 줄은..."

"지랄하네. 그래서 입 꾹 다물다 이제사 말하나? 엉? 간밤에 아가 먼 해코질 당할 줄 알꼬? 니 애미 맞나?!"

회장의 역정이 비수가 되어 꽂혔다기보다 한마디 한마디 말을 곱씹는 눈으로 바닥을 노려보았다. 그러나 꼭 물던 아랫입술을 다시 보기 좋게 풀며,

"혈압도 높은데 자꾸 이러기에요?"

"으면 갈아 마셔도 션찮은 놈인지 몰라도 금마들이 내 딸을! 이 선영태의 핏줄을 훔치갔다 이 말이다! 그라곤 뭐어? 도온? 으디 그런 협박을 해쌌노?! 내 누군 줄 알고!"

누구긴, 경상도 촌구석 머슴이 주인마누라하고 간통해서 낳은 자식이지. 하지만 애써 삼킨 채,

"알겠어요. 제가 따로 사람 시켜서 초아 찾아낼게요."

"니 먼 수로?"

"나 초아 엄마예요. 내 배 아파 낳은 내 자식이라고요. 회장님 못지않게, 아니 훨씬 더 걱정돼 미치겠다고요."

회장은 조금 전 내려놓은 물 잔을 단숨에 비운 뒤, 무거운 신음과 함께 넥타이를 푸르고 눈을 감았다. 잠시 후, 주치의가 들어와 혈압과 맥박을 체크하는 동안은 짧지만 휴전 분위기가 흘렀다. 깡마르고 왜소한 체구지만 어딘가 악바리 근성이 있어 보이는 회장은 다시 납치된 딸이 환영처럼 떠올랐는지 어린애처럼 울상을 짓다가 다시 한숨을 내쉬었다. 그 후로 몇 마디, 아니 몇 차례의 똑같은 질책을 더 받은 뒤에야 미숙은 집무실을 빠져나올 수 있었다. 그러다 소스라치게 놀란 건 집무실 바로 뒤 층계참에서 싸늘한 얼굴로 서 있는 누군가와 맞닥뜨린 다음이었다.

"깜짝아!"

키 165센티미터쯤 됐을까? 새하얀 피부의 여자가 벽에서 등을 떼고 천천히 몇 계단 올라왔다. 가녀린 몸매 탓인지 쉬폰 블라우스가 품이 남아돌아 움직일 때마다 아름답게 하늘거렸다.

"엿듣는 건 네 엄마를 빼닮았구나?"

"엄마가 아니라 아빠."

"어디서 뭘 하다 이제 나타나는 거야? 이젠 아주 집안일에 관심도 없니?"

"어쩌실 거예요?"

"뭘 어째? 다 들어서 알거 아냐."

보는 이에 따라서는 언니 동생쯤으로 보이는 두 사람. 불혹을 앞
둔 하미숙과 스물아홉의 선도영의 대치장면은 지보그룹 안에서 공
공연한 볼거리로 통했다. 그 옛날 한 가닥 날리던 톱 여배우의 초로
에 접어든 모습은 그 나름대로의 관능과 여유를 풍겼고, 선 회장을
닮아 날카로운 눈빛과 선씨 집안 최초의 유학파 재원인 도영의 지
성미는 우열을 가릴 수 없었다. 때문에 그 두 매력의 대결은 좀처럼
섞일래야 섞일 수 없는 계모와 의붓딸의 관계라는 점에서 세상 사
람들의 관음적 흥미를 자아냈다.

　　"근데 좀 그렇다. 딸이 없어졌다는데."

　　"계속 주절대."

　　"나 같으면 경찰에 신고하겠네."

　　"신고하면? 기자들은? 걔들 하이에나야. 냄새 하난 기가 막히게
맡는다고. 기어이 아홉 시 뉴스에 나와야 하겠니? 우리 지보그룹
명예 좀 생각해."

　　하고 지나치는 그녀의 등에 대고 도영이 들으란 듯 뇌까렸다.

　　"가루 냄새 맡는 것만 하겠어."

　　반사적으로 돌아선 미숙. 이것 봐라? 하는 눈빛으로 싸늘한 미
소가 스쳤지만 이내 평정심을 되찾고,

　　"누구 얘기하는 거야?"

　　"그쪽 하나뿐인 아들이요."

　　"그 얘긴 끝난 거 아니었나?"

　　그러나 이내 미숙은 고개를 주억거리며 여유롭게 받아쳤다.

"그래, 뭐 너나 나나 붙잡고 서 있어봤자 아름다운 얘기가 오갈 리는 없고... 솔직히 말해 봐. 느닷없이 돌아온 이유가 뭐야?"

"여행이 끝났으니까?"

"개소리 말고."

"도움이 좀 될까 해서."

엘리베이터 안에 함께 탑승한 후에도 대화는 계속됐다. 내려가며 달라지는 햇살의 각도에 따라 그녀들의 미모가 번갈아가며 대결을 이루듯 거울 속에 일렁였다.

"니까짓게 무슨 수로?"

마찬가지로 정면을 응시한 채 선도영이 여유가 묻어나는 자세로 응수했다.

"정보력은 내가 한 수 위잖아요."

미숙은 흥, 코웃음을 쳤다.

"초아가 납치된 거, 짐작 가는 데는 있어요?"

"있을 리 없잖아? 아직 어리고 순진한 내 딸이 뭔 죄가 있다고."

"SNS하면서 적이 생겼을 수도 있죠. 애가 좀 되바라졌어야 말이죠."

"걱정 마. 누구처럼 악플러 몰고 다니는 인생은 아니라서 말이야."

"아닌데. 이젠 안 달리는데."

"본론만 말해. 시간 없어."

"이를테면 원한을 샀다던지 하는? 뭐 돈을 노리고 그런 걸 수도 있고. 후처 딸이어도 그래도 지보 핏줄인데 아무렴. 쥐고 흔들면 뭐라도 떨어지겠지 하고 기대하는? 그런 기생충들이랄까..."

"고작 생각해 낸다는 게 그딴 삼류 시나리오였어? 감히 누가 돈을 노리고 지보그룹에 접근해?"

"가능성을 열어보잔 얘기예요. 돈 보고 지보그룹에 접근 한 사람이 왜 없어요?"

하며, 뚫어져라 미숙을 쏘아보는 그 눈빛은 이십 년 전이나 지금이나 소름 끼치게 일관된 구석이 있었다.

"내가 놈들이라면 말이죠. 아줌마 딸을 납치하고서 벌어지는 일들에 대해서 몇 수 앞은 내다보고 행동했을 거란 얘기죠. 경찰 놔두고 따로 사람을 시켜 찾아보시겠다? 무슨 동네 잡범도 아니고. 왜? 아주 사설탐정도 고용하지? 자식이 없어진 마당에 능청은..."

"그러는 넌? 간섭할 계제나 되고?"

그러나 이미 대화의 주도권을 잡았다는 승리감에 한결 여유로워진 도영은 거울을 보며 속눈썹을 쓸어 올렸다. 입에서는 흥얼거림이 흘러나왔다. 꼴 보기 싫어, 그러나 미숙이 한 수 접어야 할 타이밍. 이를 악물고 누그러진 말투로 물었다.

"그래서 뾰족한 수라도 있냐고. 시간 죽이지 말고 대답이나 해."

"이제 와서 무슨 수? 이미 끝났는데."

"너 지금 나랑 장난쳐?!!"

도영의 얼굴엔 승기가 어느 정도 자신에게 기울었다고 여겨질 때면 짓곤 하던 웃음이 배어 있었다. 자신만만하고 여유로우며 심지어 당당한 얼굴. 얼마 전, 선 회장이 냉장고 모델인 여배우 P양의 뒤를 봐주고 있다는 사실을 알게 됐을 때 붉으락푸르락하던 자신을 향해 식탁 건너편에서 씩 웃던 얼굴. 딱 그 얼굴.

띵!

어느덧 1층에 다다르자, 엘리베이터 문이 좌우로 열리면서 어수선한 풍경이 펼쳐졌다. 찰칵. 찰칵. 갑작스레 터지는 카메라 플래시들, 낯선 얼굴의 언론사 기자들, 그리고 저 너머 로비 회전문 밖으로 윙윙대며 돌아가는 경찰차의 경광등과 취재 차량들. 그야말로 북새통을 이루었다. 그때 요란한 사이렌 소리까지 울리며 또다른 경찰차가 연이어 도착하자 하미숙은 그대로 얼어붙었다.

"선영태 회장의 차녀 선초아 양의 납치사건에 대해 아시는 바가 있습니까?"

"청담동 OO노래방에서 사라진 여고 1학년에 재학 중인 학생이 정말 지보그룹의 차녀가 맞습니까?"

"행방불명된 차녀에 대한 대응책이 있으십니까??"

"현재 심경은 어떠십니까?"

"범인에게 어떠한 연락은 왔습니까?"

이쪽의 상황은 전혀 감지하지 못한 채, 기자들은 자기네들끼리 열띤 취재 경쟁에 난리 브루스였다. 아연한 얼굴로 얼어붙은 미숙의 시선이 쏜살같이 도영에게 날아가 꽂혔다. 도영은 비탄에 젖은 표정으로 입을 틀어막더니 속삭였다.

"세상에 하이에나들이 떼로 왔네?"

"무슨 짓을 한 거야 대체?"

"자고로 병은 소문내야 고친댔어요. 어때요, 내 처방이?"

"이 싸이코 같은 년...!"

앞이 막혀 내리지도 못하는 그녀의 어깨너머로 혈관이 다 비치는 하얗다 못해 창백한 손길이 드리웠다. 닫기 버튼을 꾹 누르는 도영의 검지. 문이 닫히고 이윽고 다시 위로 향하는 엘리베이터.

몇 분 후, 인터넷 포털 사이트에는 지상으로부터 멀어져가는 투명한 엘리베이터 안에서 도영의 머리칼을 쥐어뜯는 미숙의 모습이 담긴 사진이 상단 기사에 오르내렸다.

9

맴맴맴맴-

자글자글 끓어오르는 아스팔트 도로에는 아지랑이가 피어오르고, 아침부터 펄펄 끓는 불지옥이었다.

아지트라고 하기에도 뭣한 강식의 컨테이너 사무실은 경기도 외곽에 자리하고 있었다. 한창 골조공사를 하던 옆 건물엔 식당이 들어섰지만, 코로나19로 직격탄을 맞는지 금세 폐업하고 또다시 '임대문의' 현수막이 내걸렸다. 고로 주변은 인적이 드물고 한산했다. 등이 땀 지도로 흥건한 재욱이 사무실 문을 벌컥 열었을 때, 시

원한 에어컨 바람이 전신을 덮쳐왔다.

"와— 쪄죽는다 쪄죽어. 누나 먼저 와 있었네요?"

그러자 살랑살랑 손을 흔드는 정애의 표정이 어딘가 어색했다. 흠뻑 젖은 겨드랑이를 에어컨 앞에서 말린 뒤, 정수기에서 찬물을 받는 동안 컨테이너 창문을 통해 보이는 바깥 풍경. 길게 늘어진 버드나무 그늘 아래에 경찰차 한 대가 주차되어 있다. 그대로 싸늘하게 식어가는 재욱의 얼굴. 최대한 태연하게 뒤 돌자 사무실 밖 간이 화장실에 다녀왔는지 손에 물기를 털며 장 경사가 막 들어오는 참이었다. 경찰이라기보다 수더분한 동네 아주머니 같은 인상이다.

"아, 아줌마?"

"어른을 봤으면 인사를 해야지."

"어쩐 일이세요?"

"말 서운하게 한다? 내가 못 올 데라도 왔니? 요 앞에 지나가다 용무가 급해서 왔다 왜?"

"아아…"

"건설회산가 뭔가는 잘 다니고?"

"그럼요."

"월급은? 잘 나오니?"

"나오게 해야죠."

그런데 잘 생각해 보면, 갑작스런 방문이긴 해도 차라리 다른 경찰보다 장 경사가 부담이 덜했다. 좌우지간 사춘기 때 도둑질해서 감옥 에 드나들던 형 대신 간간히 반찬을 챙겨주던 사람이니까. '장 경사님'보다 '아줌마'라는 호칭이 편하다고 해야 맞다. 그런 생각이 들자 조금 전 긴장은 눈 녹듯 사라지고 한결 여유를 되찾을 수 있었다.

"그나저나 너 그거 아니?"

"뭘요?"

"텔레비전 보니까 어떤 고등학생 여자애 납치됐다는데, 걔 어딨대, 그래서?"

"내가 벌써 경찰한테 정보 줄 짬밥이었나?"

"알아 몰라?"

"그걸 내가 어떻게 알아요."

"네 형하고 맨날 동네 깡패들하고 어울리고 다녔으니까 하는 말이야. 뭐 엮인 거 없나 하고. 너 어린애 건드리면 벌 받는다?"

"누가 보면 진짜 전과잔줄 알겠네. 에헤이 아줌마 나 담배 그거밖에 없는데! 나중에 경찰 연금 받기 싫으신가봐?"

재욱의 가슴주머니에서 담배 한 갑을 챙기더니 친근하게 뺨을 두드리며 말했다.

"폐암 걸려. 끊어. 간다. 여하튼 담에 나 보면 깍듯이 인사해라?"

경찰차가 완전히 시야에서 사라지고 난 뒤에야 한쪽 구석에 있던 구봉의 존재가 느껴졌다. 줄곧 신문에 가려져 있었는데, 반으로 접은 뒤 목을 외로 꺾어 비틀더니 재욱을 보고 씨익 웃다가 정색.

"오랜만이다?"

"같은 짭샌데 숨긴 왜 숨어요? 언젠 서에서 끗발 셌다더니."

"다아 지나간 일이다."

"하긴. 짤렸지."

"내 발로 직접 나온 거야. 나라미 먹어서 어느 세월에 집 사고 땅 사고 차를 사냐?"

"그럼 연금은? 연금도 날라 간 거야?"

"날라 갔다. 애들 엄마한테. 양육비로."

하고 말하다가 아무리 생각해도 억울했던지,

"아주 만만한 게 나지? 지들은 안 받아 처먹었어?"

"뭐야 그럼? 김 경사님 꼬리 잘리기 당한 거야?"

"어디 두고 봐. 지들이 자른 꼬리가 어떻게 뒤통수 후려갈기는 지."

그러면서 분풀이할 데라도 찾는 듯 정애에게,

"어이 윤정애."

"나타샤."

"넌 피자를 처먹으려면 다 처먹을 것이지 끝에 빵 쪼가리는 왜 안 먹고 남기는 거야? 밥맛 떨어지게?"

테이블 위에는 에어컨 바람에 말라버린 피자 조각과 그 빵 테두 리가 아무렇게나 뒹굴었다.

"이건 손잡이에요."

"언젠 없어서 못 먹는다더니. 이젠 배가 불렀구나?"

"더 이상 구질구질하게 살기 싫으니까요."

"어련하시겠어. 옷 꼬라지는 또 그게 뭐고? 무슨 콩쿨 나가냐?"

"콩국이요?"

"말을 말자."

레이스가 화려한 싸구려 원피스 차림의 그녀를 위아래로 훑는 구봉의 눈길이 다른 의미로 게슴츠레했다. 얼굴은 반반한데 머리가 비어 보인단 말씀이야. 뛰는 놈 위에 나는 놈 있다고, 경찰 재직 시절에 유흥주점 단속 정보를 흘리는 대가로 뇌물 받아 챙긴 구봉을 협박할 만큼 싹수가 노랬던 계집애였다. 정애가 나타샤라는 가명으로 취직한 술집이 하필 거기일 줄 누가 알았겠느냐마는. 구봉은 구봉 나름대로 북에 있는 가족에게 몰래 돈을 송금하는 정애를 역으로 협박한 거 보면 둘은 서로를 업신여기면서도 죽이 잘 맞아 안 보고는 못 배기는 콤비라고, 평소에 동욱이 비아냥대곤 했다.

"타오바오에서 샀어요. 팔만 오천 원 주고. 다 같이 모이는 날인데 이 정돈 입어줘야죠. 그리고 시비 걸지 마세요. 큰일 앞두고 재수 없으니까."

그런 가운데 재욱의 눈에 회의용 테이블 모서리에 꿔다놓은 보릿자루마냥 앉아있는 향란이 들어왔다. 이쪽 대화를 듣는 둥 마는 둥 연신 사무실(이라고 하기에도 뭣한) 구석구석을 훑고 있는 소극적인 모습.

"혹시... 아줌마가 바로 북한에서 왔다는 한의사예요?"

향란이 딴에는 얼굴에 긴 흉터를 가리고자 어정쩡하게 일어서서 한 번 꾸벅 했지만, 구봉이 가뿐히 무시하고 끼어들었다.

"인사해라. 우향란 여사시다. 북한에 있을 때 아주 군 생활도 하고, 포도 쏘고, 한의사도 하고, 장사도 하고... 하여간 한 가닥 하던

분이니까 앞으로 깍듯이 뫼셔, 누님처럼. 어이 향란이. 이쪽은 송재욱. 우리랑 같이 일할 사이야. 아까 들어올 때 정수기 통 갈던 놈 봤지? 송동욱이. 아, 정애 저거 서방 말이야, 그래. 걔 동생. 아, 마침 저기 오네."

적절한 타이밍에 쌍절곤을 두른 강식이 동욱과 들어왔다. 딱 붙는 반팔남방에 짝퉁 구찌 벨트, 그리고 역시나 신축성이 좋은 골프 바지에 싸구려 런닝화 차림. 자연스럽게 중앙에 있는 책상의자에 앉자 남방의 앞단추가 괄호 모양으로 터지기 일보 직전이었다. 그리고 동욱 재욱 두 형제와 구봉, 향란과 정애가 이어서 간격을 두고 앉았다.

"자아. 우리 멤바들, 다 모였으면 회의 들어갑시다."

하면서, 구봉을 향해

"다 모인 거죠?"

하고 물었다. 시선처리는 어색했다. 몇 년 전만 해도 콩나물국밥집에서 대뜸 나타나서 자신의 수갑을 채우고 미란다의 원칙을 읊어대던 양반이었는데, 이제는 명실상부한 비즈니스 파트너라니. 인생사 롤러코스터다. 구봉은 그런 강식과 달리 오케이 손 모양을 요란하게 흔들어대며 태연하게 굴었다. 그 어떤 수치심도 어색함도 찾아볼 수 없자 문득 김구봉, 저 인간이 얼마나 뻔뻔하고 교묘한지 궁금해졌다.

"맞다! 어제 데려왔다는 그 계집애는 어딨어요, 지금?"

정애가 묻자

"조용히 해. 형님 말씀하시잖아."

하고 동욱이 말을 가로챘다. 향란은 주거니 받거니 하는 그들을 번갈아 보며 상황 파악을 하려 애썼고, 정애는 뾰로통해서 팔짱을 낀 채 껌을 짝짝 소리 내어 씹는다.

"여기 이렇게 나 장강식이, 송가 형제, 그리고 구봉이 형님, 정애랑 우리 북녘 동포 분까지가 우리 멤법니다, 멤바."

그러자 서로 눈도장이라도 찍듯 시선이 맞부딪쳤다.

"시간 없으니까 바로 본론!"

그러자 사전에 계획이라도 해둔 듯, 동욱이 커다란 화이트보드를 좁은 사무실의 중앙으로 가져왔다. 일종의 가계도 같은 표가 보였고, 프린트해서 갖다 붙인 듯한 사진들이 있다. 그중에서 익숙한 얼굴, 왕년의 톱스타 하미숙이다. 그 밑으로는 앳된 남자아이와 여자아이가 가지치기로 쳐져 있는데 그녀가 낳은 1남 1녀다. 그중 1녀의 얼굴을 강식이 효자손으로 가리켰다.

"요게 바로 지보그룹 작은 딸래미 선초아."

선초아의 교복 입은 사진만으로도 재벌 2세로서의 도도한 기운을 뿜어내고 있었다. 슈트차림의 손과 어깨 등이 화면에서 잘린 걸로 보아 총수 일가의 가족사진 중에서 일부를 확대한 듯 보였다.

"잘 알려져 있다시피 조강지처 딸은 아니올시다. 조강지처 사이에서 낳은 딸은 따로 있는데... 중요하지 않으니까 넘어가고."

회장을 중심으로 오른쪽이 본처, 왼쪽이 하미숙이다. 그리고 설명대로 본처 밑에는 단 한명, 외동딸 선도영의 사진이 붙어있다. 이복동생인 선초아보다 나이는 훨씬 많아 보였다. 큰 딸은 아버지를 닮는다고 했던가? 선영태 회장의 쌍꺼풀 없이 가느다란 눈과 입매를 닮았지만 억울한 미인형이다. 다만 해맑은 이복동생 선초아에 비해 쌀쌀맞아 보이는 인상을 풍긴다는 점이 특징이었다.

"아무래도 다 늙어서 본 작은딸을 더 예뻐한다는 소문이 있어. 애 엄만 다들 알다시피 국민첫사랑 하미숙. 이래서 돈 앞에선 장사 없는 거야. 결혼 전에 일 년 가까이 사귀던 남자 탤런트 그 누구더라..."

"조모현이요! 밴드 출신."

재욱이 퀴즈 맞추듯 소리쳤다.

"그래. 그 조모현이 뻥 차버리고 붙겠다고 붙은 게 돈 많은 늙은이다– 이 말씀."

"후우! 비위도 좋네. 다 늙은 영감탱이하고 한 이불 덮고 어떻게 사냐. 그나저나 선영태 회장을 상대로 벌이기엔 클라스가 크지 않아??"

구봉이 낄낄거리며 물었다.

"왜요? 자신 없수?"

"만약 잡히면 어쩔 건데?"

"그땐 형님이 경찰 쪽 인맥 동원해주시든가."

비리 사건으로 쫓겨나다시피 한 경찰을 들먹거려도 꿈쩍도 하지 않는 구봉을 보며 이 인간 정말 보통 뻔뻔한게 아니다 싶어 헛웃음이 났다.

"다들 선영태 회장에 대해 잘 모르지?"

하며 구봉은 얕게나마 알고 있는 지식으로 허세를 부릴 요량인지 헛기침을 했다.

"몇 년 전에 조류인플루엔자 난리 나서 전국에 있는 양계장에서 달구지들 싹 다 살처분하고 식품회사 줄줄이 도산한 거 알지? 그중에 지보 계열사하고 거래하던 식품회사가 하나 있어. 그게 선영태 처남 꺼란 말이지. 근데 십 원 한 푼 손해 보기 싫으니까 그걸 끊어버린 거야. 누가? 선영태가. 그 일 때문에 처남이 자살했잖아. 그게 사람이냐? 나 같으면 죽은 조강지처 불쌍해서라도 계란이라도 팔아주겠다. 그뿐이게? 큰딸 시집보내려고 사돈 맺네 마네 하던 C그룹이 지난번 정권에 미운털 박혀서 줄줄이 빵에 들어가니까, 나 몰라라하고 선 긋는 바람에 주가 폭락해서 죽은 개미가 몇 마린데? 하여간 그 인간이 그런 인간이에요. 돈밖에 모르는 쌍놈새끼."

"아주 싸가지 없는 아저씨네요?!"

정애가 목소리를 높였다.

"아저씨가 아니고 할배. 칠십 넘었지 아마. 근데 우리가 지금 하려는 게 뭐야? 그 노인네 딸을 훔치자는 거잖아? 거기에 대한 대응책도 당연히 마련해 놨겠지? 강식이 말 좀 해봐."

그러자 강식이 미간을 찡그리며 받아쳤다.

"말은 바로 합시다. 훔치는 게 아니라 잠깐 데리고 있다가 돌려주는 거요. 때 되면."

바닥에 나풀거리며 떨어지는 선초아의 사진. 사무실 안은 설렘과 두려움으로 묘한 분위기가 되었다. 어지간한 사기행각엔 도가 튼 그들이었지만, 이번 건만은 스케일이 다르다. 그동안의 업적이 자기들만의 소소한 독립영화였다면 이번엔 전 국민의 관심이 쏠리는 블록버스터 급이다. 강식이 말했다.

"다시 정리하자면, 우리도 의뢰를 받은 겁니다. 납치를 해달라는 의뢰. 그리고 의뢰인은 이 일을 성사시키는 대가로 현찰로 오십억을 제시했다는거. 물론 그 돈은 선영태 호주머니에서 빼올 거고, 최대한 빠른 시일 내에 받아내야 된다는 거. 대한민국에서 선영태 정도면 거짓말 좀 보태서 일주일도 안 돼서 우리 찾아내는 건 한순간인 양반이니까. 자− 다시 한 번 말하지만 우리가 받을 보수는 오십억, 전액 현찰이고 정확히 머릿수대로 나눈다. 단, 송가 형제는 둘이 한 세트. 한 푼이라도 누가 더 가져가는 날엔 동맹 결렬이야."

"이 중에서 설마하니 배신자가 나타나겠어? 다 한 배 탄 식구잖아 식구? 응? 안 그래?"

다리를 바꿔 꼬며 구봉이 다른 멤버들의 안색을 살폈다.

"북한에서는요. 배신자들은 결국엔 싹 다 죽여요. 짤 없어요, 아주."

정애가 말했다. 강식이 짝짝짝! 주변을 환기하기라도 하듯 두꺼운 손으로 주목을 모았다.

"지금부터 행동강령을 설명할 테니까 나중에 괜히 피 보지 말고 잘 들어둬. 첫째. 모든 지시는 리다인 나 장강식이가 내린다. 둘째. 개인행동은 무조건 금물. 다들 뭉쳐야 살아 오케이? 돈 받을 때까진 우리 돈 아니야. 명심들 해. 지금부터 역할을 나누자고. 송동욱."

"예, 형님."

"우선 여길 벗어나야 하니까. 너하고 북녘 동포는 앞좌석에서 번갈아 운전하면서 수시로 리다인 내가 내리는 지시를 받는다. 내가 지시 내릴 때 까진 절대 차에서 내리지 말고. 북녘 동포는 침 좀 놓을 줄 안다고 했으니까 그 계집애 정신 좀 차리게 머리에 몇 방 놔주든가 알아서 하고."

"그런데요, 형님. 도로에서 불심 검문이라도 받게 되면 어떡합니까?"

동욱이 머리를 긁적이며 심각한 얼굴로 물었다.

"말 잘했다. 자, 이쯤에서 우리의 히든카드!"

그러자, 컨테이너 문을 열고 아까 유유히 사라졌던 장 경사가 사람 좋은 웃음을 지으며 다시 모습을 드러냈다.

"아줌마!!"

하고 반사적으로 외치는 재욱.

"너 내가 깍듯이 인사하라 했지?"

여전히 상황을 이해하지 못 하는 재욱과 달리 구봉이 아래턱을 잔뜩 내밀며 자리에서 벌컥 일어났다.

"왜 머리가 하나 더 늘어나? 이거 반칙인데 그럼?"

장 경사는 귀 뒤로 머리를 넘기며 고상하게 웃었다.

"저 그렇게 남의 돈에 손대는 그런 경우 없는 사람 아닙니다. 우리 딸 빠리 유학비 정도로 퉁치기로 했어요."

강식이 앉으라는 손짓을 하며 이어서 말했다.

"여하튼 우리의 장 경사가 검문 구간을 미리 알려주는 정보통이고. 그리고 재욱이랑 형님은 양쪽에서 고년 감시하십쇼. 허튼수작 못 부리게. 그렇다고 쥐 잡듯이 잡을 필요 없고. 필요시에는 형님께선 경찰 응대 좀 해주시고. 마지막으로 윤정애."

"나타샤."

"넌 잡일. 이상."

그러자 구봉이 턱을 까딱이며 말을 가로챘다.

"그 뒤엔? 인질 데리고 경찰 따돌린 다음엔 어떤 작전인데?"

"그건 그때 가서 제가 지시를 내릴 겁니다. 벌써부터 알 필요 없수다."

"마지막 하나 더."

"뭡니까?"

"처음부터 궁금했는데 말이지. 우리한테 이 일을 맡긴 의뢰인이 대체 누구야?"

그러자 일제히 강식에게 시선이 쏠렸다.

"그게 궁금하슈?"

"당연한 거 아냐? 오십억이 뉘 집 개 이름도 아니고. 대체 정체가 뭐야?"

"돈이 중요하지. 그게 뭐가 중요합니까?"

"신원은 알아야 될 거 아냐?"

"허허허. 못다 한 수사에 미련이 남으시면 불철주야 발로 뛰지 그랬습니까, 짭새 때? 의뢰인이 누구든 어차피 같은 배 탔는데, 뱃놈이 다 거기서 거기 아니요?"

"아는 것도 없고, 그냥 돈 준다니까 아이고 감사합니다, 한 거야? 장강식이 이거 영 시원찮구만? 일처리 너무 개판 아냐? 괜히 공치면 어쩔 건데?"

돈이 내 주머니에 들어오기까지 성질머리를 죽이는 건 비즈니스의 가장 기초가 되는 룰이다. 눈을 질끈 감았다 뜨는 강식의 아귀에 근육이 씰룩였다. 한 주먹거리도 안 되는 게. 그리고 험악한 눈초리로 말했다.

"신원은 비즈니스상 기밀사항입니다. 그렇게 하나하나 따지고 들면 돈 못 법니다, 형님. 아시잖수, 이 바닥?"

"아니까 묻는 말이야. 우리끼린데 뭐 어때? 툭 까놓고 말해보라고. 모르는 척하지 말고. 직접 봤을 거 아냐? 누군지."

구봉은 교활한 눈빛을 번뜩이며 상체를 삐딱하게 기울였다.

"놈인지 년인지. 차암 궁금하네에?"

2장

탐문수사

"남의 물건을 터는 영광을 누리려면

　모든 것을 빠짐없이 알고 있어야지."

　　– 아르센 뤼팽 '수정마개' 중에서 –

10

　아무도 반겨주지 않을 자리라는 걸 알면서도 강제 초대장을 받고 참석한 자와 그를 반기지 않는 자, 그리고 반겨야 하는 자로 응접실의 공기는 싸했다.

　"마지막으로 본 건 언젭니까?"

　"한 달도 더 됐죠, 아마?"

　윤 경위의 질문에 도영이 아는 대로 대답했다. 그녀의 신경은 온통 헝클어진 머리를 빗어내는 손가락 끝에 있는 듯했다.

　"한 달 동안 자택에 안 계셨습니까?"

"여행 다녀왔어요. 미국에 사는 친구네."

"어머님은요? 어머님도 뵌 지 한 달 넘었습니까?"

'어머님'이라는 말에 거실 한 켠에서 황망히 서 있던 미숙이 다소 불쾌한 반응을 드러냈다. 찌푸려진 미간에 떡진 파우더 자국이 그랬다. 도영이 어려서부터 '우리 아빠랑 사는 여자'라 불러온 호칭은 미숙의 전반생을 지배했다. 그래서일까? 어린 나이에 선 회장의 애인이 되었을 때의 객기는 사라지고 나이가 들면서 다른 욕심이 생겨났다. '우리 아빠랑 사는 여자' 이외의 타이틀. 선 회장은 여성편력이 심한 인물이었기에 딱히 회장의 여자로서의 삶은 큰 메리트가 없다. 하지만 명실상부 지보그룹의 후계자를 낳은 여자라면 또 모른다. 그것의 위치는 선 회장의 장녀인 도영의 호칭에 따라 정해졌다. 바로 '엄마'다. 마주치기만 하면 잡아먹으려 드는 도영에게 적어도 '작은 엄마'라는 타이틀만이라도 거머쥐어야 했다. 저물어 가는 태양의 뒷방살이가 아닌 떠오르는 태양의 엄마로 불리는 것. 하지만 만만치 않았다. 도영은 교활 그 자체였다. 남편의 애인 앞에서 속수무책으로 절망하는 본처와 크게 다르지 않을 거라 여기며 우습게 본 게 화근이라면 화근이었다. 도영은 제 아비보다 더욱 뱀 같은 아이였다. 머리가 제법 커진 열대여섯 부터는 아예 미숙으로 하여금 이 집안에서의 위치를 상기시켜주는데 재미를 붙인 영악한 계집아이.

'우리 아빠랑 사는 여자'

"그럼요."

'첩이면 첩답게 구세요.'

보이지 않는 새끼 뱀의 사운드가 머리를 울렸다. 거기다 생글생
글 웃으며 동의를 구하듯 쳐다보는 간사한 눈빛까지.

"어머니도 한 달 만에 뵙는 걸요."

그 가식에 구역질이 날 것 같았지만 이번엔 미숙에게 던진 경찰
의 질문에 이내 표정을 고쳤다.

"사모님께선 얼마나 되셨죠?"

"네?"

"작은 따님을 마지막으로 접촉한 시간이요."

내 딸이 어째서 '작은 따님'이야!

이래서 첩의 불행은 곧잘 첩자식의 불행으로 이어진다.

"어제... 아니구나. 그저께 밤이요."

"사건 당일인 어제 아침에 등교할 땐 보지 못 했다는 겁니까?"

"네에. 사실 그 전날 청담에서 있던 지인 모임에 회장님과 함께
참석했다가 늦게 돌아왔거든요. 아이 잠든 모습만 겨우 확인하고
침실로 돌아갔어요. 이튿날 등교는 일하는 아주머니가 도와줬고
요."

"일하는 아주머니가 늘 도맡아 하는 일이던가요?"

"그럼요."

"그리고 하교하는 모습은 보지 못 했다?"

"네."

아직 본격적으로 수사 전담팀이 꾸려지기 전이었기에 질문을 그쯤으로 마무리한 윤 경위는 다음 일정을 기약하기로 했다. 그러고 막 자리에서 일어나려던 참이었는데, 저쪽 방문 틈으로 이쪽을 바라보는 시선이 느껴졌다.

'누굴까?'

눈이 마주치자 서둘러 문은 닫혔지만, 직감했다. 큰 키에 짧은 머리. 모습을 드러내지 않은 이 집안의 유일한 아들일 거라고.

나가기 위해서는 꽤 오래 걸어야 했다. 응접실에서 현관까지는 드넓은 거실과 또 다른 방들을 지나야 했는데 힐끗 시선 던지는 곳마다 그야말로 딴 세상이었다. 그림액자가 걸려있을 거라고 예측하기 힘든 장소 곳곳에는 평범한 사람은 해득하지 못할 난해한 그림들이 진열되어 있었다. 회장이 미술품 수집 애호가라던 풍문에 쐐기라도 박듯 '그들만의 갤러리'는 끝이 보이지 않았다.

"그럼 또 뵙죠."

하미숙과 선도영, 선 회장의 누이라는 노부인으로부터 간격이 멀어지자 박 형사가 일러바치듯 속닥였다.

"솔직히 우리끼리 말인데, 범죄동기가 충분해 보이지 않아요?"

"누구?"

"선도영 말이에요."

"누가 봐도 그렇지. 아 그런데 너무 쉽잖아. 알리바이도 충분하고. 그저께 여행에서 돌아온 사실도 확실하고."

"솔직히 배다른 자매가 친하게 지냈을 리 없죠. 보세요. 아까도 얼굴 빛 하나 안 바뀌고 대답하는 거."

"드라마를 너무 봤네. 그러는 하미숙은? 배 아파 낳았는데 왜 태연했는데?"

"하긴 그러네요."

차에 올라탄 윤 경위가 시동을 걸다 말고 눈을 깜빡거렸다. 아무렇게나 내뱉은 말 치고는 정말 앞뒤가 안 맞았던 것이다.

"그러고 보니 이상하군."

"뭐가 말입니까?"

"네 말대로 선도영이는 그렇다 쳐도, 하미숙은 왜 태연했을까? 자기 친딸인데 말이야? 친딸이 없어졌는데 멀쩡해 보이기까지 했어."

"에이 설마요. 친엄만데."

윤 경위는 침착하게 경찰의 물음에 대응하던 품위 넘치던 하미숙의 모습을 떠올렸다. 누가 봐도 행방불명된 딸을 찾으려는 엄마의 얼굴이 아니었다. 그러나

"하미숙이 보통 여자냐?"

어디서부터 들었는지 대뜸 차창으로 얼굴을 들이대고 끼어드는 경감 하나. 주변을 힐끗 보며 언성을 낮추었다.

"나이 스물에 이미 쉰 살 먹은 대기업 회장 구워삶은 여자다. 본처가 눈 시퍼렇게 살아 있는데 안방 차지한 요물이라고. 장희빈 저리 가라야. 조사 좀 제대로 해. 왜 그렇게들 아는 게 없어?"

윤 경위는 비로소 2002년 모 일간지에 실린 하미숙에 관한 기사를 떠올렸다. 당시 선영태 회장과 동거를 하던 별장 인근에서 찍힌 사진이 대문짝만하게 실렸는데, 이미 그녀의 배는 불러 있었다. 그 배 속에 있는 아이가 바로 하미숙의 첫아들 선초석.

별 볼 일 없는 출신에 대한 콤플렉스 때문에 선 회장은 자신의 집안 사정이 외부로 알려지는 것을 극도로 꺼려했는데, 그를 아들처럼 키우다 시피한 누이마저도 부끄러워 마지않던 인물이었다. 시골 교육자 집안 출신의 본처에 대해서만 간략하게 알려졌을 뿐, 모든 게 베일에 싸여 있던 선 회장. 그런 그가 부인 외에 복잡한 여자 관계를 갖고 있을 것이란 건 딱히 기삿거리가 되지 않았지만, 상대가 갓 스무 살에 잘 나가는 하이틴스타 출신인 하미숙이라면 얘기는 달라졌다. 아날로그에서 디지털로 넘어가는 한 시대를 짧고 굵게 풍미한 여배우 하미숙! 그녀가 부른 배가 버거워 허리에 뒷짐을 지고 아버지뻘 되는 늙은 회장의 팔짱을 끼고 차에 오르는 모습은 대서특필 감이었다. 다만 뼈저리게 안타까운 것은 당시 2002 한일 월드컵의 열기에 가려져 생각만큼 화제가 되지 못했다는 점이다. 1번 키커 황선홍의 승부차기 성공은 일간지는 물론이고 인터넷까지 도배되어 어찌 보면 선 회장과 하미숙은 월드컵 덕을 봤다고 해야 맞다.

그나마 하나의 성과가 있다면, 그 일을 빌미로 선영태 회장의 큰딸, 그러니까 본부인 소생의 유일한 혈육인 선도영의 존재에 대해 세상이 한 걸음 다가간 사실이다. 학교에 엄마랍시고 찾아온 하미숙에게 깽판을 놓은 게 같은 학교 학생들의 입을 타고 알음알음 번진 것이다.

이번엔 서류파일을 훑으며 조금 전 저택 안에서 초연한 얼굴로 수사팀을 맞이했던 선도영을 떠올렸다. 포털 사이트에 그녀의 프로필을 검색했다. 아직 대외적으로 소개된 적은 없지만, 재벌가의 영애인 만큼 정보를 알아내는 건 어렵지 않았다.

선도영

만28세

청담 J초등학교 졸업 - 청담 J중학교 졸업 - 겨레사관고등학교 졸업 - 중국 푸단대학 역사학 전공, 동대학원 역사학 석사 - 미국 뉴욕대 MBA를 밟고 JB서울호텔 인턴(6개월), 지보물산 마케팅 평사원(6개월) 거쳐 현재 공식 직함은 지보그룹 기획조정팀 전무

"중학교 밖에 안 나온 선 회장이 총애할 만하네. 그나저나 선도영 이 여자 전공이 역사학인데? 차기 후계자로 거론될 총수의 자식이 뜬금없이 역사학이라... 좀 이상하네?"

"그렇긴 한데, 저도 사범대 나왔지 않습니까? 지금은 경찰 일로 먹고 살지만요."

"너 사범대 나왔어?"

"네. 윤리 교육과요."

"왜 임용 안 보고?"

"막 학기에 모교로 교생 실습 갔는데., 요즘 애들 잘 아시잖습니까. 자신이 없더라고요. 헤헤 말하자면 길구요. 뭐 전공대로 사는 사람 몇이나 되겠습니까, 요즘 세상에."

"하긴."

"그리고 선영태 회장 아들도 명문대 다니고 있지 않아요?"

"스탠포드."

"듣기론 입시비리라던데."

"확실해?"

"어느 정도는요. 기껏 가르쳐서 유학 보내놨더니 마약이나 하고. 한심하죠. 근데 그거 아세요? 마약 사실을 최초로 들춰낸 사람이 바로 선도영이라는거."

"이복 누나가 꼰질렀다?"

"네. 물론 선 회장이 손을 썼긴 한데, 그걸로 눈 밖에 난 건 알 사람은 다 아는 얘기죠."

"참 나 원 다이나믹한 집구석이네. 사는 데 심심하진 않겠어."

선도영은 조강지처의 자식이지만 딸이다. 하지만 선초석은 첩의 자식이지만 아들이다. 남매의 난이라도 벌이겠다는 건가? 게다가 이복 여동생이 납치되어 협박전화를 받아 뒤숭숭한 와중에 선도영은 놀라울 만큼 침착했다. 질문에도 묵묵히 대답하는 그 모습. 눈을 내리깔고 차분히 대답하는 모습은 결코 침울한 가족이 보일 수 있는 행동이 아니었다. 이미 고지를 확보해 느긋한 모습에 가까웠다. 그러고 보니 에르메스 밴드의 애플워치를 매만지며 시간이 다 되었다며 자리를 먼저 일어난 것도 그녀였다. 믿든 곱든 혈육인데 그녀가 우선시한 건 오후에 있을 동창 모임 선약이라니! 이런 개족보가 있나!

11

경찰은 오늘, 강남구 청담동 OO노래방 인근에 설치된 CCTV를 확보하여 여고생 납치 사건 수사에 박차를 가하고 있습니다. 한편 같은 시각, 수도권 제1 순환 고속도로의 교통관리시스템이 우천현상으로 인한 간헐적 통신오류로 세 시간에 달하는 녹화분이 전량 폐기되는 일이 발생하였는데요. 이에 수사가 난항을 겪을 것으로 예측되고 있습니다.

7월 31일. 납치 셋째 날.

K시 공업단지 B블럭 3롯트, 시바우라 폐공장 창고 안.

플라스틱 부품상자 위에 놓인 구형 텔레비전 화면에는 의경들이 죽 폴리스라인을 지키고 있는 한편, 사건을 배정받은 경관의 인터뷰 장면이 전파를 탔다. 리모컨으로 전원 버튼을 눌러 끈 구봉이 구시렁댔다.

"치안인력까지 다 끌고 가서 뭣들 하는 짓이야 저게. 나도 한때 같은 경찰밥 먹었지만, 실속 없이 설레발치는 건 알아줘야 해. 알고 보면 뭣도 없다니까?"

그래놓고 게걸스럽게 짬뽕 국물을 들이켜는 모습을 바라보던 향란의 시선이 그의 어깨너머 환풍기 밑으로 향했다. 그 구석엔 더 이상 반항도 의미가 없다고 판단했는지 지쳐 잠든 선초아가 있었다. 팔은 뒤로 묶인 채 옷차림은 사이즈도 맞지 않는 후줄근한 추리닝 차림이었고, 입은 청테이프로 감겨 있었다. 문득 시선을 깨닫고 구봉이 말했다.

"어이 향란이. 우리끼린데 뭐 어때? 빼지 말고 먹어. 힘이 나야 비즈니스도 할 거 아냐. 그리고 혹시나 해서 하는 말인데, 이제 와서 못 하겠다 뭐 이런 말 할 거면 관둬. 동맹은 한 번 맺었으면 끝까지 가는 거야."

"김 선생."

"왜."

"저한테 말 붙이지 마십쇼."

"뭐야. 제기랄."

거기서 한마디 할 것 같은 분위기였지만, 다시 구봉은 천연덕스럽게 "안 먹을 거지?"하며, 앞에 있는 군만두를 가져갔다. 그리고 하나 집어 입에 넣다 말고 문득 뒤를 돌아보더니 냅다 던졌다.

툭!

무릎둔치에 얻어맞는 바람에 잠에서 깬 선초아.

"지금 시간이 몇 신데 아직까지 자빠져 자냐? 그래가지고 어디 먹고 살겠어?"

그때, 화장실에서 돌아온 정애가 코를 틀어 막으며 미간을 찌푸렸다.

"어휴 음식 냄새. 쟤는 아마 고급진 것만 먹고 커서 이런 거 싫어할 걸요. 북한에선 없어서 못 먹었는데."

"안 먹으면 지만 손해지 뭐."

"그러지 말고 이따 휴게소라도 들러서 좀 고급진 걸로 사줘 봐요. 우리한테 돈 벌게 해줄 앤데 그 정돈 해주자고요."

"휴게... 너 어디 소풍 가냐?!"

둘이 한판 붙기 전에 때마침 강식이 동욱을 데리고 나타났다.

"아! 강식이 왔어?"

구봉이 추접하게 나무젓가락 종이로 입가를 훔치며 말했다. 강식은 여전히 입 주변을 빨갛게 간 칠한 모습을 보자 정이 뚝 떨어졌지만, 주변을 둘러보더니 뒷짐을 지고 작전을 개시했다.

"자자 이제 슬슬 움직여 보자고! 북녘 동포!"

"예!"

향란이 소스라치게 놀라 벌떡 일어났다.

"그거 챙겼어? 그거 말이야, 그거."

"예..."

향란은 아까부터 줄곧 손에 땀이 나게 쥐고 있었던 장침 케이스를 들어 보였다. 볼펜 크기의 둥근기둥 통이었다. 오케이 사인을 내리듯 강식이 고개를 끄덕이자 올 게 왔다는 듯이 눈을 지그시 감았다 떴다. 속눈썹이 파르르 떨리고 있는 게 멀리서도 훤히 보였다.

"만에 하나 일이 다 어그러지면 그걸로 쟤 끝내버려."

어그러지면?

모두 같은 눈빛으로 강식을 바라보았다.

"이도저도 안 되면 말이야."

일당이 한자리에 모이자 두려움을 느낀 선초아가 다시 꿈틀거리기 시작했다. 입에 물린 재갈은 하루에 딱 두 번 식사를 할 때만 허용될 뿐. 강식은 자신을 노려보는 선초아를 한 대 갈겨주고 싶은 마음이 굴뚝같았지만, 반드시 다치게 하면 안 된다는 '의뢰'를 떠올리며 간신히 억눌렀다.

"저거 실어."

동욱이 억지로 번쩍 들어 끌고 나가자, 자지러질듯한 비명이 창고 안을 울렸다.

12

"드세요."

"이 문데?"

"이백 년 묵은 뽕나무 뿌리를 껍질째 벗겨 달인 차예요. 기관지에 좋아요."

"차는 무신. 내 머라켔제? 내는 사주에 물이 많아가 물을 멀리하라 안 했나?"

"차 정돈 괜찮아요. 그렇게 따지면 물은 어떻게 마신대요? 특별히 충청도 문씨 종가에 김 비서 시켜서 가져온 거니 입에 안 맞아도 드세요. 차 한 잔 마셨다고 큰일 안 나요."

이야기의 흐름 도중에 하미숙이 차를 내오자 틈이 생겼다. 그 사이 임 총경은 서재 풍경을 둘러보았다. 처음 들어왔을 때, 온 목적이 뭐냐고 문책하는 듯 도사리는 근엄함에 기가 눌려 제대로 보지 못한 것이다. 서가에는 『관념론』, 『마하바라따』 등 제목만으로도 웅장한 고서들로 꽉 들어차 있었다. 물론 서재의 주인이 읽었으리라고는 생각지 않는다.

한쪽 벽에는 지난 정부 때 받은 금탑산업훈장이 참죽나무액자에 표구되어 웅장한 자태로 걸려있었고, 그 옆으론 대수로 된 정장을 대각선으로 걸고선 회장의 전신사진이 마치 루이 14세처럼 위풍당당하게 자리했다. 작은 고추가 맵다— 라는 말이 딱 어울릴 다부진 자세였다. 하지만 백억이 넘는 뇌물을 바쳐서 세금면제를 받고 당시 대통령 입맛에 맞게 군 덕에 훈장까지 얻었다는 사실은 알 만한 사람들은 다 아는 사실, 일부러 시치미를 떼고 추켜세웠다.

"정말 대단하십니다, 회장님."

선 회장은 건성으로 벽을 돌아보며 별다른 대답을 하지 않았다.

신경이 예민해져 있는 것이다. 후루룩하고 소리를 내며 마시는 거 무튀튀한 입술이 표독스럽게 비쳤다.

"니도 이리 와 앉아."

막 서재를 나가려던 하미숙이 걸음을 돌려 선 회장 가까이에 와 앉자, 두 사람의 모습이 대조를 이루었다. 그의 빈한한 머리숱과 검버섯 투성이의 피부는 별 볼 일 없는 촌부를 연상케 했다. 등이 굽은 그와 대조적으로 앉은키가 비교적 큰 하미숙은 시간이 흘렀어도 관능미를 풍기고 있어 지금이라도 연예계 복귀한다면 젊은 여배우들을 제치고도 남음이지만, 보나마나 그녀는 곧 죽어도 재벌가 첩의 자리를 지키려 할 것이다.

"봐라, 임 총경. 우리 아가 집에도 몬 들어오고 즌화 한 통 없는 기 벌써 사흘이나 댔다."

그러나 회장을 이토록 가까이서 보면 볼수록 눈빛만은 어린아이 못지않은 반짝임을 가졌다는 건 누구나 공감할 것이다.

"안 그래도 수사팀 인력이 부족한 것 같아서 보충하려고 합니다."

"퍼뜩 나가 뒤져도 션찮쿠마 언 세월에 보충하고 자빠졌는데?"

"……"

"일주일임 되나?"

"노력해보겠지만 아마 힘들 겁니다."

그 말을 들은 하미숙은 드러내놓고 실망감을 내비쳤다.

"보름."

"확답 드리지 못해 죄송한 마음뿐입니다."

"찾을 순 있긴 하나? 만에 하나랏또 못찾아내믄 니들 거 달구 있는 계급장 싹 다 떼얄낀데?"

그러면서 뒤에 병풍처럼 서 있는 수사본부 간부진들에게 손가락을 흔들어 댔다. 경찰 임용 후 처음 겪는 수모를 참느라 이를 악문 윤 경위도 그중 하나였다.

선영태. 겉보기엔 낫 놓고 기역자도 모를 것 같지만 그 뒷면엔 대통령까지 주무를 만큼 명실상부 대한민국 최고 기업인이다. 수중에 마르지 않는 샘이 있다 보니 그동안 뿌려댄 게 많은 덕에 정치권은 물론이고 검경에 이르기까지 친분관계라 할 수 있는 인맥만 해도 수십은 족히 넘었다. 처세술은 또 어찌나 탁월한지 정권이 바뀔 때마다 귀신같이 살아남은 몇 안 되는 기업인 중 하나였고 지금은 경찰을 자기 밑에서 부리는 일개 직원 취급하며 으름장을 놓는 것이다. 도움을 청하는 민원인의 자세가 결코 아니었다. 겁박에 가까운 지시였다.

"다만 우려스러운건 사건의 규모가 커진다면 회장님 가정 내부 사정도 언론에 알려질 가능성이 있다는 점입니다. 물론 저희 경찰이 성실히 수사하겠지만, 그 점에 대해선 회장님도..."

아킬레스건이나 마찬가지인 선 회장의 가족사를 들추는 것도 실례다 싶어 다시 말을 골랐다.

"기업 내부에 괜한 누를 끼칠까 싶어서..."

"댔다! 내 새끼 찾는 일인데 멋엔들 못하겠나? 안그나? 마음겉

애선 방송국에라도 가겠구마."

"지당하신 말씀입니다. 위치 추적 결과 이틀 전에 협박 전화가 걸려온 곳은 K시 공업단지 인근이라고 합니다. 놈들을 추적하는 건 시간문제니 조금만 기다려 주십시오."

"말로만 야발댈기 아이라 행동으로 보이라꼬, 행동으로!"

보다 못한 하미숙이 이해해달라는 듯 미소를 띄우며 말했다.

"그러니까 우리 회장님 말씀은 좀 더 수사에 보강이 필요하단 뜻이에요, 이해하시겠죠? 노력하고 계시겠지만 좀 더 애써 주세요."

다시 정중하게 말을 고친 것 같지만 선 회장과는 다른 위압적인 뉘앙스가 풍겼다. 그리고 그녀의 말이 끝나기 무섭게 윙- 하고 바지 뒷주머니에 넣어둔 휴대폰의 진동이 울렸다.

윙-

윙--

"퍼뜩 안 받고 머하나."

선 회장이 짜증스럽다는 듯이 턱으로 가리키자, 양해를 구하듯 몸을 비틀어 휴대전화를 꺼내든 임 총경. 액정 화면에 수사팀원 중 하나가 뜬 것을 확인하자 부아가 치밀었다. 선 회장 자택에 있는 거 뻔히 알면서 전화질이라니.

- 무슨 일이야?

- 조금 전 선초아 양의 것으로 추정되는 옷가지가 발견됐습니다!

13

교복 상하의가 발견된 곳은 경기도 분당 J동 아파트 대단지에 조성된 공원 화장실이라고 했다. 보고를 받자마자 즉시 이동한 현장에는 감식반이 분주히 오가는 가운데 남녀 고등학생들이 경찰의 물음에 일일이 대답을 하는 풍경이 펼쳐졌다. 그 아이들이 신고한 모양이었다. 폴리스 라인을 한 손으로 들어 통과한 임 총경을 보자마자 형사 하나가 와서 보고했다.

"쟤들이 최초 목격자입니다. 새벽 세 시까지 집에 안 들어가고 공원 벤치에서 맥주를 마시고 놀다가 여학생 하나가 화장실에 갔고, 남은 두 명은 갑작스런 비명소리에 달려왔다고 합니다. 장애우 칸을 열어젖히자 여학생의 교복으로 보이는 것이 옷걸이에 걸린 채 걸려 있었다고 하고요."

"그 여학생은 왜 하필 장애우 칸에 들어갔는데?"

"단지 공간이 넓고 휴지도 있어서라고 합니다."

"목격자가 고등학생 세 명이다?"

"네."

"근처 CCTV는?"

"없습니다."

임 총경은 금방이라도 범인을 놓친 것처럼 주변을 두리번거렸다. 신도시로 떠오르는 이 부지에서는 유명 아파트를 짓느라 한창이었다. 공사장 인부들이 모두 퇴근하고 나면 인적이 드물어 음흉한 일이 일어나기에 안성맞춤인 곳. 이런 곳에 교복을 버렸다는 것은 인질을 끌고 다니기에 보다 더 수월하게 하기 위함도 있거니와 요구한 돈 오십억을 악착같이 받아내겠다는 납치범의 포부로 해석할 수 있다. 사라진 딸이 남긴 허물 만큼 부모의 정신을 쏙 빼놓는 것도 없을테니까.

왼쪽 가슴 섶에 수 놓인 명찰 부분을 몇 번이고 확인하는 임 총경. 이름 석 자가 너무나 또렷하게 새겨져 있었다. **선.초.아.** 그런데 어딘가 이상했다. 치마를 요모조모 뜯어보아도 구김 하나 없이 비교적 깨끗했다. 어라? 반항의 흔적이 없다? 그렇다면 처음부터 수면제를 강제로 먹여 불가항 상태로 만들었거나 납치하자마자 옷을 벗겼을 수도 있다. 물론 이것만으로는 충분한 단서가 되지 못했다.

"일단 서로 복귀한다."

수사본부 회의실.

블라인드를 내리고 불 꺼진 내부에는 빔프로젝터 빔에서 뿜어져 나오는 빛이 정면 스크린을 향해 비추고 있었다. 비록 황급히 꾸려진 수사팀이었지만 규모는 민원인의 위신을 대변하듯 유례를 찾아보기 힘들 만큼 컸다. 총괄지휘는 서장인 임 총경이 직접 나섰고, 실전에는 박 경감과 윤 경위가 각각 투톱으로 배치, 그 밑으로는 그동안 납치 관련 실적이 높았던 인력들로 꽉꽉 채워진 상태였다. 총 인원 사십오 명.

형사 하나가 앞에 나가 현재까지 드러난 경위와 상황을 발표하기 시작했다.

"자아… 사건을 정리하자면, 납치 피해자는 청담 J여고에 재학 중인 선초아. 나이는 열일곱. 부친인 지보그룹 선영태 회장과 모친 하미숙 사이에서 난 1남 1녀 중 둘째입니다. 얼마 전, 7월 29일 수요일 오후 3시 45분경, 학교 인근 노래방에서 같은 반 친구에게 약속 장소를 알리는 메시지를 마지막으로 연락 두절. 그로부터 몇 시간 뒤인 같은 날 오후 5시 55분경에 협박전화가 걸려왔습니다. 수사팀에서 소재를 추적한 결과 협박전화가 걸려온 곳은 K시 공업단지로 밝혀졌으며 협박내용은 알려져 있다시피 현찰 오십억을 준비하라는 것입니다."

"조건은 그것뿐이야?"

"네, 그렇습니다."

"인근 현장 조사는 어떻게 됐어?"

임 총경이 묻자 이번엔 다른 형사 하나가 대답했다.

"노래방 건물은 지상 8층과 지하 2층으로 이루어진 건물입니다. 노래방 내부는 물론, 들어가는 입구와 주차장까지 CCTV를 확인해 본 결과 역시 특이할 만한 사항은 아직까지 발견되지 않았습니다. 사건 당일 포함 일주일간의 주차된 모든 차량은 현재 조회 중에 있고요. 어쩌면 범인은 근방 지리에 밝은 자로 추측됩니다."

"실종된 시각이 백주 대낮인데 목격자도 없단 얘긴가?"

"네. 아직까지는..."

"귀신이 곡할 노릇이네. 사건 발생 당일 주변인물의 행적은?"

그러자 이번엔 박 형사가 일어서서 보고했다.

"저와 윤 경위님이 다녀왔습니다. 정식으로 탐문을 해봐야 알겠지만, 일단 가족들 진술에 의하면 모두 알리바이가 성립됩니다. 사건 당일 선영태 회장은 H종금과의 합병 건으로 회의 중이었고, 하미숙씨와 선 여사님은 자택에, 여행에서 돌아온 장녀 선도영씨는 백화점 쇼핑 중에 있었으며, 장남 선초석씨는 친구들과 개인적인 만남을 가진 뒤 귀가한 상태였습니다."

"앞이 캄캄하구만. 빠른 시일 내에 탐문수사 진행해. 초일류 기업을 상대로 납치를 했다니 보통 간 큰 놈이 아니야."

"저어..."

그 때, 윤 경위가 머뭇거리다 앞으로 나섰다.

"뭔데?"

"따로 드릴 말씀이 있습니다."

46세 동갑내기인 두 사람이 일대일로 마주보는 일은 임 총경이 강남서로 온 후 처음이었다. 주변에서는 고향도 나이도 생일까지 같은 두 사람을 비교하는 분위기였지만 윤 경위는 인정하기 싫었다. 바닥부터 시작해서 수 년 전 여아 납치살해범을 검거한 공으로 고속승진한 입지전적인 자신과 달리 임 총경은 그야말로 세상 무서운 줄 모르고 직책이 부여한 사명감에만 취해 있는 엘리트로 보였기 때문이다. 깍듯이 예의를 차리면서도 은연중에 느껴지는 우월감이 그 반증이었다.

"알리바이는 모두 완벽한데, 완벽한 만큼 모두 수상합니다."

윤 경위가 의논조로 말했다.

"죄다 용의 선상에 올리자?"

"필요하다면요. 일단 선초석도 예외일 순 없고요."

"선초석?"

"선 회장 아들 말입니다. 왜 그 눈도 퀭하고 비쩍 마른..."

"아아. 걔 원래 약쟁이잖아."

"그보다 기사 댓글 중에 특이점이 있습니다. 선초석 고등학교 동창이라는 익명인이 쓴 댓글인데요. 평소에 자신과 동생은 집안에서 미운오리새끼라고 입버릇처럼 말했다네요."

"본처 자식이 아니라서 차별이라도 받고 자랐다는 건가?"

"가정사는 아무도 모르는 거니까요. 그리고 평상시 동생 초아양이 그 집을 떠나고 싶다는 이야기를 종종 했다고 합니다. 부모와 사이도 원만하지 못했고요."

"지금 가출이라고 말 하고 싶은 거야? 정황상 납치가 분명한데?"

"가능성은 열어두자는 거죠."

뒤로 묻어두었던 상체를 반동으로 일어선 임 총경. 두 뺨을 문지르며 잠시 생각에 빠지는 듯하더니, 블라인드 너머 사무실로 힐긋 시선을 던졌다.

"좋아. 주변인물도 다 용의선상에 올리고, 가출 가능성도 염두에 두자고. 그런데 스케일이 너무 크잖아. 무려 오십억. 어떤 얼빠진 여고생이 자기 부모를 상대로 오십억을 요구해? 윤 경위. 다시 말하지만, 이건 무조건 납치야. 총수 일가에 악감정이 있는 어떤 놈 소행이라고."

"사실 가출 얘기를 꺼낸 건 납치 자체가 여타의 사건들과는 전혀 다른 양상을 띠고 있는 것 같아서..."

"예민하게 굴지 마."

하고 어깨를 가볍게 치며 다시 자리에 몸을 묻었다. 윤 경위가 맞은편 의자에 앉아 이어서 말했다.

"그리고 또 하나. 세상에 알려진 바에 따르면, 선 여사의 경우 올해 일흔아홉 살의 노부인으로 선영태 회장의 자서전에도 나와 있듯이 어려서부터 엄마 역할까지 한 유일한 남매예요. 지금은 알츠하이머가 진행된 상태라 과연 조사가 원만히 이루어질지 모르겠지만 확실한 건..."

"확실한 건?"

"선 여사는 죽은 올케, 그러니까 선도영의 생모와 꽤 우호적인 관계였음을 짐작 할 수 있었습니다."

"어떤 면에서?"

"오전에 말이에요. 회장님 뵙고 나오는 길에 현관 입구에서 마주쳤는데, 말끝마다 선도영 생모의 이름을 부르는가 하면, 입버릇처럼 '내가 대신 복수해줄게'를 중얼거리더라고요."

"복수? 설마 조강지처를 내쫓은 후처에 대한 괘씸함?"

"저도 그렇게 생각해요. 어쨌거나 선도영이 일찌감치 생모를 병으로 잃은 뒤에는 선 여사가 딸처럼 직접 거둬 길렀다고 하니까요. 자연스럽게 하미숙의 소생들과는 거리를 유지했고. 조카들도 왜 마음이 더 가는 아이가 있잖아요."

"그런데 말이야. 첫 조카인 선도영에 대한 애착에서 발로된 사건이라면, 굳이 여식이자 나이도 어린 선초아를 타겟으로 삼았을 이유가 있을까? 객관적으로 보면 아들인 선초석을 노리는 편이 더 설득력 있지 않겠어? 성인으로서 유학 중인 데다 대를 이을 자식인데?"

"일리 있어요. 그런데 두 남매 중에서 그나마 선 회장의 총애를 받는 게 오빠가 아닌 여동생이라면 얘긴 달라지죠. 선도영씨도 딸이지만 이미 대학 입학과 동시에 후계자 수업을 받는다는 이야기가 떠돌 정도니 선초아도 못하리란 법은 없잖아요? 열일곱 살인데 곧 삼 년 만 있으면 역시 후계자 수업을 받을 가능성이 자기 오빠보다 높으니까. 아까도 말했지만 선초석은 이미 대마 사건으로 회장 눈 밖에 난 걸로 알고 있습니다."

"으음... 탐문 수사할 때 그 노인네 더 파고들어 보는 것도 좋겠어."

"네. 그리고 가장 수상한 선도영씨 말인데..."

윤 경위가 책상 앞으로 상체를 끌어 앉았다.

14

같은 시각, 지보그룹 회장실.

이태리 거장 마리오 벨리니의 수작인 벨벳 소파에 다리를 꼬고 앉아 지루한 눈으로 손을 까딱거리는 도영. 가지런한 포니테일에 딱 붙는 슈트 차림을 한 여직원 둘이 카탈로그를 차례로 넘길 때마다 도영이 한쪽 입술을 가볍게 삐죽거리며 고개를 가로 내저었다.

"너무 다크해... 너무 하드하고... 결정적으로 해비해. 나 그런 거 딱 싫어."

"그럼 이건 어떠세요? 지난 F/W시즌 때 신개념 럭셔리함을 선보인, 무대에서 가장 극찬을 받은..."

"그게 럭셔리하다고? 너무 고리타분해 보여. Y그룹 그 아줌마 검찰 포토라인에 섰을 때 봤어 니들? 그때 입은 옷이랑 비슷하잖아. 갑자기 더 싫어지네."

"그럼 이 슈즈는..."

"치워. 뭘 해도 짜증나."

그때, 옆에서 유 집사가 와인을 따르며 말했다.

"집 나간 고양이 한 마리 때문에 고생이 많네, 우리 아가씨가."

나이는 오십 전후쯤 되었을까? 잡티 없이 반드르르한 피부에 마치 에단 호크를 연상케 하는 은발의 유 집사가 잔을 건넸다. 볼에서 스템까지 이어진 곡선이 아름다운 로브마이어 발레리나 잔에 저 너머 '회장 선영태'라고 음각으로 새겨진 황동 명패가 굴절되어 비 쳤다.

"곧 있으면 호텔하고 바이오가 나한테 넘어오기로 했다고. 왜 하필 이럴 때 난리인지 원. 정말 되는 일이 없어! 아... 그건 그렇고 아버진? 아직도야?"

"오실 때 다 됐어."

"나 있지. 진짜 살맛이 안 나. 세상에 나처럼 골치 아픈 사람도 있을까?"

"많지. 하지만 우리 아가씨만큼 관대한 사람은 없지."

"내가? 어딜 봐서?"

"이십 년 가까이 그 쓰레기들 꼴을 보고도 잘 버텼잖아?"

유 집사는 창가로 다가갔다.

"대체 언제까지 버텨야 해?"

"오늘까지. 자 호랑이 입장."

유 집사가 창밖 블라인드를 손가락으로 튕기며 말했다. 저 밑으 로 마이바흐가 본사 빌딩 앞에 도착하자 수행원들에 둘러싸여 내 리는 선 회장의 모습이 보였다. 유 집사가 손을 휘휘 젓자 여직원 둘이 서둘러 자리를 정돈하고 회장실을 떠났다. 그리고 다시 와인 잔을 세팅한 뒤, 자리에서 일어나 옷매무새를 다듬는 유 집사. 마치 콜로세움 한가운데로 나아갈 준비를 하는 검투사처럼 결연한 자세 였다.

"나 예전부터 궁금한 게 있었어."

회장실 출입문을 똑바로 바라보며 정돈하고 선 도영이 물었다.

"뭔데? 제한 시간은 1분."

"우리 엄마가 암으로 돌아가셨을 때 말이야. 장례식 때 우리 영감, 그때 대체 무슨 생각으로 그랬던 걸까?"

"그 속은 아무도 모르지."

"그럼 유 집사는? 유 집사는 어떤 생각이 들었어?"

나란히 서서 출입문을 노려보는 유 집사의 눈에 해득하기 어려운 어떤 감정이 흐르고 있었다. 이윽고 문이 열렸다. 키 162센티미터에 등이 굽은 '호랑이'가 들어오고, 이쪽에선 몸에 밴 예의가 절도 속에 흘렀다. 언제나 그랬듯이 능숙한 웃음으로.

15

오후 세 시.

탐문수사를 위해 찾은 선 회장의 자택 앞. 차에서 내리기 전 윤경위는 박 형사로부터 상황을 보고받고 있던 중이었다.

"차량 번호 조회해봤더니, 용의차량으로 총 세 대가 있었습니다. 그중에 포르쉐 한 대는 같은 건물 회계사무실의 법인 차량으로 대표가 몰던 차인데요. 고액 상습 체납 건으로 적발되어 번호판 영치

조치되었습니다. 다른 한 대는 차주가 이미 사망하였고요. 나머지 다른 한 대는 운행이 정지된 대포차로 드러났습니다."

"대포차?"

"판매처는 음지의 채팅앱에서 회원제로 운영되는 곳이었습니다. 브로커를 출두시켜 조사한 결과 선양이 납치되기 이틀 전의 구매자는 단 한 명으로 압축할 수 있습니다."

"그게 누군데?"

"장강식. 울산파 행동대장입니다."

"깡패다 이거지."

"네. 사건발생 일주일 전에 살던 빌라를 급하게 처분한 점까지 용의자 가능성에 무게를 주고 있습니다."

"그런데 처음 듣는 이름인데? 현재 활동하고 있는 놈인가?"

파일을 건네받으며 윤 경위가 물었다.

"아뇨. 예전에 치타 밑에서 일하던 놈인데, 조직 내에서도 독재로 유명했다고 합니다. 덕분에 부하들에겐 신임을 잃고, 위로부턴 팽을 당하고 말았죠."

"지금은 조직을 떠났다는 얘기로 들리는데?"

"네. 연예인들이 대거 연루된 마약사건에 장소를 제공하던 술집 바지사장으로 있었는데요. 사건이 터지자 놈이 보기 좋게 잡혀 들어간 겁니다. 위에서도 나 몰라라 했고요. 그 바람에 청송교도소에서 6년 썩었다죠, 아마. 아! 그때 교도소에서 놈을 친형처럼 따르던 똘마니 하나가 있었다고 합니다. 이름은 송동욱. 얜 그냥 잡범인데요. 장강식이 집 처분하고 잠적에 들어갈 무렵, 놈 또한 휴대폰을 해지한 이력이 있어서 마찬가지로 용의선상에 올려두었습니다."

"그럼 납치범이 아니라 납치범들이 되겠군. 그럼 그렇지. 혼자서 이런 큰일을 저질렀을 리가 없어. 좋아. 일단 들어가자고."

눈짓으로 높다란 콘크리트 자택을 가리켰다. 북한산을 병풍삼아 자리한 한남동의 이 자택은 공시지가로도 국내 다섯 손가락 안에 들었다. 철옹성으로 둘러싸인 아방궁 위로 먹구름이 금방이라도 떨어질 것처럼 뭉쳐 있었다. 일하는 직원으로 보이는 남성의 안내에 따라 안으로 들어간 두 사람.

"이쪽으로 오시죠."

돌계단을 모두 오르자 두 갈래의 길로 나뉘었고, 남자는 윤 경위와 박 형사를 오른쪽 본채로 안내했다. 어제 잠시 방문했을 때에 들른 방향과는 또 다른 세상이 펼쳐졌다. 관리가 잘 된 잔디가 넓게 펼쳐졌고, 그 옆 아름답고 웅장한 돌들로 이루어진 조경은 감탄을 자아냈다. 들어가는 디딤돌 한쪽으로는 수묵화에 나올법한 오래된 소나무들이 고궁에 온 것 같은 착각을 불러일으켰다. 그리고 곳곳에 방문객의 일거수일투족을 감시하기 위한 CCTV가 설치되어 있었다. 현관은 광활했다. 땀띠 나게 신고 다닌 허름한 운동화를 '그런 곳'에 벗어두기에 송구스러울 만큼. 박 형사는 난생처음 들어와 본 자택 내부에 넋을 놓았는지 연신 실내를 두리번거렸다.

"어서 들어오세요, 으흐흐흥. 사모님께서는 지금 오고 계시는 중이랍니다."

말소리에 돌아보니 사십 전후로 보이는 가정부가 차를 내오고 있었다. 어깨까지 닿는 파마머리에 보기 좋게 붙은 살집, 어딘가 둔해 보이는 인상이지만 고용주 부름에 잽싸게 달려가는데 우수한 빠른 걸음걸이와 노련한 눈빛. 그냥 쉽게 말해서 가정부 하면 떠오르는 그런 이미지였다.

안내한 방은 따로 마련된 손님방이라고는 했지만, 웬만한 아파트의 거실 수준의 넓이였고, 층고는 그보다 높았다. 값이 나가 보이는 찻잔에 차를 따르며, 그녀가 말했다.

"실은 사모님께선 이 사람 저 사람 집에 드나드는 거 별로 안 좋아하셔서요. 우선 여기서 기다리세요."

"사모님께서 외출이 잦으신 모양입니다?"

"뭐 그런 편이죠. 재단 일로도 바쁘시고요, 으흐흐흥. 그저께도 온종일 밖에 나가계시고, 오늘도 아침 댓바람부터... 일찍이 나가시고요. 나머진 저도 잘... 여기 온지 얼마 안 되어서요. 적응 중이랍니다. 어쨌거나 작은아가씨 일 때문에 집안 분위기가 아주 초상집이 따로 없어요. 거기다 유튜번지 뭔지 젊은 것들은 매일같이 개떼마냥 몰려들고 기자들도 꼬이고. 아주 못 살겠다니까요? 뭐더라? 조그만 비행기 같은 거 날리는 거."

"드론이요?"

"맞아요. 아주 골머리라니까요. 여기가 감히 어딘 줄 알고."

차를 내놓고도 여전히 방문을 떠나지 않은 그녀는 붙임성이 좋다기보다 일방적으로 떠들어대는 편에 가까웠다. 선초아 납치사건 관련해서 좀 더 이야기를 나누고 싶어 하는, 아니 그와는 별개로 모시는 고용주들의 일거수일투족을 이러쿵저러쿵 떠들어 대고 싶어 하는 눈치였다. 하기야 얼마나 입이 근질거렸을까. 약속이라도 하듯 총수 일원이 모두 입에 자물쇠를 잠근 채 물밑에서 저희들끼리만 숙덕거리니 오지랖 넓은 이방인으로서는 못 견딜 일이었을 것이다. 윤 경위가 보기에 그녀는 일한 기간에 비해 많은 부분을 꿰뚫은 여자 같았다. 언뜻 보아도 입이 가볍고 남의 이야기를 하기 좋아하는 스타일. 전형적인 촉새형 인간이다. 잘만 하면 그녀에게서 요긴한 정보를 빼낼 수 있을 거란 기대가 떠올랐다.

"다들 걱정 많으시겠군요?"

"아휴 그걸 말이라고요. 회장님은 밤에 잠도 못 주무시지, 사모님도 땅이 꺼져라 한숨만 쉬세요. 우리 선 여사님은 요즘 따라 부쩍 정신이 왔다리 갔다리하고..."

"선도영씨는 출근하셨나 봐요?"

"네에. 그 아가씬 맨날 바빠요."

그때였다. 아줌마!! 하고 찢어질 듯한 고함에 일제히 몸을 돌렸다. 가벼운 트레이닝복 차림의 앳된 청년이 눈을 부라리며 오다가 윤 경위 일행을 보더니 멈칫하고 섰다.

"예 도련님!"

선초석이다! 직감적으로 깨달은 윤 경위는 놓치지 않고 그를 탐색했다. 모델같이 훤칠한 키에 얼굴은 깎아놓은 듯이 반듯한 선. 소위 말하는 꽃미남 스타일이었다. 이쪽의 눈빛을 의식했는지 그가 어금니를 물고 작게 다그쳤다.

"내 방에 들어왔어요?"

"아까 청소 하느라고요."

"내 허락 없인 들어오지 말라고 했잖아요!"

"쓰레기통만 비우고 아무것도 손 안 댔는걸요."

아마 평소대로라면 2차전으로 번지고도 남았을 기세였지만, 역시 외부인의 존재를 의식했는지 쌀쌀맞은 얼굴로 도로 계단을 올라갔다.

"저분이 뭐가 잘 안 되고 있나 봅니다?"

그러자 말이 끝나기 무섭게 가정부는 얼른 문을 닫고 일러바치듯 말했다.

"초석도련님이요? 아휴 말도 마세요. 자기 물건에 손대는 건 까무러치듯 싫어한다니까요? 언젠간 바닥에 떨어진 노트를 가져다 드리려는데 난리, 난리 아주 그런 난리도 없어요. 게다가 방문도 3중으로 보안을 해놓질 않나. 하이고 있는 것들이 더 해."

가정부는 계속 지껄이며, 마치 그 자리에 윤 경위와 박 형사가 있다는 것을 미처 의식하지 못한 것처럼 말했다.

"3중 보안이요?"

"으흐흐흥. 입이 방정이네. 그만큼 철저하다고요. 도대체 내가 국정원에서 일하고 있는 건지 헷갈린다니까요?"

조금 전까지만 해도 자신이 모시고 있는 주인에 대한 자긍심으로 넘쳐나 보이던 그녀가 이번엔 도리어 거리낌없이 힐난하자 서

글픈 마음이 들었다. 마차에 올라탄 사람의 운명은 역시 마부의 손에 달린 걸까.

"가족도 손을 못 대게 하던가요?"

"네에. 대체 뭐가 그렇게 숨기는 게 많은지. 아 관심도 없구만! 내내 멀쩡하다가 방학 맞아서 미국에서 돌아온 뒤론 더 저런다니까요?"

"방학을 맞이해서 더 그런다?"

"내가 이건 말 안 하려고 했는데…"

가정부가 문 쪽을 힐끔 보더니 언성을 낮추었다.

"저번엔가 방 청소하다가 우연히 여자 물건을 봤거든요. 왜 여자들 화장품 자잘하게 넣고 다니는 작은 가방. 근데 거기서…"

"쉿!"

그때 박 형사가 검지를 입에 가져다 대더니, 천천히 일어나 문가로 향했다. 자기가 무슨 큰 실수라도 저질렀나 싶은 가정부가 울상이 되어 한쪽 구석에 몸을 사리는 사이 문고리를 천천히 감싸 쥔 박 형사가 속으로 셋을 세고 확 잡아당겼다.

멍…!

이쪽을 향해 꼬리를 살랑대는 애완견 한 마리뿐, 밖에는 아무도 없었다.

건조한 한숨.

띵– 동–

때마침 초인종이 울리자 가정부가 짧은 다리를 보채며 잽싸게 달려갔다. 그리고 열두 시가 땡 하면 마법에서 풀리는 신데렐라처럼 갑자기 준비된 미소를 흘리며 큰소리로 맞이했다.

"사모님 이제 들어오세요?"

"아줌마, 나 물 한 잔만."

"참! 경찰 분들 와서 기다리세요."

"경찰? 오늘이었나? 하... 그럼 접견실로 모셔요."

달갑지 않은 얼굴로 그녀가 본체만체 대답했다.

잠시 후, 만난 그녀의 미모는 유지할 수 있는 부유함을 감안하더라도 볼 때마다 경탄의 대상이었다. 만일 결혼하지 않고, 이대로 쭉 연예계 생활을 했더라면 어땠을까? 이영애 정도? 아니면 박주미? 아니다. 그 이상이었을 지도 모른다.

"늦어서 미안해요. 외부에 잠시 볼 일이 있었어요."

"괜찮습니다. 저희도 조금 전에 왔습니다. 수사에 응해주셔서 감사합니다."

"내 딸 찾는 일인데요. 뭐."

하면서도 맥없는 얼굴.

"귀한 시간 많이 빼앗진 않겠습니다. 몇 가지 질문 드릴 테니 거기에 대한 답변만 해주시면 되겠습니다. 물론 선 여사님과 선초석 씨에게도 같은 방식으로 진행할 겁니다."

"도영이 걘요? 걘 왜 빼요?"

"통화해보니 회장님과 회사에 계신다고 하셔서요. 선도영씨는 따로 날짜를 잡았습니다."

"걘 할 일도 없으면서 허구한 날 회사에 있더라... 뭐 알겠어요."

그녀는 이제 막 온 참이라 가쁜 숨을 정돈하듯 물 한 컵을 단숨에 마셨다. 딸이 납치된 지 3일째. 기다리는 시간이 공연히 희망으로 이어지는 건 실종자 가족들에게서 흔히 볼 수 있는 증상이다. 때문에 평소에 혐오하던 경찰도 만나게 되면 혹시나 하는 기대감에 결과를 갈구하곤 한다. 그것이 윤 경위가 줄곧 봐왔던 납치피해자 가족들의 양상이었다. 그러나

'이 여자는 다르다.'

"우선, 지금까지 알아낸 내용을 말씀드리자면, 차량 조회를 해본 결과 초아양을 납치한 유력용의자로 조직폭력배에 몸담고 있는 인물이 지목되고 있는 상태입니다."

"세상에. 폭력배라뇨?"

혐오스러운 얼굴로 놀라 물었다. 저 표정만큼은 진짜다.

"네. 게다가 가담한 사람이 더 있을 수도 있고요. 여기에 한 가지 추론을 더 제시하자면... 어쩌면 그들을 움직이는 또 다른 공범이 있을 수도 있습니다."

"공범?

"어디까지나 추측일 뿐이죠. 놈들이 선 회장님 댁과는 그 어떤 접점도 없기 때문입니다. 단순 납치라고 하기엔 그들은 처음부터 상대가 지보그룹이라는 것을 알고 있었으니까요. 계획적으로 접근

했다는 말입니다. 더군다나 우리끼리 얘기지만 보통 강심장이 아니고서야 지보그룹을 상대로 협박을 하겠습니까?"

"그러니까 대체 누가 그런 사주를 한 거냐고요?"

하미숙이 날카롭게 받아쳤다.

"사주...? 방금 사주라고 말씀하셨습니까?"

"아, 아뇨... 그러니까 제 말은 사주범이 있을 수도 있냔... 얘기죠."

하미숙이 조금 전까지 밀어 붙이던 속도를 제어하며 대답했다.

"아직 모릅니다. 그 점에 대해선 더 깊은 수사를 할 예정입니다. 그래서 질문드립니다만, 혹시 주변에 사모님께 앙심을 품고 있음직한 인물이 있습니까?"

"면식범일 수도 있겠단 말로 들리네요?"

"수사에 있어 모든 가능성은 열어둬야 하니까요."

"하... 앙심이라... 많죠. 당장 이 집에서 날 사람 취급도 하지 않는 도영이 걔부터가 날 미워하니까요. 뭐... 집안 망신인거 알지만 내 딸이 없어졌는데 못 할 소리 뭐 있겠어요. 그리고 형님도 절 미워하고요."

"형님?"

"애들 고모 말이예요. 티는 안내지만 다 안다고요. 눈칫밥으로 버텨온 게 자그마치 이십 년이예요, 이십 년. 그 외에도 옛날에 일했던 기획사 대표도 그렇고. 물론 제 잘못이죠. 계약기간이 남았는데도 멋대로 해지해버렸으니까. 하지만 어쩌겠어요? 염문설을 뿌리고 애까지 임신한 저를 연예계에선 받아주지 않았는데. 그리고..."

"이런 말씀 드리기 조심스럽지만..."

"말씀하세요."

"전에 사귀던 분 또한 좋은 감정으로 헤어진 건 아니었죠?"

윤 경위는 하미숙이 인상을 찡그린 채 등받이에 몸을 묻고 팔짱을 끼는 등 사소한 변화까지도 놓치지 않았다.

"정말 불편한 질문이네요."

다리를 꼬며 그녀가 말했다.

"용서하십시오."

"소문내지만 않는다면요."

"물론입니다."

그녀는 잠시 쥐고 있던 머그컵을 내려다보았다. 그리고 픽! 하고 웃으며,

"조모현 그 인간, 당시에 저보고 돈에 환장한 여자라고 욕을 하더군요. 아버지뻘과 그렇고 그런 사이라는 기사가 나간 뒤 세상 사람들로부터 줄곧 들어온 말이니 별로 충격적이지도 않았어요. 흥, 그러는 지는. 작년엔가? 열아홉 살 연하의 쇼호스트와 결혼했죠, 아마? 지나 나나... 여튼 오히려 저한테 고마워해야 할 부분이네요."

"정말입니까?"

"검색해보면 아실 거예요."

"아뇨. 돈 보고 결혼한 것 말입니다."

"정말 무례하군요!"

"죄송합니다."

"그런 말 같지도 않은 소리도 수사에 필요한가요? 대체 그게 내 딸 납치사건과 무슨 문제가 있죠? 아하, 내가 돈 보고 결혼해서 날 시기 질투하는 사람들이 많을 거다? 많겠죠! 자기들은 못 갖는 부와 권력을 누리니까. 하지만 그 무례한 질문에 답하자면 절대 노라고요. 아시겠어요? 한 번만 더 같은 질문을 해보세요. 당장 회장님께 말씀 드릴 테니."

"좋습니다. 그렇다면 의붓 따님이신 선도영씨와는 관계가 어땠나요?"

"말했잖아요. 날 사람 취급도 안 한다고."

"평상시 대화가 없는 편이었겠네요?"

"대화뿐이겠어요. 최소한의 인간미도 없었어요. 그 앤 정말 차갑다고요. 그 애 때문에 약을 먹어야 했던 시간을 생각하면 정말..."

노트에 열심히 받아 적던 윤 경위가 필기를 멈추고 물었다.

"무슨 약 말입니까?"

"우울증약이요. 공황장애도 왔고. 지금은 아니에요. 버틸 만하거든요. 우리 애들이 커서 그런지 의지가 되니까요. 이래서 사람은 자식이 있어야 하나 봐요."

"마지막 질문 드리겠습니다."

"듣던 중 반가운 소리네요."

"남편분과는 최근 사이가 어떠신가요?"

"어떻다뇨? 남편...?"

'대답이 늦다.'

"회장님이요."

"아... 부부간의 금슬 뭐 그런 거? 그냥 그래요. 저도 이제 이팔청춘도 아니고. 불혹이잖아요? 회장님 연세는 또 어떻구요? 남편과는 이제 불타는 사이는 지났죠. 다만 뭐랄까? 여느 부부들처럼 전우 같아요. 전우."

남편이라 부를 때 어딘가 모르게 주저하는 듯한 느낌을 받았다.

예상과 크게 다르지 않던 하미숙에 대한 조사가 끝나고, 이어서 그녀가 떠난 자리에 그녀의 친아들인 선초석이 들어왔다. 삼십 분 전에도 마주친 바 있지만, 자세히 보니 흐릿한 이목구비에 하얀 피부를 가져 충분히 모성애를 불러일으킬 전형적인 부잣집 도련님이었다. 그러면서도 이미 마약 사고를 일으켰다는 배경지식 탓인지 어딘가 음울한 인상을 풍겼다.

"안녕하십니까. 자 앉으시죠."

별다른 대꾸도 없이 의자에 풀썩 앉자 그의 툭 튀어나온 무릎이 시선을 끌었다. 역시 하미숙을 닮아 팔다리도 길쭉하다.

"모쪼록 사건 해결을 위해서 협조를 부탁드립니다. 질문은..."

"대충 엄마한테 들었어요. 빨리빨리 물어보세요."

손끝 거스러미를 물어뜯으며 듣는 둥 마는 둥 하는 선초석.

"단도직입적으로 묻죠. 여동생 납치 사건 용의자로 혹시 의심 가는 사람이 있습니까?"

그러자 선초석은 미간을 찡그리며 자세를 고쳐 앉았다. 역시 놓치지 않는 윤 경위.

"알았다면 지금 이러고 있겠어요?"

"전혀 찾아볼 수 없다는 뜻이군요?"

"몰라요. 만약 떠오르면 메시지 보낼게요. 그럼 됐죠?"

"누나분과는 관계가 좋으신가요?"

"우리 집 레오랑 더 친하다고 말하면 이해되세요?"

"혹시 누나를 죽이고 싶단 생각을 해 본 적 없으십니까?"

"크큭. 질문 재밌게 하시네?"

"질문을 바꾸겠습니다. 다른 재계의 2세들과는 달리 SNS를 하시더군요?"

그러자 순간 그의 얼굴색이 달라졌다. 온전히 놀라움으로.

"그걸 어떻게? 실명으로 가입한 게 아니라 못 찾아냈을 텐데..."

"동창생들의 SNS에서 초석씨의 별명을 찾아냈고 태그검색에 일일이 다 검색했을 뿐입니다."

"끈질기시네요."

"하지만 너무 티가 났죠. 그래서 계정을 삭제하셨나요?"

"무슨 뜻이죠?"

"뜻밖의 팔로워와 게시물 저장이 늘어난 걸 눈치채셨던거 아닌가요? 아까도 가정부 아주머니 계실 때 느낀 거지만, 자신의 정보가 외부로 공개되는 것을 극도로 꺼리시는 이유가 뭡니까?"

"좋아할 사람도 있나?"

"방문을 3중 보안하신다면서요? 영화에서나 있을 법한 이야기 아닙니까?"

"개인적 자유예요. 저스트 프라이버시라고요."

"좋습니다. 그런데 SNS에 게시물이라고는 할리 데이비슨 사진 세 장 뿐이던데. 그것도 개인정보 침해가 될까 봐 우려가 되시던가요?"

"엄, 엄마가 오토바이 타는 걸 싫어해서요. 알려질까 봐 그랬죠, 난."

동요하고 있는 게 틀림없다.

"단지 그뿐입니까?"

"네. 단지 그뿐 맞아요."

선초석은 SNS는 인생의 낭비가 맞다며, 수준에 걸맞은 행동양식을 요구하는 모친의 뜻에 따라 삭제했을 뿐이라고 덧붙였다. 그렇다고 계정까지 삭제할 필요는 없었는데 하는 생각에 더욱 파고들었다. 조사에 따르면 선초석은 유학생들 사이에서도 자신의 부를 뽐내는 것을 큰 기쁨으로 여겼다고 한다. 그 같은 종류의 사람은 주변에서 집중되는 이목의 정도에 따라 자신의 가치를 매기곤 한다. 그런데 SNS를 비공개로? 단지 별 볼일 없는 오토바이 사진 몇 장 때문에? 게다가 삼십 분 전에는 가정부에게 자신의 방에 들어온 적이 있냐고 느닷없이 짜증을 부리기까지. 무슨 이유에서인지 살벌하게 쳐놓은 그만의 펜스를 끊어 버리고 싶다는 충동을 느꼈다.

'선초석 네가 숨기고 싶어 하는 게 대체 뭐야?'

"아이디를 일 년에 한 번씩 바꾸시는 이유가 뭡니까?"

"대체 어디까지 제 뒷조사를 한 거죠?"

선초석은 인내의 한계에 다다른 듯 주머니에서 손을 빼고 앞으로 몸을 당겨 따지듯이 물었다. 경찰의 도발에 공격으로 대응하려는 자세가 엿보였지만, 역시 무리였을 것이다.

"법이 허용하는 범위까지요. 그것도 프라이버시입니까?"

"동생이 없어졌는데, 딱히 상관도 없는 얘길 할 필요 있나요?"

"상관이 있는지 없는지는 저희 경찰이 판단합니다."

뭔가 **흔적**이나 **기록** 따위가 남는 것에 대한 트라우마가 있는 게 분명했다.

"사건의 피해자인 동생과는 평소에 사이가 어떠셨습니까?"

그러자 처음으로 선초석의 시선이 허공을 헤맸다.

수사가 끝나고 선초석이 자리를 박차며 나가버린 뒤 박 형사가 다그치듯 물었다.

"윤 경위님. 오늘 질문들 참 이상합니다?"

"뭐가."

"뭔가 기묘하고, 또 아슬아슬하잖아요."

"사범대. 너 그거 알아? 이 집안사람들 이상해. 전부. 기묘하고 아슬아슬하다고."

그렇게 말하며 머리를 쓸어 올렸을 때, 문득 접견실 입구에서 배시시 웃고 있는 노인이 보였다.

16

"데려올 머스마라도 쌩깄나?"

"그런 게 아니고요."

마주 본 채 떨어져 앉은 부녀 사이에는 오크 원목의 테이블 체스가 자리했다. 함께 할 시간이 없어 서먹서먹한 두 사람 사이에 윤활유 역할로 종종 써먹던 수단이다. 최대한 눈을 마주치지 않으면서 여타의 방해 없이 대화를 나눌 수 있는. 물론 대개 선도영이 뭔가를 부탁할 일이 있을 때 곧잘 연출되던 상황이었다.

"그람 니가 사고칠 아도 아니고..."

"바로 말씀드릴게요."

폰 하나를 집어 체스판의 가운데로 전진시키며 말했다. 손에 힘이 과하게 실렸다. 미세하게 흔들리는 체스판.

"멀했다고 똥줄이 타나?"

망설임 없이 그 대각선으로 폰을 전진시킨 선 회장.

"회사 저 주세요, 아버지."

폰 하나를 잃지만, 태연하게 빈 칸에 비숍을 가져갔다.

"보챌라고 왔나. 잠자코 있음 맹실상부 호텔은 니몫인데."

역시 대각선 방향에 자신의 비숍을 가져가 도영의 것을 막아낸 선 회장은 연이어 도영의 기물을 챙겼다.

"제 말뜻은 그게 아니라요."

"하는기 봐가 생명도 넘겨줄끼다."

딱. 딱. 고요한 와중에 기물 부딪는 소리만 들리는 회장실. 어느 덧 사무실 벌어진 블라인드로 비치는 햇살에 두 사람의 그림자가 길게 늘어졌다.

"와? 승에 안 차나?"

"궁금한 게 있어요."

"머꼬."

"아버지가 그러셨죠. 사람이 수중에 돈만 있으면 못 할 게 없다고."

"하모. 그기 세상 이치지. 돈만 있으믄 족보는 저절로 생기는 뱁이데이."

"그럼 아버지 대는요? 후계는 누가 잇나요? 그것도 돈으로 되나요?"

하며, 룩으로 직선거리에 있는 선 회장의 폰에 압박을 넣는 도영. 체스판에 고정된 시선이지만 선 회장의 촛점은 어딘가 멎어 있었다.

"하늘이 정하는 기다."

나이트를 옮겨 대각선 수비에 들어간 선 회장.

"아버진 하늘의 뜻을 거슬러서 이 자리까지 오셨잖아요."

따악! 하고 수를 놓는 선 회장의 손등이 희미하게 떨렸다. 시선을 내리자 어느새 앞으로 이동한 선 회장의 **퀸**. 이대로라면 도영으로선 올인 상태였다. 선 회장의 킹을 노리기 위해서 나이트 전술을 펼쳐 체크에 들어갔지만 그마저도 선 회장의 폰에 잡히고 말았다.

"지보 그 자체를 원해요."

"히히히히... 그라게 복날 개잡아가 묵었음 좀 좋나? 분명 더우먹을꺼라 했제?"

"주세요, 아버지. 아빠."

회장이 비로소 고개를 들고 도영을 응시했다.

"본래 첫 아아는 딸일수록 지 애비를 더 닮는다카이"

도영이 태어나던 날, 내외보다 더 기뻐 마지않던 누이의 말이었다. 과연 그랬다. 처음엔 쭈글쭈글 당최 누굴 닮았는지 모를 핏덩이 같더만, 자랄수록 이목구비에서 선영태가 나타났다. 사랑으로 결혼한 사이가 아닌지라 정이 없던 조강지처가 죽고 없어도 도영을 챙기는 이유가 이러했다. 부계를 좇은 얼굴, 성질머리, 말투, 하다못해 식성까지도. 근본도 없으면서 언제나 근본을 갈구하던 선영태에게 장녀 도영은 미지의 뿌리를 탐색케 하는 원동력이자 *끈끈한 유*

대 의식을 심어주는 자식이었다. 가진 거 다 내놔라, 하는 뻔뻔한 저 표정까지도 젊은 날의 자신을 닮았다.

"그람 니넌 낸테 뭘 줄낀데?"

"……"

"니 여태 중국서 핵교다님서 뭐 배웠노? 하나를 얻음 하나를 내 줘야 한다, 이런 것도 안 갈치드나?"

"……"

회장의 수에 킹과 퀸이 그만 공격에 노출된 상태가 되어 버렸다.

"문 생각으로 지보를 춤 삼키나? 봐라. 하날 보면 열을 아는뱁 아니것나?"

"그럼 열을 봐주세요. 백을 알려드릴게요."

폰과 폰 사이로 킹을 움직이는 도영. 한 템포 뒤 박장대소하는 선 회장. 허허, 이것 봐라.

"흐흐흐… 내 말쌈으론 우째 닐 이기겠나? 안 그나? 유 집사야?"

그러자 뒤에서 위시하고 있던 유 집사가 맞습니다, 하면서도 중 도를 잃지 않는 미소를 머금었다.

"이래서 자슥이 상전이데이, 상전. 내 언제고 이런 날이 올 거라 여겼지만서도… 그람 니 지보를 물려받아야 할 이율 대봐. 들어나 보자 한 번."

빠르게 진행되는 수 속에 선 회장이 간만에 작은 어깨를 활짝 펴고 호탕하게 웃었다.

"저요, MBA 거치고 제 발로 JB서울에서 인턴으로 일했어요. 누구보다 열심히 했고요. 근무평가 보셨으니 아실 거 아니에요. 보여주기 식의 VIP의전과 통역이 다가 아니라고요. 예약접수에 회원 마케팅, 하다못해 객실 어메니티 관리까지... 타 호텔과 경쟁력에서 이기기 위해 발로 뛰었다고요. 피눈물 흘리며 일군 아버지에 비하면 아무것도 아니겠지만, 저 또한 밑바닥부터 차근차근 비벼 온 회사예요. 저만큼 일하는 2세도 없을 거라고요."

"약아다 약애."

타임어택 앞에 다다른 도영. 선 회장에게 한 수만 더 있다면 게임은 끝난 셈이지만 체스판은 인생이다. 결코 벼랑 끝에 내몰린 자식을 외면할 부모란 없다.

없.을. 것.이.다.

"아버지가 고생할 때 옆을 지키며 생사고락을 함께하던. 조강지처가 낳은 유일한 자식이니까요."

그러면서 선 회장이 망설이고 있는 즈음에 탈출구로 피하는 도영. 이미 아버지는 '흔들리고' 있으며, 마지막 카드로 무너뜨려야 했다. 스스로 죄여 오는 조바심에 어쩔 수 없는 발언이었다.

"누가 그러더라고요. 전 누구보다 아버지를 닮았다고."

"누가 그라노?"

"작은어머니께서요."

"미숙이가?"

"네. 입버릇처럼요. 엄마 일찍 돌아가시고 저한테 보상하고 싶다고 언제고 말씀하셨죠? 받을게요, 그 보상. 회사로 주세요. 지보,

제가 누구도 넘보지 못할 세계적 기업으로 만들 수 있어요. 아버지, 체크 메이트입니다."

도영은 그의 킹을 쓰러뜨리는 대신 한 손에 쥔 채 그대로 바닥에 무릎을 꿇었다. 그리고 공손히 바치는 킹. 정면에서 비치는 오후 미명에 잘 보이지 않지만 유 집사의 입가에 미소가 번지고 있는 게 확실했다.

17

– 서울양양고속도로 방면으로 들어갔냐?

– 예 형님.

– 오케이. 우리 장 경사한테 따로 콜 오기 전까지는 그대로 쭉 가는 걸로.

– 알겠습니다, 형님.

거치대에 스피커폰을 끄면서 속도를 내는 동욱. 평일 정오라 고속도로는 비교적 한산했다.

"우리 어디로 가는 거에요?"

보조석에 앉은 향란이 물었다.

"어디로 가는 게 아니라– 그냥 형님이 지시를 내리는 대로 가는 겁니다아–"

그리고 그녀의 품에 꼭 끌어안고 있는 침 상자를 힐끗 보더니,

"참 나 원. 원래 그렇게 겁이 많아요?"

"아니요, 겁은요."

차량은 운전석 외에 뒤로 두 칸이 더 있었는데 그 중 가운데 칸에는 구봉이 맨 뒤에는 선초아를 사이에 두고 재욱과 정애가 앉았다. 왜인지 들떠 있는 분위기에 아직까지도 완전히 섞이지 못한 얼굴을 한 향란에게 정애가 호들갑을 떨었다.

"언니! 우리 꼭 인민배우 된 것 같다!"

"그게 무슨 소리야?"

"이것 좀 봐. 아주 기사에 다 우리 얘기밖에 없어. 아주 난리야 난리!"

어리둥절한 향란을 제치고 구봉이 중간에서 휴대폰을 낚아챘다. "뭔데 그래?" 클릭을 유도하는 자극적인 제목의 동영상들이 두 눈을 사로잡았다. 전 국민은 이 사건을 걱정하기보다 일상에 활력을 불어넣는 일종의 흥미진진한 드라마쯤으로 여기고 있었는데, 그 분위기의 한 축에는 해결되기보다 미궁으로 빠지길 원하는 쪽도 있었다. 바로 구독에 열을 올리는 유튜버들이다. 그중 어마어마한 구독자수를 자랑하는 일부는 실버버튼을 배경으로 이번 사건에 대해 떠들어대고 있었다.

재벌가 딸의 납치사건! 그 뒤에 비치는 이복언니의 그림자!

납치당했는데 목격자가 없다?

하루아침에 사라진 여고생! 진실은 따로 있다!

개족보 막장 집안! 남매끼리 사랑의 도피??

    납치 당일부터 현재까지 시간 순으로 꼼꼼하게 정리하며 아예 매일 같은 시간에 라이브 방송을 편성하는가 하면, 재연을 해보겠다고 청담 OO노래방 근처를 배회하는 재연배우들도 나타났다.

    "쥐방울만 한 게 아주 벼락출세했네? 인기가 아주 연예인 뺨치는데?"

    어깨너머로 줄곧 이쪽 스마트폰 화면에서 눈을 떼지 못하던 선초아를 돌아보며 구봉이 말했다.

    "근데 뭐 마냥 좋아할 일은 또 아니지. 집구석 망신이니까."

    그리고 미지근해진 캔 콜라를 따 마시며 이어서 말했다.

    "선영태 그 양반 아주 약이 바짝 올랐을 거야 안 그래? 딸이 납치당한 것도 모자라서 숨기고 싶은 가정사까지 만천하에 까발려지게 생겼으니까 말이야. 이래서 권력이 생길수록 아랫도리 간수를 잘했어야..."

    "김 선생!"

    듣다 못한 향란이 몸을 반쯤 휙 돌리더니 눈을 치켜떴다.

    "뭐 또!"

    "어째 애 앞에서 못 하는 소리가 없소?"

    "얘도 알 건 다 알걸? 야, 너 어디 한 번 말 해봐. 악!!!"

    입에 물린 재갈을 풀다가 도리어 물려버린 구봉. 오버하며 지르는 고성에 차 안이 움찔거렸다.

"우리 아빠가 누군지 알아?!! 니네 진짜 가만 안둪...!!!"

재욱이 힘으로 억눌러 다시 재갈을 물리자 발버둥치는 선초아. 과연 이게 맞는 건지 통 갈피를 못 잡겠는 향란은 시선이 밑으로 떨구었다. 문득 지금이 [신의주 수산]에서 장사 준비를 위해 도매시장에서 야채가 들어올 시간이라는 걸 깨닫자 혼란은 가중되었다.

뒤에서 벌어지는 사달은 안중에도 없다는 듯 "아이씨 새끼가 깜빡이도 안 켜고..." 동욱이 백미러를 노려보며 앙갚음이라도 하듯 속도를 내어 앞으로 추월했다. 마음이 복잡한 향란이 간신히 앞을 보고 앉았다. 그러다 일순 눈이 부셔서 찡그리는데, 가만 보니 사이드미러에 비친 노란색 탑차에서 나온 불빛이었다. 조금 전에 동욱이 추월한 그 차였다. 멀어졌다 가까워졌다 하면서 간헐적으로 빛을 내는 노란색 탑차는 앞서 갈 것도 아니면서 차선을 바꾸기도 했다. 왼쪽으로 오른쪽으로, 향란 일행이 타고 있는 SUV차량을 기준으로 일사분란하게 움직였다. 그러면서 역시 터져 나오는 불빛에 눈이 부셨다. 그 안에는 남자 여럿이 타고 있었다.

18

선 회장의 자택.

"오너라 고생 많았겠심더?"

선 여사가 사람 좋은 미소를 지으며 물었다. 그녀가 자리에 앉자 펄러럭하고 개량 한복 치마가 아름답게 휘날렸다. 이렇게만 본다면 치매 환자라고는 전혀 생각지 못 할 만큼 말끔하고 온화한 인상이 었다.

"고생은요. 제가 여사님께 몇 가지 질문 드릴 겁니다. 길게 끌진 않을 테니 협조 부탁드립니다."

"예에. 고마 해부소."

"일찍이 모친을 여읜 조카분 선도영씨를 살뜰히 보살펴 오셨다고 하던데요?"

"하모. 가는 내 자슥이나 마찬가지라예."

조사에 따르면 그녀에겐 자식이 없었다. 1969년, 한 차례 혼인 신고를 한 기록이 있지만, 얼마 후에 이혼했고 그 뒤로 유일한 혈육인 선영태 회장과 줄곧 한집에서 살아온 인물이었다. 항간에는 늙어서 생긴 치매가 아니라 젊은 시절 남편에게 두들겨 맞아 생긴 병이라고 했다. 그래서 이혼도 남동생인 선 회장의 주도하에 이루어진 거라고. 선 회장에겐 끔찍이 아끼는 누이라고 하니 어찌 보면 아주 없는 이야기도 아닐 터였다.

"참말로... 참말로 예뻤데이..."

선 여사는 납치된 조카 선초아와 사이가 어땠느냐 질문에 전혀 딴소리를 했다. 아예 먼 곳을 응시하더니 옛 과거를 반추하듯 느릿느릿 말을 골랐다. 누런빛에 가까운 백발은 단정하게 쪽을 졌어도 한눈에 보아도 숱이 많아 보였다. 그 나이에도 혈색은 좋았고, 역대 대통령 이름과 임기도 앉은 자리에서 줄줄이 읊을 만큼 기억력도 좋아 보였으나 예기치 못한 부분에서 대화의 맥이 끊기거나 수시로 색깔을 달리했다. 아 치매란 이런 거구나.

"도영이 가 옴마 말이데이. 고마 하아아얀 옷을 입꼬 차암말로 예뻤데이. 넌 모릴끼다. 을매나 도영옴마가 절색이었는데. 하모 절색이었제. 눈썹도 갈매기맹쿠로 곱고, 손도 요래요래 가늘어가..."

천장을 보며 말하던 도중 갑자기 선 여사의 눈매가 돌변했다. 이내 윤 경위에게 시선을 옮겼다. 어쩐지 섬찟한 기분.

"긴데 와 넘의 생목심가꼬 장난질을 하는데?"

그녀가 두서없이 내뱉는 말의 맥락을 더듬어가고 있던 그때, 벌컥 문이 열리면서 가정부가 들어왔다. 입가엔 일그러진 웃음을 지으면서

"으흐흐흥. 우리 여사님이 치매끼가 있으셔서요. 또 공연한 소릴 하시네요."

어쩐지 말을 가로채고 분위기를 환기하려는 의도가 다분해 보였다.

"갑자기 이렇게 들어오시면 곤란합니다."

윤 경위가 짜증 섞인 목소리로 말하자,

"예예. 그런데 또 큰 사모님 돌아가실 적 얘기를 하시니까... 흐흥..."

그리고 입단속을 하기라도 하듯 여사의 팔을 지그시 주무르고

는 뒷걸음질로 사라지는 가정부. 돌아가실 적 얘기? 그렇다면 선여사가 말한 하얀 옷은 수의였던 것이다. 정신이 오락가락 하다더니 지금일지도 모른다. 그런데 남의 생목숨을 갖고 장난질을 치냐는 물음은 또 뭘까? 장기요양 3등급이면 치매긴 해도 아주 중증은 아니라고 생각했다. 그러나 대화를 하면 할수록 늪으로 빠지는 기분에 막막했다. 허공에 대고 휘두르는 주먹처럼.

"야야. 근데 말이다. 도영옴마... 요즈막엔 와 안 보이노...? 도영이 꼬까옷 사온다카든데... 우리 영태가 속쌔여가 도망이라도 갔나 모르겠데이. 그람 안 되는데..."

"여사님. 선초아양, 그러니까 여사님 막내 조카가 납치된 사실 알고 계셨습니까?"

그녀의 말을 묵살하고 질문을 던졌다. 그러자 돌연 어깨를 축 늘어뜨리더니 생기 잃은 눈으로 땅바닥을 응시했다.

"다 소용없는기라."

"뭐가 말입니까?"

"한 지붕 밑에 처와 첩을 거느리는 거부터가 안 될 일이었데이. 암, 안 될 일. 내사 이래 될 줄 다아 알았데이. 다아..."

"더 자세히 말씀해 보시겠습니까?"

"지보느은 우리 도영이 몫이데이. 알았나? 도영이말곤 암한테도 줄 수 없데이. 우리 도영이가 안가짐 누가 갖노?"

"그럼 선초석군은 뭐가 됩니까? 명색이 아들인데 그쪽에서 서운해 하지 않겠어요?"

하고 강수를 두었다. 그러자 돌연 표정이 바뀌더니 허공에 대고 전혀 딴소리를 해댔다.

"쿠쿡... 초석아! 지보 니꺼야. 니꺼 니가 지켜야지. 무슨 마음 약한 소릴 하고 있어? 큭...! 이라고 저 여시가 지 새끼한테 그래 말했데이. 내 두 귀로 똑똑히 들은 기다. 크큭. 지랄하고 자빠졌다. 지보는 우리 도영이껀데 키킥..."

'여시'란 하미숙을 가리키는 말일 것이다. 소문대로 그녀는 자식처럼 키운 첫 조카 선도영에게 정이 각별했다. 그 외 초석, 초아 남매는 조카일 지라도 첩의 자식인데다 정이 없는지 얘기 꺼낼 때마다 낯빛이 변했다. 확실한 것은 그룹을 두고 진작부터 남매의 난이 생기고 있다는 것. 어쩌면 이번 납치사건은 그 전초전일지도 모른다는 생각이 들었다.

"우리 영태도오 도영이한테 물려줄끼다. 하모 그래야제. 조강지처가 낳은 자석인데. 천륜인데."

"에이 그럴 리가요. 선초석군도 내년엔 지보에 인턴으로 입사한다던데요? 초아 양도 회장님 총애가 대단하다고 들었고요."

"고마 아저씨요. 가들은요."

그러면서 여사는 누가 듣는다고 사방을 두리번거리더니 윤 경위에게 손짓을 했다. 장단을 맞춰주기 위해 허리를 숙였지만, 어차피 말소리는 방문 너머에서 엿듣고 있을 가정부의 귀에도 다 들릴 것이다. 그러나 예상외로 그녀는 웃음기가 싹 사라진 얼굴로 나직이 속삭였다.

"있으나 마나한 아들입니다."

그때, 마침 밖에서 가정부가 문을 빼꼼 열고 불만에 가득찬 얼굴로 말했다.

"도영 아가씨 들어오셨어요."

긴 복도 대리석에서 들려오는 걸음소리가 가까워지면서, 이윽고 방문 앞에 그녀의 모습이 드러났다. 허리가 꼿꼿하고 자세가 바르며, 한 번도 보지 못한 고고한 품위가 느껴졌다. 하미숙과는 또 다른 분위기였다.

19

강식의 지시에 따라 고속도로를 내달린지 벌써 두 시간이나 흘렀다. 차 안의 공기는 처음 출발했을 때와 달리 어느 정도 긴장이 가라앉았는데, 정확히 말하자면 안온한 공기마저 감돌았다.

"어떤 유튜버가 그러는데요. 회장 딸이 사실은 남자친구 사이에서 임신을 했는데, 부모님이 교제를 허락 안 해주니까 자작극 꾸민 거래요! 얘! 너 정말이니?"

정애가 옆구리를 쿡 찌르며 묻자, 선초아가 기가 차다는 듯 냉소를 지었다. 옆에서 보다 못한 재욱이 정색을 하고 말했다.

"생각 좀 해요, 누나. 납치는 우리가 했는데 어째서 자작극이 된다는 거야?"

"어머 그러네! 호호."

"아이고 부처님, 제가 저런 돌대가리랑 비즈니스를 하게 됐습니다..."

구봉이 비아냥거렸다. 아까 물린 손가락을 노려보는 눈빛은 마치 어린아이처럼 심술로 가득했다.

"형. 우리 언제까지 차로 이동해야 하는데?"

재욱이 운전석에 대고 물었다.

"형님한테 연락 올 때까지 별수 없잖아."

"오빠, 나 오래 차 타서 그런지 속 메스껍단 말이야."

정애가 뾰로통한 얼굴로 끼어들었다.

"제기랄. 그래서 어쩌라고? 지금 차에서 내리면 끝이야. 이미 쟤 얼굴이 인터넷에 쫙 퍼졌어. 전 국민이 다 아는 사건이라고. 훤한 대낮에 밖에 돌아다니면 자수하는 꼴밖에 더 되겠냐? 형님한테서 곧 연락 올 거야. 기다려."

"그래도 그렇지. 선영태가 언제 돈 줄 줄 알고? 우리 이러다 뒤 밟히는 거 아냐?"

이번엔 구봉이 말했다.

향란은 조금 전에 사이드미러를 통해 본 **'수상한'** 차량에 대해 말하고 싶었지만 입이 떨어지지 않았다. 골똘히 생각에 잠긴 듯한 동욱이 룸미러를 힐끔거리더니 물었다.

"쟤 입에 문 거 풀어봐."

"오빠 미쳤어?"

"풀면 안 된단 얘긴 없었잖아. 괜찮아."

동욱의 말이 끝나기 무섭게 재욱이 재갈을 풀었다. 그러자 하아- 하고 거친 숨을 몰아쉬는 선초아. 입에서는 훈기가 쏟아졌다.

"집에 데려다 달라고! 당신들 잡히면 진짜 인생 종치는 거 알아?"

하며, 납치된 와중에도 막연한 자신의 백을 위시하다가도

"풀어달라고!!! 내가 말만 하면 진짜 오십억이 아니라 백억도 줄수 있어! 제발!"

선초아가 절망적으로 외쳤다. 얼토당토않는 소리였지만, 그렇게 해서라도 안위를 보장받고 싶은 선초아가 불쌍했던지 여기저기 떠들어대는 소리가 오가는 중간에 향란이 지그시 물었다.

"니. 아버지 보고 싶니?"

선초아의 침묵은 싸한 정적을 가져왔다. 일제히 그 입에서 무슨 말이 나올지 기다렸지만 잠시 후에 까르르 웃더니,

"아빠가 보고 싶은 게 아니고 집에 가고 싶다고. 아빤 날 싫어해. 뭐 이해해."

댓 발 나온 입으로 툴툴대는 사춘기 소녀. 분명 더 이을 뒷말이 있는 게 분명했다. 하지만 아버지에 대한 증오가 많아도 그렇다고 생판 남에게 혈육을 비난하는 일만큼은 해선 안 되겠다는 상식 정도는 철부지 소녀에게도 있었던지 그쯤에서 생략하고 말을 아끼는 게 향란의 눈에는 다 보였다.

"대체 뭔 소리들 하는 거야. 지금 신파 찍을 시간 없다고. 어이, 학생. 너 죽고 사는 건 우리한테 달려있어. 빨리 집에 가고 싶으면 시키는 대로 해. 두 번 말 안 해. 알아들어?"

구봉은 그러더니 어딘가로 번호를 누르는가 싶다가 이내 휴대폰을 재욱에게 빼앗겼다.

"뭐하는 거야? 김 경사님 미쳤어??"

"언젯적 김 경사냐 새끼야, 내놔 전화기!"

"어디다 전화하려고?"

"벌써 애 데리고 있은 지 벌써 삼 일째야. 삼 일째. 천하의 선영태가 수중에 현찰 오십억이 없겠냐? 나는 새도 떨어뜨리는 재벌 총수가 지 딸 납치됐는데도 아직도 기별이 없다는 건 둘 중 하나 아니겠냐고? 모 아니면 도! 이것들이 사태 파악 못하고... 어디 수학 여행가? 신났어?! 천하 태평하기는!"

"그래서 뭘 어쩌자는 건데요?"

"아이고. 머리가 그렇게 안 돌아가냐? 융통성 없는 건 노량진에나 처박혀 있어야지 뭐 하러 나왔냐."

"어른 대접해주니까 눈에 뵈는 거 없어? 경찰에서도 짤린 주제에!"

그러자 구봉의 얼굴에 점점 핏기가 사라지더니 몸을 일으켜 막무가내로 주먹을 휘둘렀다. 어수선해진 분위기 속에 다들 뜯어말렸지만, 쉽게 가라앉을 분위기가 아니었다. 이 새끼 저 새끼 욕이 난무한 가운데 동욱이 도끼눈을 하고 소리쳤다.

"다들 닥치라고!! 김 경사님 좀 앉으세요, 좀!!! 강식이 형님 전화야!!!"

그제야 간신히 분위기는 수그러들었다. 분이 가시지 않은 채 두 사람이 씩씩대는 와중에 동욱이 서둘러 스피커폰으로 연결했다.

– 예, 형님!

– 새끼야! 왜 이제 받아!

강식의 쩌렁쩌렁한 고함소리가 차내를 뒤흔들었다.

– 죄, 죄송합니다, 형님. 말씀하십...

– 이런 제기랄! 남양주 톨게이트 다 와 가냐?!

– 예, 형님. 4분 남았는데요?

동욱이 조심스레 엑셀에 힘을 주며 대답했다.

– 돌려! 돌려!!

– 예??

– 유턴하라고! 유턴해!! 유턴해!!!!! 어서!!

– 왜 그러십니까, 형님? 고속도로에 유턴이 어딨습니까?

– 살고 싶으면 돌리라고!

– 그게 무슨...

순간 차 안에 찬물을 끼얹은 듯한 적막이 깔리고, 속도가 서서히 늦춰진 가운데 불안한 눈길들이 허공에 부딪혔다.

– 남양주 구간 영업소에 경찰들 쫙 깔렸어! 빨리 차 버리고 튀어!!! 빨리!!!

3장

바야투르

"만질 수 있는 거라고는 상대의 딱딱한 가죽밖에 없으니

　우린 서로 무척 외로운 존재야"

– 뷔히너 '당통의 죽음' 중에서 –

20

　스테이션 중앙에는 헤드셋을 찬 요원 세 명이 앉아있고, 그 뒤로는 경감급 두 명이 임 총경을 사이에 두고 화면을 노려보고 있다. 노타이에 하얀 와이셔츠 차림의 임 총경은 줄곧 화면을 주시하다가 어느 지점에선가 짧은 탄식을 내뱉더니 두 팔을 아예 걷어붙이고 상체를 당겼다.

　"안 보이잖아. 더 당겨봐."

　피사체를 줌인하자 화면에서 차량 정보를 확인할 수 있었다. 화면 속에는 대여섯 명의 특수대원들이 리시버를 SUV 차량을 향해

겨눈 채 기본자세로 서서히 다가가고 있었다. 천천히, 천천히... 그리고 차 문을 과감하게 열어젖힘과 동시에 날쌘 동작으로 뛰어드는데...! 금방이라도 쏠 것같던 긴장 끝에 하나둘 맥 빠진 듯한 푸념이 터져 나왔다. 이윽고 일당들이 달아날 당시 얼마나 상황이 급박하게 전개되었는지 알려주는 차 내부가 정지된 화면으로 비쳤다. 널브러진 호두과자, 캔맥주, 담뱃갑...

잠시 후, 일당의 의도를 헤아렸는지 임 총경이 말했다.

"컨트롤하는 리더와 행동파로 나눠 움직이고 있어. 아마도 그 리더가 장강식일 거고."

"역할분담을 했단 말씀 입니까?"

"그렇지 않고서야 어떻게 잘 달리다가 고속도로에서 차를 버리고 튈 생각을 하겠어? 놈들이 철저한 역할 분담을 하고 있는 게 틀림없어. 게다가 우리 쪽에서 잠입 하고 있는 것까지 알아차릴 정도라면 사전에 짱구 깨나 굴렸단 얘기야. 피해자 구출을 위해선 장강식이 그 새끼부터 잡아야 돼."

"네 알겠습니다."

임 총경은 한숨을 쉬며 정면을 응시했다. 벽을 꽉 채운 커다란 모니터 화면에는 서울경기 지역의 위성지도가 떠 있었고, 왼쪽으로 작게 나뉜 프레임 안에는 현재까지 밝혀진 유력 용의자인 장강식, 송동욱, 송재욱의 프로필과 데이터가 차례로 올라왔다.

"그건 그렇고 윤 경위 걔 지금 어딨어?"

다른 형사가 쭈뼛거리며 대답했다.

"조금 전 연락 왔는데, 윤 경위님 지금 지보그룹 회장님 댁에서 탐문수사 진행 중이랍니다."

21

"아하, 역시 그렇군요."

버킷 리스트 중 하나가 실크로드를 그대로 재현해 대장정 길에 오르는 것이라는 말에 윤 경위가 웃으며 대답했다.

"역시라뇨?"

마찬가지로 도영이 웃으며 물었다. 그러면서 테이블 위에 따라 둔 차를 가리키며 앉으라는 손짓을 했다. 이름도 들어 본 적 없는 수입 허브차라길래 의례상 고개를 끄덕이며 말했다.

"선도영씨에 대해 조사를 하다가 꽤 신기했던 건 바로 경영이나 경제가 아닌 역사를 전공했다는 점이었거든요. 그것도 중앙아시아 사에 특화된 인재였다는 점이 참 재밌었죠. 실크로드 여행 얘기 하니까 마침 생각이 났습니다."

"전공이 신기했다니..."

"가업승계를 원하는 재벌가의 자제분들 보면 대부분 경영학을 전공하니까요. 따님 분들은 패션이라든지 호텔경영도 더러 있고요. 아, 이거 절대 남녀차별 발언 아닙니다."

"참 좋아하는 곳이에요. 그냥 뭐랄까, 몽골 초원에 가면 잡생각이 싹 사라지거든요. 거기만큼 때 안 묻은 곳도 없으니까."

그녀가 대수롭지 않게 말하다가 다시 덧붙였다.

"물론 중국유학은 원하던 선택은 아니었어요. 하다보니까 된 거지. 머리가 좋아요, 내가."

"그렇군요."

시골 작은 분교 교장의 딸로 태어나 젊은 시절에는 중학교 역사 교사였던 죽은 모친의 영향도 있으리라 짐작했지만, 끝내 도영의 입에서 그 이야기는 나오지 않았다. 문득 머그에 입을 가져가다 말고,

"그럼 제 논문도 보셨겠네요?"

"물론이죠."

"그럴 줄 알았어요. 영광이네요."

"아! 다만 질문은 하지 말아주십시오. 아쉽게도 제 머리로는 이해하기 어려워서 말이죠. 그래도 논문명은 알고 있습니다. 몽골 유목민족의... 민족사의... 연구..."

"몽골 유목민족의 전쟁사 연구."

"아! 죄송합니다. 기억력이 이렇게 나쁩니다, 제가."

"역사에 대해 잘 모르거나 관심 없는 사람들한텐 당연히 어렵죠. 이해해요."

어쩌면 이 여자, 경멸하는 대상을 보기 좋게 하대하는 면에선 어느 정도 일가견이 있을지도 모른다는 생각이 스쳤다. 하미숙이 신

분상승으로 인한 팔자에 없던 특권의식을 휘두르는 케이스라면, 이 여자는 선천적으로 오만함을 갖고 태어났는지도 모른다. 게다가 탐문 수사를 시작하고 시종일관 '아랫사람'을 내려다보는 듯한 시선은 부친을 닮았다는 소문에 힘을 실어 주었다.

"한 권 드릴게요. 많이 남아서요. 선물이에요."

하며 명함과 함께 건네는 논문.

석사학위 청구 논문

지도교수 : 지앙쯔첸

몽골 유목민족의 전쟁사 연구

复旦大学 大學院

역사학과

宣渡泳(선도영)

"나중에 꼭 한 번 읽어보죠."

하고 마음에도 없는 소리를 하자, 잠시 희미한 눈길로 바라보던 그녀가 말했다.

"장식용으로 쓰셔도 괜찮아요."

중요한 사안도 아니었던 만큼 딱히 거기서 더 이끌어낼 생각이 없었던 윤 경위는 서둘러 탐문을 시작했다.

"단도직입적으로 질문하겠습니다."

"얼마든지요."

하며, 찻잔을 테이블 위에 올려둔 그녀는 그 상태에서 옆얼굴을 비스듬히 들어 보였다. 어디 해볼 테면 해보라는 듯이.

"항간에 떠도는 소문에는 배다른 남매들과 벌써부터 세력다툼이 있다고 하던데... 거기에 대한 선도영씨의 의견이 궁금한데요?"

"음... 없는 게 이상하죠."

그런 바보 같은 질문이나 하려고 찾아왔냐는 듯한 눈으로 되묻는 그녀에게서는 다시 여유가 흘렀다. 애당초 동생이 없어졌다는 것에 놀라거나 동요하는 기색은 보이지 않았지만.

"K물산만 봐도 그래요. 한 배에서 태어난 형제들끼리도 서로 못 죽여 난린데, 우리는 오죽하겠어요? 그거 항간에 떠도는 소문이 아니라 사실이에요. 다만 아직까진 걔들이 어려서 제 상대가 안 되는 것뿐이죠."

"단지 그 뿐입니까? 적수가 안 되는 이유에 나이만?"

"그것 빼곤 또 있을까요? 아버지 사랑도 듬뿍 받는 애들인데, 빨리 크고 싶어 환장할 걸요. 아마 그때 가선 절 찜 쪄 먹으려 들 테니까 두고 보세요."

"선초석씨는 이미 성인 아닙니까? 군 입대를 앞둔. 어떻습니까?"

"뭐가요?"

"차기 후계자 자리를 두고 미묘한 기류라든가... 가장 강력한 라

이별이잖습니까?"

"하... 글쎄요... 걔가 내 라이벌이라..."

"떠도는 소문에는 선초석씨가 마약 사건으로 회장님 눈 밖에 났다고들 하던데요?"

"약 좀 한 거 가지고 인생이 망하던가요? 아시다시피? 다만..."

"다만?"

"쓸 만한 재목인가 가늠하기 위해서라도 아버지가 나중에 적극적으로 일을 맡겨 보겠죠. 저한테 그랬듯이... 그래도 그렇지 훗... 걔가? 아 물론, 아들이라는 프리미엄은 인정. 그거라도 있어야지 어째요?"

이로써 당사자의 증언을 통해 남매들의 난은 기정사실이라는 걸 얻어냈다.

"평상시 여동생인 선초아양과의 관계는 원만했나요?"

"아뇨."

그렇게 딱 잘라 말하면 어쩌자는 거야, 이 여자야. 윤 경위는 수사에 협조 의사가 없는 건지 아니면 그만큼 이복형제에 대한 무관심으로 똘똘 뭉친 건지 양자 간의 저울질을 하느라 잠시 혼란스러웠다.

"하지만 그나마 나은 편에 속했죠."

"나은 편이라."

"그 여자랑 그 여자 아들에 비해선 말이에요. 아직 어려서 그런가 아니면 여자애라서 그런가... 그래도 말을 하면 알아먹는 시늉은 하더라고요. 딱히 심기에 거슬릴만한 행동을 하던 아이도 아니었고."

아닐 것이다. 실은 후계구도에서 겨루기 만만한 딸이라서 그토록 관대한 평을 내렸을 것이다. 윤 경위는 그런 생각을 속으로 삼키며,

"실례되는 질문이겠지만 이해하십시오. 만일 선도영씨가 납치범이라면 선초아양을 풀어주는 조건으로 무엇을 요구하겠습니까?"

슬쩍 도발하듯 물었다.

"누가 봐도 지보 아닌가? 내가 당신네들 딸을 데리고 있다- 그러니까 그룹을 내놔라- 씨알도 안 먹히겠지만."

던지는 질문마다 장난조로 받아치는 나이 헛먹은 철부지인건지, 아니면 정말 그 어떤 혐의가 없는 건지 갈피를 잡을 수 없었다.

"그런데 납치범들은 고작 오십억을 요구했다죠? 그것만 봐도 그릇이 딱 나오네요."

"어떤?"

"간장종지 밖에 안 되는 놈들이라고요. 오백 억도 아니고."

"그렇다면 선도영씨는 얼마가 됐든 돈을 줘서라도 이복동생을 데려오실 생각이 있으십니까?"

"훗... 저라면 십 원 한 장 안 주고 데려올 수 있어요."

"십 원 한 장 안 주고 데려온다?"

"그럼요. 달란 대로 다 주면 어떡해요? 볼모 삼아 협박하는 건

정당한 거래에 어긋나니까요. 다 들어줄 필요가 없는 거죠. 캥기는 게 있으면 또 몰라."

캥기는 것? 그렇다면, 선회장 부부가 범인에게 약점이라도 잡혔단 뜻일까? 이 여자는 뭔가 알고 있다.

"혹시 그만한 방법도 생각해 보셨습니까?"

정말 우습다는 듯이 머그잔을 황급히 입에서 떼어내며 말했다.

"말이 그렇다는 거예요. 제 딸도 아니잖아요?"

"마지막 질문 드리죠. 동생분 납치된 것에 대해 개인적으로 어떻게 생각하시는지 궁금합니다."

그녀는 표정 변화 없이 어깨를 으쓱하며 말했다.

"참 안 됐죠. 초석이 자식이 대신 끌려갔어야 했는데."

22

10년 전까지만 해도 쉬쉬하며 외국에서 죽은 듯이 살다가

본처가 암 투병으로 세상을 떠나자

하미숙은 두 자녀와 함께 귀국하여

안방을 차지했다는게 팩트입니다.

하미숙 그녀의 명의로 된 재산에 대하여 자세히 알려진 바는 없지만

보유 주식과 지보한국병원, 명동 노른자위에 12층 건물까지 합하면

총 1조에 달한다는 것은 알 만한 사람은 다 알죠.

구독! 좋아요! 눌러주세요!

"아니 그럼 그 1조 중에서 일단 지라도 먼저 오십억 보내든가. 여편네가 모성애가 없어요, 모성애가."

저만치 풀숲에서 모습을 드러낸 구봉이 바지를 추스르며 일어나자, 정애가 까칠하게 쏘아붙였다.

"지퍼나 제대로 올려요!"

"누나! 유튜브 *끄라고!*"

"불빛 새나가면 안된다고 했잖아! 정애야!"

"정애 아니고 나타샤!"

법석을 피우던 그때 어디선가 바퀴 구르는 소리에 일동 본능적으로 몸을 낮게 움츠렸다. 풀숲 사이로 동태를 살피니 저만치 도롯가에서 자동차 헤드라이트가 번뜩였다가 사라지는 것이 보였다. 경찰인가 싶지만 다행히도 택배차량이었다. DHL이라는 로고가 그랬다.

"어이, 송동욱. 설마 우리 뒤통수 맞은 거 아니겠지?"

담배에 불을 붙인 구봉이 눈을 치켜뜨고 물었다.

"뒤통수라뇨?"

동욱이 반문했다.

"느닷없이 쫓기듯이 숨게 됐잖아. 차도 없이. 언제까지 이 모기떼가 들끓는 풀밭에 찌그러져 있어야 되는데? 벌써 새벽 한 시라고."

"좀 기다려 봐요. 형님한테 곧 연락 올 겁니다."

"연락은. 장강식이 그거, 꿍꿍이 있는 거 아냐? 딴 주머니 차는 거 아니냐고? 어이 향란이! 전화기 열어 봐."

향란이 주머니에서 휴대전화를 꺼내 몇 번 조작하더니 더듬거리며 말했다.

"통, 통화권 이탈지역이라 나와요."

"봤지? 우리가 잘못 짚었어. 장강식이가 어떤 놈인데 나중에 한 꺼번에 돈 주겠단 말을 믿었나 몰라. 분명 납치만 성사시켜도 1차로 선금을 주기로 했을 거고, 우리 몰래 먼저 그 선금 받아 챙겼다에 한 표. 그 새긴 선금만 들고튀어도 나중에 머릿수대로 나눠 갖는 것보단 훨씬 이득이잖아 안 그래? 하 그러고 보니 그 자식 똑똑하네."

"개 종간나 새끼!"

정애가 울분을 터뜨렸다. 거기다 구우구우- 하고 울어대는 산새 소리까지. 안 그래도 일이 허탕으로 돌아갈지도 모른다는 자괴감에 의기소침해진 일행은 우울한 심정이 더욱 고조되었다. 풀벌레 소리만 자작하게 들리는 가운데 모두 말이 없었다. 그 사이 담배꽁초를 튕겨 버린 구봉이 입을 열었다.

"그러니까, 장강식이 그 새끼 족치는 건 나중 일이고, 몇 푼 안 남은 돈 우리끼리 삥이 쳐가면서 받아 내야 할 판이야, 알아? 알면 잔소리 말고 다들 따라와. 남은 돈까지 공중분해 되는 거 보기 싫으면..."

"그랬으면 경찰 깔렸다고 알려주지도 않았겠죠. 우리 형님 그런 사람 아닙니다!"

동욱이 분위기를 저지하고 나섰으나 말이 끝나기 무섭게 구봉이 주먹을 날렸다. 방어할 겨를도 없었다. 동욱이 잔뜩 몸을 웅크리며, 결국엔 그만하라며 손을 가로 흔들어 댔다.

"항복! 항복!"

"이 등신 같은 놈아! 몇 대 얻어맞았다고 항복이야 자식아! 네가 그러니까 만년 장강식 똘마니로 사는 거야! 하여간 주체적으로 살 줄을 몰라요. 주체적으로."

"아니 생각을 해 보세요, 김 경사님. 의뢰인 말입니다. 우리가 저 계집애를 죽였는지 살렸는지도 모르는 마당에 뭘 믿고 형님한테 선금을 준답디까? 뭐라도 해냈다는 증거를 가져와야 지갑을 열죠. 안 그래요?"

웅크린 허리를 슬며시 펴며 거친 숨을 고른 동욱이 아예 쐐기를 박았다.

"그리고 지금 통화권 이탈지역이라서 아마 형님이 우리한테 전화를 하고 싶어도 못 할 겁니다! 뭐 알지도 못 하면서..."

"아이고. 충신 났다. 충신 났어. 이 자식아."

닿지 않는 발길질을 하며 구봉이 옷섶에서 담뱃갑을 꺼내 하나 어금니에 물었다. 그러나 아무리 켜도 더는 라이터가 말을 듣지 않는다. 신경질적으로 담배를 구겨 버리는 구봉.

"어? 말도 안 돼! 통화가 안 되는데 시계는 어떻게 움직여요?"

하고 정애가 화들짝 놀라 묻자 절망과 혐오가 버무러진 얼굴로 구봉이 받아쳤다.

"너도 생각 없는데 잘만 살잖아!"

"크큭...! 재밌네. 이 사람들?"

그때, 선초아가 이쪽을 보며 웃음을 터뜨렸다. '정말 바보 아냐?'라고 쓰인 얼굴로.

"누가 쟤 입 풀어주래?"

"토가 나올 것 같다고 그래가지고요."

구봉의 윽박에 향란이 다 기어들어가는 소리로 대답했다.

어느새 쏟아지는 달빛에 선초아의 오밀조밀한 이목구비가 환하게 드러났다. 애써 입가를 얇고 긴 손으로 가려보려 하지만 그럴 때마다 참을 수 없는지 저도 모르게 새어나오는 웃음. 입술이 벌어질 때마다 하얗고 고른 이가 환하게 드러났다. 과연 하미숙의 딸답다―하고 방금 전의 다툼도 잊고 다들 약속이라도 하듯 감상에 젖는 얼굴들.

"그냥 이대로 아저씨 아줌마들하고 도망치는 것도 좋을 것 같아. 진짜 재밌어."

"저게 누구 신세 조질 일 있나."

구봉이 비아냥댔다. 나 아줌마 아니거든! 하는 정애의 반박은 묻혔다. 그러자 먼 하늘을 응시하며 자학하듯 말하기를,

"어차피 집에 가면 난 미운 오리새끼니까."

"야 꼬맹이! 니네 부모 대체 널 찾을 생각은 있긴 있냐?"

재욱이 물었다.

"모르겠는데요?"

일동 맥이 빠지는 듯 구시렁거렸다. 다시 입을 재갈을 물리려 하자,

"그냥 이대로 가죠? 어차피 이렇게 꽁꽁 묶였는데 말이라도 하게 해줘야죠. 솔직히 인간적으로. 제가 주절댄다고 해서 방해되는 것도 아니잖아요."

재욱이 결정권을 넘기듯 구봉을 보자 귀찮다는 듯이 대강 고개를 끄덕였다.

"근데요, 있잖아요. 궁금한 게 있어요."

아무도 대꾸하지 않자 이어서 말했다.

"날 풀어주는 대가로 오십억은 너무 많지 않아요?? 대체 왜 그렇게까지 무리해가면서 날 납치하세요? 제가 그 정도 몸값은 나가긴 해요?"

강의하듯 손가락을 흔들며 재욱이 말했다.

"그게 문제란 거야. 왜 자기 몸값을 하향 평가해? 명심해둬. 몸값이란 건 말이야. 정해진 게 아니라, 만들어가는 거란다 꼬맹아. 넌 충분히 그만한 가치가 있어. 트러스트 유어 셀프!"

"뭐래."

다들 대수롭지 않게 여겼지만 향란은 킬킬거리며 웃는 선초아의 옆얼굴에서 쓸쓸함을 발견했다.

다시 까만 밤하늘을 올려보았다. 허공에 감겨오는 이슬 젖은 풀 냄새는 제법 코끝을 시큰하게 했다. 하지만 생과 사를 오가며 산기슭을 뒹굴던 과거에 비하면 아무것도 아니다. 그때는 뒤를 바짝 추격해오는 경비대원 탓에 제 발소리에도 소스라치게 놀라 나자빠진 적이 한두 번이 아니었다. 그때에 비하면 지금은 애들 놀이나 마찬가지. 적어도 납치범죄로 잡혀 들어간다 해도 죽을 일은 없다. 적어도 한국 땅에선. 다만, 아들. 아들과 함께할 날이 그만큼 줄어든다. 그 생각을 하니 다시 불끈 힘이 솟았다. 자본주의 사회에서 부잣집 딸내미로 태어나 호의호식하며 살아온 계집애의 배부른 잡소리는 귀에 들어오지 않았다.

끼이이익-!!

"기, 김 경사님! 저, 저기 좀 봐요...!"

그때, 핏기가 사라진 얼굴로 동욱이 구봉의 등 너머 도롯가를 가리켰다. 일제히 시선을 돌린 곳에는 세 마리의 고라니가 재빨리 몸을 피해 달아나고 있었다. 그 앞에 눈부신 헤드라이트 불빛의 정체는 아까 사라진 택배차량이었다. 후진하더니 다시 제자리로 돌아오는 차. 그리고 주차하듯 다시 앞으로 움직이더니 갑자기 멈춰 섰다.

"김, 김 경사님 저것들 설마 경, 경찰 아닙니까?"

동욱이 떨리는 목소리로 물었지만 구봉은 실눈을 뜨고 좀 더 자세히 그쪽의 상황을 파악하기 위해 애를 썼다. 차량에서는 이윽고 한 덩치 하는 젊은 남자들이 짐칸에서 쏟아져 나오기 시작했다. 한 놈, 두 놈, 세 놈... 눈대중으로 헤아려보건대 무려 열 명 남짓. 라이트를 등진 그들의 시커먼 모습이 흡사 저승사자 같았다. 게다가 그르륵-하고 쇠파이프로 시멘트 바닥을 긁는 소리까지. 한 놈이 허름한 차도 알루미늄 난간을 넘더니 풀숲으로 뛰어들자 이어서 다른 놈들도 차례로 난간을 넘더니 건들거리며 이쪽을 향해 걸어오고 있었다. 그리고 후레쉬를 좌우로 흔들어대며 무언가를 찾고 있었다.

경찰이 아니다!

제일 먼저 뒷걸음질을 치면서 구봉이 낮게 외쳤다.

"튀, 튀, 튀어...!"

놈들이 이쪽으로 오고 있었다.

23

선도영을 끝으로 총수 일가의 탐문수사를 마친 윤 경위는 퇴근을 미룬 채 서로 복귀하였다. 뒤쫓던 용의자들이 차를 버리고 도주해버렸으니 나머지 용의자 수사에 열을 올리라는 지시를 전해 들은 그는 사내 전용회선을 통해 데이터베이스에 접속했다. 이윽고 주민번호를 입력하자 보안 창에 장강식의 정보가 떴다. 부리부리한 눈매에 짙은 눈썹, 납작한 주먹코에 두더지를 연상케 하는 하관.

이름 : 장강식

생년월일 : 1974년 10월 5일

출생지 : 충남 보령

최종학력 : 충남 K공업 고등학교

직업 : 조직폭력배 울산파 일원(2013년 확인)

전과 : 16범

장강식은 고향인 보령에서도 쉽게 정보를 얻을 수 있었다.

"아아 그 녀석이요? 범띠니까... 74년생이에요. 확실해요. 우리 아들하고 어릴 때 곧잘 놀던 녀석이거든요. 가만있어보자... 그 녀석이 조실부모하고 할머니 밑에서 자랄 땐 그래도 사람구실은 하긴 했어요. 용접배워서 지 공장 차리겠다나? 그때가 스무 살 땐가 스물한 살 땐가... 그것도 한때죠 뭐. 결국 주먹질로 먹고살던데요? 소문엔 저어기 일본 야쿠자 밑에서 일한다고도 들었어요. 팔자도 사나운지 만나는 여자마다 동거하고. 세상에 어떤 여자는 애를 세 번이나 뗐다지 뭐예요. 한 육 년 전엔가? 뭔 죄를 지었는지 청송교도소에 잡혀 들어갔단 소식은 들었어요. 그 후로는 저도 모르겠네요. 지금도 뭐 보나마나 바닥인생이겠죠. 근데 왜요? 그 녀석 또 사고라도 쳤어요?"

고향 사람들의 적극적인 협조로 보아, 이미 장강식 그자는 인심을 잃었거니와 누구도 덮어주고 감춰주는 사람 하나 없는 인생이라는 생각이 들었다. 생각의 꼬리는 오전 조사실 안에서 만난 부산파 말단 조직원의 증언으로 이어졌다.

"아 모른다니까요?! 며칠이요? 7월 29일? 그날이라면 확실히 기억하죠. 말복 날이었으니까. 그날 밀린 대금 받으러 그 새끼 사무실에, 사무실도 아니지 컨테이너 박스 하나 세워놓고 심부름센터랍시고 개업 축하 화환 다 말라비틀어진 거 하나 세워놓고 무슨. 아무튼 찾아갔더니 냅다 뚝배기를 깨버리겠다고 돌덩어리를 휘두르는데 참나. 저야말로 억울합니다! 돈까지 뜯긴 것도 짜증나 죽겠는데."

책상 위에는 장강식이라는 사람에 대한 총평을 대신하듯 그의 과거사진들이 널브러져 있었다. 잠깐 동거했던 다방 레지와 떠난 여행지에서 찍은 사진, 국립공원의 계곡을 무단으로 차지하고 앉아서 부하들과 삼겹살 구워 먹는 사진, 일본 야쿠자 밑에서 일하던 시절 도게자 자세를 취하고 있는 사진, 산 정상에서 허리춤에 손을 올리고 한껏 폼을 잡은 사진 등.

일당이 고속도로에 차를 버리고 도망을 쳤다? 임 총경의 말대로 컨트롤하는 리더가 있는 게 분명했다. 단순히 그 리더가 장강식이라고 보기엔 일당은 의외로 움직임이 빠르고 탄탄하며 나름의 정보력도 갖춰 보였다. 이는 분명 더 큰 힘이 개입되어 있거나 아니면 애초에 일당이 납치 주범이 아니라는 얘기가 된다.

더 큰 힘.

또는,

또 다른 조력자... 공범... 사주자...

"야, 사범대."

"예. 윤 경위님."

박 형사가 빼꼼 얼굴을 내밀었다.

"사건 일을 기준으로 3개월 전까지 이 새끼 어디서 누구 만나고 다녔는지 샅샅이 조사해. 분명 모르는 뭔가 더 있어."

24

저 멀리 뻗은 깜깜한 육 차선 고속도로를 뒤로하고, 경주마처럼 앞서거니 뒤서거니 달리기 시작했다. 숨이 턱밑까지 차올라 이러다 졸도할 수도 있겠다 싶을 만큼 달리다가 누구 하나 악! 하고 자빠지 는 소리가 들렸지만, 애당초 동료의식이란 사기꾼들에게 존재하지 않았다. 그러면서 마지막까지 **'먹잇감'**인 선초아만큼은 무사히 그 '경주'에 합류하고 있는지 이따금 곁눈질로 힐끗거릴 뿐이었다.

"저쪽이다!!!"

뒤에서 바짝 따라붙는 놈들 중 하나가 외쳤고, 다른 녀석들이 전 속력을 다해 이쪽으로 뛰어오고 있었다. 그에 반해 이 사기꾼 일당 은 남녀가 섞인 데다 군사력으로 따지면 오합지졸인 관계로 어쩌 다 학익진 대형이 되었는데, 그중 맨 앞은 아무래도 전직 경찰이었 던 구봉이었다. 그리고 의외로 그다음이 향란이 선초아를 반쯤 끌 다시피하고 뒤따르고 있었다.

'어쭈? 제법인데?! 역시 탈북은 아무나 하는 게 아니야'

그러면서 구봉은 그 찰나의 순간에도 선 회장으로부터 몸값을 받게 되면 최후의 순간에는 (다른 떨거지들은 몰라도)향란과는 반절씩 나눠 갖게 될지도 모른다는 미래까지 그렸다.

"저 새끼들 대체 뭐야?!!"

숨차게 달리며 재욱이 울부짖듯 소리쳤다. 물론 누구도 거기에 대꾸할 수 있는 사람은 없었다.

후우- 하아-

도망에 도가 튼 향란은 비쩍 말랐지만 날쌔고 날쌘 중국 공안들과는 달리 잘 먹어 튼실하고 살이 올랐지만 운동량이 부족해 제대로 뛰지 못하는 한국의 깡패들 정도는 거뜬히 따돌릴 수 있었다. 하지만 순전히 혼자였을 때의 이야기다. 문제는 정애가 버리다시피 한 선초아를 떠맡았다는 것이 문제다. 마음 같아선 장침으로 냅다 목에 꽂아버리고 싶지만 번갯불에 콩 구워 먹듯 정신없이 쫓기는 마당에 그럴 여력이 되지 않았다. 게다가 아직 선초아는 '먹잇감'으로서 유효한 존재니까.

후우- 하아-

시골 밤공기 속에 바람맞은 풀냄새와 소똥 냄새가 뒤섞여 풍겼다. 소똥... 소똥이다...! 향란의 눈에는 저만치 성인 허리 높이만큼 쌓여 있는 짚단이 보였다. 성인 키 높이만큼 가로로 십 미터 정도 쌓여 있었다. 인근에는 운영하지 않는 축사가 드문드문 보였고, 버려두다시피 쌓여있는 짚단은 곧 천재일우의 기회였다.

"김 선생! 왼쪽으로 가시라요!"

향란이 그렇게 외쳤고, 구봉도 왼쪽으로 막 방향을 틀던 참이었다.

'누가 보냈건 저자들 목표는 우리를 사로잡는 거다! 이렇게 당할 수만은 없지!'

만에 하나 나중에 붙잡히게 된다면 방화혐의를 벗을 수 없겠지만, 현재로선 그 외 선택지가 없다. 향란은 바지 왼쪽 주머니에서 라이터를 꺼내 들어 앞에 펼쳐진 짚더미를 향해 돌진하려는 찰나에,

"아, 아줌마 미쳤어요?"

선초아가 소리쳤다. 갑작스런 뜀박질에 옆구리가 결리는지 오만상을 찌푸리며 몸을 최대한 흔들어 댔지만 향란은 막무가내였다.

"엠나이, 닥치라이 썅!"

하고 털끝하나 건드리지 말라는 의뢰인의 의뢰 따위는 안중에도 없이 팔꿈치로 얼굴을 한 대 가격한 다음, 닭 모가지 비틀 듯 잡고 달렸다. 그리고 짚단더미가 가까워지자 처음부터 끝까지 죽 긋듯 불을 붙인 뒤, 라이터를 마저 뒤로 던졌다. 허공을 높이 선회한 라이터는 반원을 그리며 짚더미 속 어딘가로 떨어졌다.

잠시 후, 화라라락- 하고 눈 깜짝할 새에 번지는 불길. 그 탓에 새까맸던 밤하늘이 불그스름해졌다.

썩은 풀은 빛이 없으나 짚더미에서 만들어지고, 그것은 곧 변하여 반딧불이 되니 여름 달밤에 빛을 보낸다- 채근담에 나오는 말이다. 그러나 향란은 달리 생각했다. 고작 반딧불일지라도 자신과 아들의

인생에는 크나큰 폭죽이 될 것이라고.

"향란 언니 잘했어!!"

저 혼자 살겠다고 저만치 뛰어가던 정애가 소리쳤다. 앞서가던 구봉도 엄지를 치켜들었다. 예상대로 놈들이 뒤따라오는 속도가 불길에 막혀 현저히 줄어들면서 어느새 학익진 대형을 이루던 일당들이 어깨를 나란히 하게 됐다.

어느 지점쯤 가자 구봉이 거친 숨을 고르며 말했다.

"하아... 하아... 다들 저기 보이지?"

손가락으로 가리키는 곳은 터널이었다.

"저기로 가는 거야. 알겠어? 다들 납작 엎드리고 따라와."

자유를 찾아온 땅에 불을 질러 버린 향란은 이제 무서울 게 없어진 것처럼 심장이 요동쳤다. 같은 수용소 동기들이 동상에 걸려 죽어나갔을 때, 처음엔 거적이라도 덮어 땅에 묻어주던 것이 나중엔 살기 위해서 그들에게서 옷을 빼앗아 입었을 때처럼 눈에 뵈는 게 없었다. 오로지 아들. 아들 생각뿐이었다. 수중에 그 어마어마한 돈만 있다면 이 자본주의 땅에서 두 모자가 떵떵거리며 살기에 차고 넘친다.

십억만 있다면...

십억만...

25

불길이 활활 솟구치는 볏짚더미로부터 1킬로미터쯤 간격이 벌어졌고, 일당은 포복 자세로 도랑 옆을 기어올랐다. 불그죽죽한 비상 조명만이 가득 메운 남양주 제2터널은 개통된 지 오래된 만큼 오가는 차도 드물어 안으로 숨어들기 수월했다. 도로 왼편으로 공간이 보였다. '**통과높이 3.5m 이하**'란 푯말이 나붙은 자그마한 동굴 같았다.

"잠깐 멈추고 다들 뒤돌아."

몇 번의 위기 앞에서 나름 연대의식이 강해진 일당은 구봉의 지휘 아래 영문도 모른 채 뒤돌아섰고, 그 사이 구봉은 주머니에서 쑤셔 넣은 마스크를 서둘러 썼다. 그리고 신고 있던 양말 한 쪽을 벗어 오른쪽 손에 칭칭 감았다. 잠시 후, 대인용 비상구 앞으로 성큼성큼 걸어가더니,

쨍그랑!!!

주먹을 휘두름과 동시에 유리 조각이 우수수 떨어지는 소리가 들렸다.

"김 경사님 뭡니까?"

재욱의 물음에

"누추하지만 들어들 오셔. 낄낄."

하고 널찍한 문을 밀자 호텔 로비처럼 회전하더니 불 켜진 내부가 보였다. 그 밑에는 CCTV가 박살이 난 채 떨어져 있었다. 차례

제3장 | **비아투르**   163

로 줄지어 이동한 일당.

"어으 추워."

정애가 반팔 밑으로 훤히 드러난 팔뚝을 비비며 들어섰다. 소화기와 비상용 벨트 따위의 시설이 붙박이 되어 있는 다섯 평 남짓의 작은 공간, 긴급 상황 시 이용하게끔 만든 피난통로였다.

"여긴 터지려나...?"

동욱이 스마트폰으로 근처 배달 업체 중 아무데나 전화를 걸자 연결음 끝에 목소리가 들려왔다. 뚝, 끊고 환희에 찬 웃음.

"우리 이제 어떡함까?"

향란의 말에 구봉이 모이란 손짓을 했다.

"장강식이한테 연락 온 거 있냐?"

"아직이요."

재욱이 대답했다. 난간을 넘으면서 데굴데굴 구르는 바람에 팔뚝에는 멍이 잔뜩 들었다.

"메시지도?"

"전혀요."

"거봐, 내가 뭐랬어. 다들 포기해. 이미 토꼈을 거야."

"어떡하죠?"

"지금 전화 터지냐?"

"네. 원할머니네 해봤더니 신호 가던데요?"

"자, 지금부터 플랜비 시작이다."

동욱이 가로막고 나섰다.

"김 경사님, 플랜비라뇨? 그게 무슨 말입니까? 아직 강식이 형님한테 어떤 연락도..."

"안 왔잖아, 이 돌대가리 새끼야!"

"그, 그래도... 좀 더 기다려 봅시다. 진짜 한 번만 마지막으로요!"

26

8월 1일. 납치 4일째.

날이 밝았다.

선 회장의 자택 안, 높은 습도에 우중충한 날씨만큼이나 거실에는 묵직한 공기가 흘렀다. 협박 전화를 받은 지 수 일이 지났지만 수사에 진전이 없자 선 회장은 아예 출근을 하지 않았다. 대신 하루에 열두 번씩 수사본부에서 연락이 왔지만 그럴 때마다 고성을 지르고 그걸 말리는 하미숙의 모습이 반복 될 뿐이었다.

– 보소 층장니임. 쫌 생각 쫌 하고 사시이소, 예? 그 큰돈을 보내믄마 내가 뭐가 됩니꺼? 이 선영태 위신이 뭐가 되냐 이 말입니더. 뭐라꼬예? 웃기지 말라 카소! 퍼뜩 잡을 생각은 안하고... 지송은 무신... 아 댔심더! 끊으이소!

통화를 마친 선 회장이 난시 탓에 고개를 뒤로 빼더니 액정을 여러 번 신경질적으로 터치하며 불만을 터뜨렸다.

"한두 분 말했음 고마 알아처먹어야제... 오십억이 어데 뉘집 아이름이가? 느그 충장 이제 보이께로 아아주 맹탕이데이."

정복 차림의 임 총경은 마의 단추를 마저 채운 뒤, 허리를 곧추세운 채 선 회장의 노여움을 고스란히 감내하고 있는 중이었다.

"야 임 총경아."

"예 회장님."

"내 새끼 털끝 하나 다치지 않게, 조심히 찾아와라켔는데 우찌 댔노?!"

"면목이 없습니다."

그때, 가정부가 조심스레 얼굴을 내밀었다.

"저어 회장님..."

하미숙이 뒤늦게 알아차리고 서둘러 문 닫으라고 눈짓으로 성화를 했지만, 선 회장이 신경질적으로 다그쳤다.

"무꼬!"

"초석 도련님이..."

가정부가 하미숙의 눈치를 보더니 실토하듯 말했다. 그렇게 눈치를 주는데도 알리는 가정부의 모습에서 어딘가 도발하는 구석이 엿보였다.

"잠깐 외출하신다고..."

"집구석이 쑥대밭인데 또 어데?"

"하, 학원에요... 실용음악..."

"문디 자슥! 으디 배울기 읆어가 애미 뽄보고 딴따라가 될라카나! 앙?!!"

선 회장은 집어던질 것을 못 찾자 하미숙에게 삿대를 하더니,

"야! 니 내랑 약속 했제?"

"알겠으니 고정..."

"고정하게 생깄나 지금?!"

임 총경은 대한민국 남자들의 가슴을 불태웠던 톱스타 하미숙이 다 늙은 영감의 후실로 들어가 하대를 받고 사는 장면을 눈앞에서 목격하자 어찌할 바를 몰라 괜한 무릎만 쓸었다. 그것은 기구하고 박명(薄命)한 삶을 사는 또래의 미인에 대한 금단의 애수에 가까운 감정이었다. 오묘한 기분에 가슴 한구석이 간질간질했다. 그런데도 선 회장은 경찰이 동석한 자리라는 것을 망각한 채 몰아붙였다.

"점마 저거 약이나 빨고 검찰 들락거릴 때 니 낸테 머라켔제? 한 분만 봐주믄 책임지고 정신머리 학실히 고쳐논다 했나 안 했나?? 엉? 했나 안 했나!"

"잘못했어요, 회장님. 제가 알아듣게 따끔하게 혼낼게요. 그러니까..."

"댔다 마!"

후실이긴 해도 아이를 둘씩이나 낳고 이십 년을 함께 한 하미숙을 일개 술집 마담 물리치듯 서재에서 내쫓은 선 회장은 가슴을 쥐고 쿨럭였다. 고통으로 일그러진 얼굴은 살짝만 닿아도 폭발할 것

같은 노여움으로 가득 차 있었다. 깊은 심호흡. 그리고 무섭게 눈을 치켜뜨는 선 회장. 헛기침 한 번으로 모든 걸 좌지우지하던 그가 처음으로 볼모가 된 자식 앞에서 옴짝달싹 못하게 되자 그만한 고통도 없어 보였다.

"야 임 총경아."

"예 회장님."

"니 본청 안갈끼가? 내 그냥 하는 소리 같나?"

"아닙니다. 가고 싶습니다."

"거 인사국장이 낸테 받아묵은게 많아가 내 툭 한번 치면 토해낼끼 옥수로 많데이. 앞루 따악 삼 일이데이. 고 안에 하늘이 무너져도 우리 아는 물론이고 금마덜 한 넘두 빼묵지 말고 내 앞에 데리와. 알았나? 내 아주 잘근잘근 씹어묵을끼다."

그때 서재 밖.

문고리에 얹은 손이 파르르 떨려옴을 느낀 윤 경위는 그만 돌아서 버렸다. 본의 아니게 서재 안에서 이루어지는 모종의 거래를 알게 되자 힘이 탁 풀렸다. 본청이라니. 정말 임 총경은 출세욕에 눈 먼 엘리트 경찰에 지나지 않는 인물인 걸까? 단독으로 성과를 내 승승장구하려는 탐욕의 노예였을까? 요 며칠 발바닥에 땀띠가 나도록 뛰어다니며 보고서를 작성하던 자신이 초라하게 느껴진 윤 경위는 몸이 몸살 나듯 떨렸다. 결국 임 총경은 부하들의 실적을 가로챌 셈이었나?

실은 선 회장을 만나기 위함도 아니었고, 수사 과정 중 하나도 아니었다. 다만 총수 일가에 관한 시시콜콜한 정보를 꿰뚫고 있는 가정부를 포섭한다면 쓸 만한 정보를 얻지 않을까 하는 희망 때문에 찾은 것이었다. 하지만 서재 앞, 들려오는 말소리는 아나나 다를까, 예상 밖이었다.

"그라고 하미숙이. 우리 아 옳어지기 전에 어데서 누굴 만났는가 알아 와."

순간, 잘 못 들은 줄 알았다.

'설마...! 선 회장은 하미숙을 의심하고 있는 걸까? 납치를 주도한 용의자로? 무려 선초아양의 친모인 하미숙을?'

차마 들어선 안 될 말을 엿들은 것 같은 기분에 윤 경위는 뒷걸음질로 물러났다. 서재를 빠져나와 왼편으로 길게 이어진 복도, 그곳에서 또 오른쪽으로 난 공간에서 말소리가 들렸다. 이번엔 다른 목소리였고, 남녀의 것이었다. 언뜻 그림자를 보니 등에 기타가방을 멘 선초석이었다. 윤 경위는 형사의 직분에서 오는 본능에 따라 온 몸의 신경을 청각에 집중했다.

"숨 막혀. 못 살겠어!"

"조금만 참아. 이제까지 잘 참아왔잖아?"

"더 이상 못 참겠어. 꼰대만 보면 다리에 힘이 풀린다고!"

"그래서 어쩌겠다고?"

"어쩌겠다는 게 아니야. 대체 초아 그년은 조심성 없이 납치나 당하고 도움이 안 돼."

"입 닥쳐. 말썽부리지 말고 있어. 일 끝날 때까지 비위 거스르지 말고 좀!"

"아줌마부터 어떻게 좀 해봐. 저번에 내 방 청소한답시고 뒤지다가 여자 속옷 봤을 거야. 그걸 꼰대가 알아봐! 그땐 엄마나 나나 어떻게 되는데?!"

27

강식은 스마트폰을 턱과 어깨 사이에 낀 채 상대방의 말끝마다 시종 '예예'를 덧붙였다. 그러면서 발밑에 둔 007가방을 바라보는 얼굴에 음흉함이 떠올랐다.

– 걱정 마십시오. 제가 누굽니까? 짭새 나부랭이들이 이 장강식이를 쉽게 봤다 이겁니다. 크하하하. 예? 아 걱정 말래도 그러십니다. 이것들이 아마 지금쯤 차 없이 빌빌거리면서 먹이 기다리는 달구새끼들마냥 제 전화만 목 빠지게 기다리고 있을 겁니다.

– 자신만만하네. 그래도 만전을 기하도록 해

– 당연한 말씀을. 걱정 붙들어 매십시오.

전화를 끊은 강식이 혼잣말로 웅얼거렸다.

"미쳤냐? 이 좋은 걸 나눠 갖게?"

그러면서 강식은 바지춤을 더듬더니 뒷주머니에서 반의반으로 접힌 메모지를 확인 후, 비열한 웃음과 함께 다시 접어 깊숙이 찔러

넣었다. 그동안 정성껏 뇌물 먹여 놓은 인천항만 경비원 하나가 밀항선이 들어올 날짜와 시간, 그리고 중국행 화물선에 대한 나름의 표식이 적힌 메모지였다. 날짜는 오늘 날짜였다. 아무도 없는 사무실이지만 누가 볼 새라 사방을 흘끗거리는 것이 영락없이 쫓기는 자의 모습. 옆에는 큰 트렁크 가방 두 개가 놓여 있었다.

시간은 훤하디 훤한 백주대낮, 오후 세 시 반이다. 지금쯤 차도 없이 쫓기다가 붙잡혀서 두 손 싹싹 빌고 있을 '거지새끼들'이 떠오르자 형언할 수 없는 쾌감에 온 몸이 떨려 왔다.

"아는 것도 없고, 그냥 돈 준다니까 아이고 감사합니다, 한 거야?
장강식이 이거 영 시원찮구만?"

문득, 작전을 짜던 날 다 보는 앞에서 공개적으로 면박을 주던 구봉이 떠올랐다.

'김구봉, 넌 이제 끝났다.'

오만 원 권으로 가득한 돈 가방과 두 트렁크 가방을 챙긴 강식은 미련 없이 컨테이너 문이 부서져라 닫고 나섰다. 그때, 눈앞에 어느 양복을 입은 남자와 마주치지 않을 수 없었는데 너무나 찰나의 순간이어서 상대의 모습이 그래픽으로 가공된 듯한 착각마저 들었다. 눈 깜짝할 새에 자루가 머리를 감쌌기 때문이다.

"!!!"

필사적으로 저항하던 강식은 이미 위험을 감지했다. 방어할 새 없이 당했지만 그도 주먹판에선 남한테 뒤지지 않는 터, 대강 상대의 위치를 파악해서 날카롭게 발로 가격했지만 헛수고였다. 갑자기

명치에 날아든 주먹에 숨이 턱 하고 막히더니 그와 동시에 복면 위로 환각제가 덮쳐왔다. 발버둥 치던 그의 사지에 조금씩 힘이 느슨해졌다.

익명의 남자는 시멘트 바닥에 떨어진 007가방을 손에 넣었다. 그리고 쓰러진 강식을 발로 툭툭 건드린 뒤, 주머니를 뒤졌다. 바지 뒷주머니에서 스마트폰이 나왔다. 통화내역을 확인하다 최근 지점에서 멈춘다.

모두삭제

그것을 바닥에 아무렇게나 버린 뒤, 익명의 남자는 자신의 주머니에서 새로운 스마트폰을 꺼냈다. 그리고 주위를 둘러본 후에 어딘가로 새로운 메시지를 쓰기 시작했다. 예약 발송 시간은 밤 11시였다.

나 의뢰인입니다.

지금부터 새로운 리더는 김구봉 씨로 정합니다.

김구봉 씨는 제 말을 듣고 따라야 하며,

새로운 요구조건을 알려 드릴 테니 이대로 실행에 옮기십시오.

28

14년 전.

함경남도 온정 집결소.

강냉이밭 옆에 마련된 허름한 변소간에는 평소보다 두 배는 더 줄이 길게 이어졌다. 엊저녁에 먹은 상한 죽이 화근인 것이다.

가만 귀 기울여보니 변소 밖에선 무료함을 이기지 못한 사람들이 간수 몰래 지껄인다는 말소리가 차츰 번잡스럽게 길어지기 시작했다. 중국으로 도망간 남편과 무려 10년 만에 연결된 전화가 재수 없게 걸려서 왔다는 찰지고 무릎을 탁 치게 만들만큼 안타까운 사연은 저마다의 사연 보따리를 풀게 만들었다. 그중에서도 남조선 드라마 '대장금'을 보다가 백공구 상무(109상무, 불순 녹화물 집중 단속하는 곳)에 걸려서 왔다는 소리, 그러냐며 자기도 장판 밑에 숨겨둔 알(CD)들을 분주소(파출소)에서 단속 오는 바람에 다 뺏겼다는 소리는 제일 인기가 많았다. 나중에는 그래서 장금이하고 종사관 나으리가 정말 혼인을 하냐는 질문으로까지 발전했는데, 하필 그 중요한 순간에 변소 밖에서 지랄하는 소리가 들렸다.

"야! 우향란! 빨리 나오라우!"

하도 성화를 해대는 바람에 뒤처리도 제대로 끝맺지 못하고 서둘러 나가자, 집결소 터줏대감인 계장련이었다. 한 눈에 보아도 얼굴에 심술이 덕지덕지 붙은 진상. 눈 흘길 시간도 없을 만큼 급했던지 안으로 냅다 뛰어 들어가더니 다다다다!! 하고 박격포 터지는 소리가 들렸다. 퀴퀴한 악취는 잠시 뒤 스멀스멀 풍겼다. 오래 기다리느라 약이 바짝 올랐었는지 계장련은 들어가고서도 악에 받쳐 고래고래 질러댔다.

"운 좋은 줄 알라! 바지에 쌌으면 넌 오늘 내 손에 송장 치렀서!"

그러자 순서를 기다리던 정애가 코웃음을 치며 중얼거렸다.

"개상년. 이름처럼 놀구 자빠졌네. 언니, 저년하고 얽히지 마. 얽혀서 좋을 게 없어."

그냥 하는 소리라는 걸 안다.

나도 웃고 정애도 웃었다.

벌써 이곳에 들어 온지 두 달이 됐다.

겨우 나무 몇 단 내다 판다고 살림이 나아지진 않았겠지만, 차라리 그 편이 나았을지도 모른다. 고려의학을 배우던 시절 남조선에서는 마침 '허준'이라는 드라마가 인기였고, 월경을 감행한 이유 중 하나에 그 드라마도 한몫했다. 하지만 현실은 녹록치 못했다. 어머닌 알까? 조국에서 도망치려던 딸이 중국 변방대원들에게 붙잡혀 집을 나선지 두 달 만에 다시 고향의 집결소로 끌려온 것을.

몸수색을 받던 첫날은 알몸으로 조사원들 앞에 섰다. 온몸으로 외간 남자들 앞에서 샅샅이 몸 구석구석을 내보여야 하는 수치심을 견뎌야 했고, 그날 나는 숨죽이고 밤새 울었다. 한 번은 혼자 집결소를 탈출하려다 걸린 적이 있었다. 죄의 대가는 무시무시했다. 삼일 밤낮을 두들겨 맞고 초주검이 되어있을 때, 밤새 시름시름 앓느라 다른 사람들의 잠을 설치게 했다. 꿈결에도 어머니- 어머니- 하고 불렀는데, 뒤에서 나를 따뜻하게 안아준 건 정애였다. 따지고 보면 정애와 먼저 친해졌기 때문에 우리 둘은 특히나 각별했다.

그러던 어느 날, 강냉이밭에서 허기를 못 참고 어지러워 쓰러진 적이 있었다. 차라리 죽어 버렸으면- 이대로 모든 게 끝나버렸으면- 싶을 그때,

누군가가 쏜살같이 달려와 겨드랑이를 부축해 일으켰다. 허기와 고초에 시달려 낡디 낡은 얼굴을 하고 있지만 강건해 보이는 인상을 가진 여자였는데 처음 보는 여자였다. 정애와 다른 분위기를 풍겼지만, 정애에겐 없는 무언가가 있었다. 나중에 알았지만, 그 여자가 바로 아홉 번 월경했다가 아홉 번 붙잡혀 왔다는 그 유명한 전설의 계장련이었다.

"살구 싶음 수치심을 버리라우."

하며 돌멩이로 때려잡은 개구리를 흔들어 보였다. 내장이 훤히 다 보이는 그것을 보자 정신이 번쩍 뜨였다. 동시에 누가 볼 새라 나는 그것을 입에 꾸겨 넣었다. 그날 밤은 허기에 잠을 설치지 않아도 됐다.

사면이 모두 막막 강산인 집결소 안에서 유일하게 의지하고 마음 붙인 내 동무들. 계장련, 윤정애. 때때로 둘이 대치구도로 다투는 일이 많았지만, 어쨌거나 우리 세 사람은 그 지옥에서 견디게 하는 빛과도 같은 존재였다.

집결소 생활을 한 지 석 달째 되던 어느 깊은 밤.

최종점검을 도는 보안원의 발소리가 차츰 옅어질 즈음, 계장련이 속삭였다.

"자니?"

"아니. 배고파서 잠이 안 온다."

"오늘 낮에 내가 강냉이밭에서 뭘 주웠게?"

"뭘 주웠는데?"

한참 기다려도 장련은 대답 대신 실없이 키득거리기만 했다. 어둠에 익숙해진 내 눈동자가 장련을 흘겼을 때, 순간적으로 무언가 빛이 났다.

쇠붙이였다.

29

"윤 경위님, 퇴근 안 하십니까?"

"난 더 볼 게 있어. 먼저 가."

"아침에 잠깐 집에 다녀오신 게 전부잖습니까?"

"먼저 가래도."

캄캄한 강력반 실내.

시간이 늦도록 자리를 떠나지 않은 윤 경위는 손을 뻗어 담배를 찾지만 빈 갑이었다. 앞주머니, 뒷주머니 위아래 다 훑어도 없었다. '사건 경위서', '0729 수도권 제1 순환 고속도로 통과 차량리스트' 따위의 서류가 널브러진 책상 위의 재떨이에는 이미 담배꽁초가 한 무덤이었다. 흡사 걸작을 기대하는 화가의 고뇌처럼 하아─하고 다시 노트를 찢고 또 찢고를 반복했다.

어째서 범인은 오억도 아닌 오십억이란 큰돈을 요구했을까?

단순히 간땡이가 부어서?

하미숙과 선초석의 대화는 대체 무슨 뜻이었을까?

속옷? 누구의 속옷?

그게 어쨌다고?

또...

임 총경님은 수사보다 출세에 눈이 멀어있는 걸까?

대체 무슨 꿍꿍이?

노트에는 여러 가능성을 열어두고 각각의 인물이 품었음직한 음모에 대해 추리한 낙서로 가득했지만 여전히 앞은 막막했다. 얼굴을 썩썩 문지르자 두 손에 개기름이 묻어났다.

오전에 선 회장의 자택에서 몰래 빠져나온 뒤, 온종일 머릿속이 복잡했다. 그런 속도 모르고 이후 서로 복귀한 임 총경은 느긋하게 옥상 흡연 부스에서 줄담배를 태우며 시간을 보냈다. 부하들 어깨를 툭툭 쳐가며 농담 따먹기 하는 꼬라지가 영락없이 아름다운 미래를 뽐내는 모습 그대로였다. 그래서일까? 범인이 누구인지, 돈을 주고 초아양을 구출하기보다 선 회장의 위신에 흠집을 낸 놈을 포획해서 갖다 바치는 것 외에는 관심이 없어 보였다. 배신감이 물밀 듯이 밀려왔다.

'좋아. 지금부터 내 페이스로 간다...'

하지만 어디서부터 손을 대야 할지 난감했다. 납치한 범인의 데이터가 부족한 것도 문제지만, 무엇보다 총수 일가가 숨기는 게 많아 보였다. 탐문 수사를 통해서도 뚜렷하게 성과도 없었다. 그만큼 막막하고 예측불허의 사건이 아닐 수 없었다. 단순 사건이 아니라, 무려 재벌가 영애의 납치 사건이다 보니 위에서도 쪼아대는 횟수가 잦았고 하루가 멀다 하고 매스컴에서는 경찰의 무능함을 질타했다.

'대체 누굴까? 누가 배후에서 조종하고 있는 걸까? 그렇다면 그는

누굴까? 설마... 선초석?'

말도 안 되는 추리였다. 선초석은 친오빠였으니까. **'조심성 없이 납치나 당하고 도움이 안 된다'**라는 건 잔인하게 들릴지 몰라도 친오빠니까 내뱉을 수 있는 한탄일 수 있었다. 속된 말로 흔한 남매. 그렇다. 흔한 남매니까 가능하다.

'그렇다면 선 여사?'

하지만 죽을 날 앞둔 노인이 무슨 부와 권력을 갖고 싶어서? 올케를 내쫓다시피 하고 들어온 '후실' 하미숙에 대한 증오라기엔 타겟을 잘못 잡았지 않나? 밉든 곱든 선초아는 자기 남동생의 핏줄을 이어받은 조카인데.

'선도영?'

가장 유력하지만, 가장 유력한 만큼 신빙성도 떨어지고 너무나 티가 나게 유치한 싸움이다. 윤 경위는 스스로 선도영이라 해도 그런 유치한 납치를 벌여가며 '범인이 나요' 라는 빌미를 제공하지 않을 터였다. 더군다나 드러내놓고 동생들을 라이벌이라 말했지 않나? 하지만 그런 만큼 역시 혐의가 아예 없을 순 없다.

'그럼... 선 회장?'

회장이 미쳤다고 돈 뜯기고 자식 뜯기고, 결국엔 마누라까지 잃어가며 홀아비 신세를 자처할까? 심지어 전 국민한테 여성 편력을 공개 당하는 망신을 감수할 만큼? 그것도 패스다.

'자작극?'

뭣 때문에? 아무리 재벌 딸이라 하더라도 어린 여자아이가 어마어마한 금액을 내걸고 부모를 상대로 싸우진 않을 것이다. 그럴 만한 이유도 없을 것이며, 있다 해도 스케일이 너무 크다. 그만큼 터무니없는 가설이다.

'하... 미숙...?'

그녀는 선초아의 친생모이다. 의심의 겨를이 없다.

그러나, 하고 윤 경위는 생각했다. 지금까지 정황을 미루어 봤을 때 가장 혐의점이 없으면서 가장 이상한 포지션을 취한 사람이 그녀였지 않나. 친딸이 없어졌는데 느긋한 언행은 물론이고, 몰래 엿들은 대화에 의하면 아들 초석을 어쩐지 감싸는 분위기까지 연출했다. 게다가,

"하미숙이. 우리 아 잃어지기 전에 어데서 누굴 만났는가 알아 와."

의도치 않게 듣게 된 회장의 은밀한 속삭임. 어째서 그는 하미숙을 의심하는 걸까? 본부인은 아니더라도 그래도 이십 년 가까이 한 이불을 덮고 살며 사이에 자식까지 둔 여자인데. 게다가 선초아양의 친엄마인데!

범인을 찾아야 한다는 끈질긴 자기주문은 윤 경위로 하여금 사건 현장으로 향하게 만들었다.

청담동 노래방 상가건물 근처는 업종 특성상 문을 닫은 곳이 많았는데, 딱 한 군데 불을 밝힌 곳이 있었다. 반대편 건물 1층에 위치한 귀금속을 파는 상점이었다. 윤 경위는 조심스럽게 계십니까, 하고 들어갔다. 내부는 조용했다. 따스한 조명 아래 번뜩이는 갖가지의 귀금속들이 구

매욕을 자극하며 진열되어 있었다. 다시 불러볼 찰나에 육십 정도의 온화한 얼굴을 한 남성이 안에서 나오며 다급히 웃어 보였다. 한 손에는 대걸레가 들려 있었다. 아무래도 셔터를 내릴 준비를 하고 있었나 보다.

"예, 어서 오십시오."

깔끔한 니트 남방 차림에 친절이 배어있는 유들유들한 말투로 보아 사장인 듯 보였다.

"어떤 걸 찾으시죠?"

"아, 그게 아니라... 경찰입니다만."

사장의 입가에서 웃음기가 사라졌지만, 애써 온화함을 되찾고 되물었다.

"아아 혹시 요즘 뉴스에서 시끄러운 일로?"

"잘 알고 계시는군요. 네, 맞습니다. 몇 가지 여쭤보고 싶은 게 있어서요."

"제가 뭐 도움이 될지나 모르겠네요."

"혹시 여기 가게 CCTV 좀 확인할 수 있을까요?"

"저희 CCTV를요?"

"네. 여기 가게 카메라가 저쪽 노래방 입구를 대각선으로 가리키고 있어서요. 물론 화질은 따져봐야 알겠지만, 수사에 참고 될 만한 사항이 있을까 해서요."

"아아, 그런데 이걸 어쩌죠? 마침 저희 가게에 지난주에 도둑이 들어서 말입니다. 다시 방범망 설치하고 CCTV도 경찰에 증거물로 제출할 겸 새로 갈아서요."

"CCTV 녹화분을 제출했다고요? 경찰에게?"

"네, 그래요."

"그게 언젭니까?"

"지난주 수요일이요. 28일."

28일 수요일이라면, 선초아양이 납치되기 하루 전의 일이다.

"저... 혹시 강남서에 사건을 접수하셨습니까?"

"그러려고 했는데, 때마침 가게에 오신 경찰분이 계셔서요. 그분께 말씀드렸더니, 마침 서에 들어가는 중이라면서 가져가셨죠."

"그래요?"

윤 경위가 미심쩍어 하자 사장이 밝게 웃으며 손사래를 쳤다.

"아휴 정말이래도 그러시네요. 그 분도 강남경찰서 생활지도계에 계신 분인데, 결혼기념일 선물로 와이프에게 줄 목걸이를 보러 오셨다고 했어요. 신고하려고 했는데 딱 잘 됐다 싶었죠."

"저, 혹시 그 경찰관님 이름을 기억하십니까?"

"물론이고죠. 제가 그것도 확인 안 해 봤을까 봐요? 하하. 명찰을 보고 외워뒀죠. 김구봉."

"알겠습니다. 서에 들어가서 직접 확인해 보죠."

한 가닥 희망이 사라진 윤 경위는 혹시라도 목격자가 나타난다면 전화 달라며 연락처를 남긴 뒤, 상점을 빠져나왔다.

그리고 다시 길을 건너 노래방이 있는 지상 8층의 건물을 올려다보고, 그 주변을 서너 바퀴 돌며 만일 범인이라면 어떻게 납치했을지 시뮬레이션을 그리기 시작했다.

뻔한 사실이지만, 인근 CCTV를 족집게처럼 피할 만큼 범인은 근방 지리에 눈이 밝은 자다. 지하 1층 노래방으로 향하는 계단에서 다시 한 번 CCTV를 확인했다. 실내 몰딩 뒤에 CCTV의 몸체가 있는 만큼 초행길인 사람은 몰랐을 터, 여기에서도 마찬가지로 신분을 숨길 수 있었던 것은 이미 범인이 여러 번 이 노래방에 왔거나 구조에 대해 잘 알고 있다는 것이 된다. 하지만 장강식은? 유흥바닥에서 한평생을 굴러먹은 인간이지만, 노는 물이 다르다. 윤 경위는 다시 밖으로 나가 건물을 올려다봤다. 전직 판검사들로 넘쳐나는 국내 초대형 로펌과 TV에도 자주 출연할 만큼 메디컬 사업으로도 성공한 유명의사가 최근 개원했다는 가정의학과 병원, 게다가 바로 옆 건물은 어떤가? 유명 역사예능에도 단골로 출연한 일타강사가 무려 사백 억을 주고 산 건물이다. 한 마디로, 장강식 따위의 인생 막장이 드나드는 시시껄렁한 곳이 아니라는 것. 게다가 노상에는 주차된 차량이 꽤 많았다. 그만큼 번화가다. 보는 눈도 많았을 거란 얘기다. 그런데도 아무도 보지 못했다? 달리 생각하면, 의심 갈 만한 상황을 보지 못했다는 얘기가 된다.

"그렇다면…"

윤 경위는 차근차근 정리해보기로 했다.

첫째, 이정도 인프라에 어울리는 사람이면서 청담 J고등학교 학생들이 자주 찾는 노래방 건물 구조에 대해서도 꿰뚫고 있는 사람.

둘째, 짠돌이 회장이긴 해도 그에게 오십억이란 돈은 껌 값 정도에 지나지 않는다는 것을 잘 아는 사람.

셋째, 그러면서 주변의 의심 없이도 선초아를 건물 밖으로 빼돌릴 수 있는 사람.

마지막 넷째. 돈과 맞바꿔서라도 초아가 살아 돌아오기를 바라는 사람.

그 순간 머릿속을 섬광처럼 스치고 지나가는 한 사람이 떠올랐다. '그 사람'은 왜 어째서 이런 납치사주를 벌였을까?

자기 딸을 상대로?

윙 — 그때 갑자기 울리는 휴대폰 착신음에 소스라치게 놀란 윤 경위. 뒷주머니에서 휴대폰을 꺼내들었다. 박 형사였다.

– 무슨 일이야? 퇴근한 거 아니었나?

– 비상이에요!

– 비상이라니?

– 장강식이 시신으로 발견되었습니다!

30

"이야... 윤정애 의리 끝내준다 너?"

"윤정애 아니고 나타샤. 내가 이래 봬도 의리에 죽고 의리에 산다고요. 나 아니었으면 향란 언니 그때 감옥에서 맞아 죽었다고."

정애가 구봉에게 콧방귀를 뀌며 말했다.

"그러니까 우리 동욱씨도 이 년이나 기다렸죠. 맞지 오빠?"

"응."

왜 하필 그런 얘기를 꺼내는지, 동욱은 감옥에 가 있는 동안 뒷바라지를 했다는 사실이 떠오르자 얼른 넘어가고 싶은 마음이 컸다. 그때 그 이 년 동안 무슨 일이 벌어졌는지 누구보다 잘 아니까.

"어이 향란이."

"예."

"그럼 북한에 두고 온 자식은 아들 하나야?"

"예."

"이름이 뭐더라? 종..."

"종성이요, 종성이! 맞지 언니?"

정애가 또 끼어들자 향란은 약한 웃음으로 대신했다. 언제나 아들 얘기는 가슴을 쿡쿡 찌른다.

"아이고 아들래미 보고 싶어서 어떡한대?"

별다른 감정 없이 구봉이 건성으로 물었다.

"......"

잠자코 듣고 있던 재욱이 조심스레 입을 열었다.

"저기요 북한 누님, 얼굴에 난 그 상처는 감옥에서 생긴 거예요?"

"예."

"고생 많았네요."

"고생은요."

"걱정 마요. 돈 받으면 누님 수술부터 하세요. 내가 좋은 병원 하나 소개 시켜 줄 테니까. 강남에 잘 아는 성형외과 있거든요."

"고맙습다."

구봉이 껌을 짝짝 씹으며 키득거렸다.

"니들 연애하냐? 뭐 하기사 전쟁 중에도 애는 태어난다더라."

"연애라뇨! 나 연락하는 여자 있어요!"

당혹감을 감추지 못하는 향란을 대변하기라도 하듯 재욱이 발끈했다.

"아니 그 유부녀는 어쩌고?"

"남편이 해외주재원으로 출국한대서 따라갔어요."

"저런."

"그래도 제가 누굽니까??"

하며, 짠 하고 보여주는 스마트폰 화면에는 연상으로 보이는 한 여자와 포옹하며 찍은 셀카가 떴다. OO블레스파크 조합원 모집 설명회 당시 다소 깐깐한 질문으로 입장을 난처하게 했던 그 부잣집 여자다.

"고등학교에서 애들한테 음악 가르친대요. 섹시하죠?"

"아유, 재주도 좋다. 이 세상 여자 다 니 가져라. 나는 돈만 있으면 되니까."

"어...? 어어?? 어어?!!"

그때 구석에서 스마트폰을 만지작거리던 정애가 옆에 앉은 동욱을 떨리는 손으로 두드리더니 얼빠진 사람처럼 말을 제대로 잇지 못했다.

"어이 윤정애! 왜 이래?"

"무슨 일인데 그래 누나?"

재욱이 그녀의 손에서 폰을 낚아챘다. 이어서 금세 파랗게 질린 재

욱의 얼굴. 그가 보인 액정 화면에는 속보로 4분 전에 뜬 기사 영상이 재생되고 있었다. 볼륨을 키우자,

경기도 J시 한 하천에서 신원을 알 수 없는 남성의 시신이 떠올라 경찰이 수사에 나서고 있습니다. 오늘 오후 9시 반 한강으로 흐르는 제1지류인 이 하천에서 시신이 떠오른 것을 낚시 동호회 회원들이 발견하여 경찰에 신고하였습니다. 경찰은 시신의 안면에 울혈이 발견되어 질식사 가능성을 염두에 두고 있으며 보다 정확한 신원과 사인을 밝히기 위해 국립과학수사연구원에 부검 등을 의뢰할 예정이라고 밝혔습니다. 또한 인근 폐쇄회로...

기자 등 뒤로 보이는 시골 하천에서 밤안개가 스산하게 피어오르고 있었다. 카메라가 비추는 소지품에는 쌍절곤과 목을 압박하는데 쓰인 것으로 보이는 구찌 벨트가 있었다.

"어... 이 쌍절곤... 강식이 형님꺼 같은데..."

재욱이 말을 채 끝내기도 전에 구봉의 안주머니에서 진동음이 울렸다. 새로운 텔레그램 메시지였다.

나 의뢰인입니다.
지금부터 새로운 리더는 김구봉 씨로 정합니다.
김구봉 씨는 제 말을 듣고 따라야 하며,
새로운 요구조건을 알려 드릴 테니 이대로 실행에 옮기십시오.

31

8월 2일. 납치 5일째.

유력 용의자인 장강식이 사건 발생 나흘 만에 시신으로 발견됐다는 뉴스가 전해진 다음날 오전. 널찍한 거실 중앙에는 선 회장의 자리가 비어있는 가운데 하미숙과 선초석이 왼편에, 그 맞은편으론 선도영이 몸을 뒤로 묻고 앉아 있었다.

안 그래도 미적지근한 경찰의 대응에 하미숙은 불만이 쌓일 대로 쌓인 상태였기에 할 수만 있다면 지금이라도 경찰을 배제하고 따로 사람을 쓰자는 생각엔 변함이 없었다. 그런 그녀를 잠자코 보고 있던 도영이 테이블 위에 찻잔을 가져가면서 넌지시 운을 뗐다.

"있지 나. 궁금한 게 있는데요?"

하미숙이 묵살한 채 초석에게 사과를 포크에 찍어 건네며 등을 두드렸다.

"내가 기억력이 나빠서. 아줌마가 99년에 연기대상에서 뭘 받았었죠? 최우수상이었나? 그 때 드라마 제목이 뭐였죠?"

하고 뭔가를 떠올리듯 천장을 응시하는 눈빛이 새초롬했다. 흥, 하고 하미숙이 기가 차다는 듯이 노려보았다.

"그냥 네가 연기를 하지 그러니?"

"아! '기다렸던 먹잇감이 제 발로 왔구나'였나? 맞죠? 아닌가?"

동의를 구하듯 유 집사를 보자, 그가 검지를 지그시 입술에 가져다 댈 뿐 그녀에게 눈길을 주지 않았다.

"나야말로 하나만 묻자."

대답대신 어깨를 으쓱하는 제스처를 취하는 도영.

"네 짓 맞지?"

"앞뒤 다 잘라 먹고?"

"초아 없어진 거. 네 하는 행동이 하도 수상해야 말이지."

"지나가는 사람 붙잡고 물어봐요. 이복동생이 없어지면 샴페인 터뜨릴 이복언니가 비정상인지, 아니면 딸이 없어졌는데 멀쩡하게 화장할 시간 있는 엄마란 여자가 비정상인지."

"너나 떠벌리고 다녀. 집안 망신시키고 싶으면."

"그건 그렇고, 내가 TV에서 봤는데 자고로 집에서 키우던 개는 꼭 돌아온대네? 근데 문제는 새끼를 배서 온대요. 왜 그러냐면, 동네 개라는 개는 다 만나고 다녀서 그렇다나? 뭐 하기사 애당초 개들한텐 일부일처란 게 없지. 안 그래요?"

"누나!!! 말이 심하잖아!"

여왕을 지키는 기사처럼 선초석이 상체를 달싹거리며 소리쳤다. 앳된 얼굴에 이미 성장해버린 커다란 체격. 예전처럼 이복 누나 방에 기웃거리며 숙제를 방해하다가 뺨을 얻어맞고 울 수밖에 없었던 어린 아이가 아니었다.

"방금 한 말 취소해. 그거 초아에 대한 모독이야."

"뭐야? 왜 발끈해?"

"사과하라고. 엄마가 달라도 누나한텐 동생이잖아."

"싫은데? 그리고 내가 왜 네 누나야?"

유 집사의 헛기침에도 막무가내인 선도영. 유 집사는 그만 두 눈을 질끈 감았다. 오래전부터 모셔온 규수가 삐딱선을 탈 때 겪을 수밖에 없는 방자의 애로사항이 고스란히 얼굴에 묻어났다. 도영은 붉으락푸르락하며 따지는 선초석에도 아랑곳 않고 리클라이너 소파의 리모컨을 조작하며 뒤로 몸을 젖혔다.

그때였다.

"회장님 나오십니다." 유 집사의 말에 일제히 자리에서 일어났다. 긴 복도를 따라 방에서 나온 선영태 회장은 출근 준비를 마친 채였다. 그러다 골이 난 채로 쇼파에 길게 누워있는 도영을 보자 대뜸 버럭하며 고함을 질렀다.

"니넌 동상이 으디가 죽었는가 살았는가 모루눈데 꺽정도 안 되는가배?!"

"걱정해서 될 일이었으면 했죠. 진작에."

"니넌 그래서 안 되는기야. 아나? 니 그 머릿속엔 우짜면 아부지껄 뺏아묵을까, 우짜면 동상들걸 홀딱 뱃겨묵을까 그 생각뿐이제? 쯧쯧... 죽은 사람 야기지만서도 이기 다아 니 애미가 잘못 가르친기다."

갑작스런 불벼락에 가정부도 유 집사도 모두 어찌할 바를 모르는 가운데, 당사자인 도영의 얼굴엔 무방비 상태에서 언어맞았을 때의 얼얼함이 떠올랐다. **'체스 담판의 날'**, 반 무릎을 꿇고 킹을 바치던 도영은 선 회장의 한 마디에 큰 오산을 저지르고 말았음을 다시 상기한 것이다.

"니 방금 문 실수했는지 아나?

적의 요 대가릴 잡았으문마 바루 박살을 내버려야 되는기다. 알았나?

니는 니 애밀 닮아가 헛똑똑이데이. 아스라 아서."

이빨 빠진 호랑이에게 조강지처에 대한 죄책감은 이미 버린 카드나 마찬가지였다는 것을 왜 몰랐을까. 그 후로 일종의 패닉이 찾아왔다. 돌아가는 정황상 더 이상 선 회장에게 아양을 떨어야 할 이유가 사라졌고, 선 회장 역시 '기회'를 줄 마음이 없어 보였다. 내쳐진 사도세자의 처지로 추락해버린 상황을 도저히 받아들이기 힘들었다. 그러나 인정해야 했다. 휴전이 아니라 패전이었음을.

두 부녀의 그러한 불편한 정황을 한눈에 캐치한 하미숙은 속으로 안도했다.

"초석이 니도 마찬가지데이. 계속 딴따라 뒤꽁무니나 쫓아다니봐아."

그러자 여태 삐딱하게 꼬고 앉았던 다리를 잽싸게 풀고 하미숙을 봤다. 역시 웃음기가 사라졌지만 이내 평정심을 되찾은 그녀는 바로 뒤에 이어진 선 회장의 말에 입에 가져간 찻잔을 출렁였다.

"아, 그라고. 임 총경이 그라는데에 범인 하나가 디졌다카대?"

"죽, 죽어요? 왜요? 그럼 우리 초아는요?"

"마, 인자 전화 올끼다."

"나머지 범인들이 데리고 있을 텐데 그건 어떡해요? 애 학교도 가야 되고... 밥은 먹었는지... 정말 하루하루 피가 말라요, 회장님."

외국 고급 빌라에서 살면서 애들 학비며 아낌없이 펑펑 쓰며 호화를 누리던 여자. 무엇 하나 부족할 것 없이 살다가 갑자기 국내에서 본처가 사망하자, 어린 남매를 앞세워 눈물바람을 일으키며 자택으로 쳐들어왔을 때가 연상됐다. 그때도 꼭 지금과 같았다. 달라진 점이 있다면 그저 후궁에 불과하던 지난날과 달리 꽤 노련해졌고 재단이긴 해도 끗발을 발휘할 권력이 생겼다는 것과 그 어린 남매들이 이제 도영과 어깨를 견줄 만큼 장성했다는 것이다. 그런데 어째서 글썽이는 눈물이 어색해보일까?

"꺽정마아. 아마 저그들끼리 치고박고 싸우다 디짓뿌렀나본데 인자 온데이 초아."

그때, 비서로부터 귀엣말로 보고를 받은 유 집사가 놀란 눈을 하고 말을 더듬거렸다.

"노, 놀라지 마십시오, 회장님."

"문데?"

대답 대신 TV 화면을 켜자 잠시 뒤에 선 회장의 입에서 미처 불을 붙이지 못한 담배가 툭 하고 떨어졌다. 교복 차림을 한 선초아의 불안에 사로잡힌 얼굴이 화면을 가득 메우고 있었고, 이어서 메인 앵커의 침착하지만 비통한 목소리로 뉴스가 시작됐다.

하루를 시작하는 아침부터 무거운 소식을 전해야 될 것 같습니다.

지보그룹 선영태 회장의 자녀인 선초아양의 유괴사건을 아십니까?

방금 전, 범인은 저희 뉴스 제보라인으로 한 편의 동영상을 보내왔습니다.

저희 뉴스 측에서는 이를 보도할 필요성이 있다고 판단하여 급하게 공개를 결정했습니다.

이어서 결박당한 채 울먹이는 선초아의 얼굴로 화면이 바뀌었다.

아빠...! 엄마...! 나 좀 살려줘. 그냥 하자는 대로 해줘. 나 집에 가고 싶어.

너무 힘들다고!

다시 스튜디오로 화면이 바뀌면서 앵커의 멘트가 이어졌다.

네. 현재 용의자는 선초아양을 풀어주는 대가로 기존에 요구한

현금 오십억에 추가로 회장 내외의 이혼을 요구하고 있습니다.

다시 보도해드립니다.

용의자는 현금 오십억과 또 다른 요구사항을 추가하였는데,

바로 회장 내외의 이혼입니다.

보시다시피 영상 속 선양은 상당히 불안정해 보이는데요...

하단의 푸른색 자막에는 짙은 고딕체로 협박 사항이 떠올랐다.

납치단, 회장 내외 이혼 추가 요구. 현금 오십억 준비할 것

그러자 선영태가 갈비뼈가 터질 것처럼 상체를 들썩거리더니 거친 호흡과 함께 그만 쓰러지고 말았다.

"아버지!!"

"괜찮으십니까, 회장님??!"

하미숙 모자와 선도영, 유 집사 등이 한꺼번에 달려들었다.

"말도 안 돼... 안 돼...!"

하미숙이 머리를 쥐어 싸고 울부짖었다.

"이 선영태를... 이 선영태한테 감히..."

한참 뒤에 숨을 고르는 선 회장의 얼굴에 처절한 고통과 패배가 버무려졌다. 그때 거실 기둥 뒤에서 어깨를 들썩이며 흐느끼는 소리가 흘러나왔다.

"내 동생... 내 동생 죽지말래이... 영태야아... 히히히..."

선 여사가 쇼파에 길게 누운 선 회장을 부여잡고 뜬금없이 곡을 하기 시작했다. 우는 듯 웃는 듯한 기괴한 소리에 하미숙이 인상을 찌푸리는 모습을 도영은 똑똑히 보았다.

32

아빠...! 엄마...! 나 좀 살려줘. 그냥 하자는 대로 해줘. 나 집에 가고...

아빠...! 엄마...! 나 좀 살려줘...

그냥 하자는 대로 해줘. 나 집에 가고 싶어. 너무 힘들다...

반복해서 동영상을 돌려본 재욱이 핑거스냅을 튕기며 쾌재를 불렀다.

"촬영에 재능이 다 있었네, 내가? 독립영화의 한 장면 같은데? 그 노인네 아마 이거 보고 바지에 오줌 지렸을 거다. 안 그래, 형?"

동욱이 이어 받았다.

"돈 받고 이혼까지 해주면 그걸로 임무는 완수야. 고지가 눈앞에 보인다고."

"그럼 우린 한국 뜨고."

"약속 잊지 마."

동욱이 검지를 빳빳이 세우고 단속하듯 말하자, 그 손가락을 살포시 접으며 재욱이 실실거렸다.

"형. 학원은 외국에 가서 해도 돼. 필리핀 아니면 베트남 어때? 한류 때문에 다들 한국어 배우겠다고 난리잖아. 내가 또 한 외모 하니까 아마 꽃미남 강사 보겠다고 무지하게 몰려들걸?"

"언젠 나보고 송도에 아파트 사라며?"

"생각해 봤는데 거긴 너무 번잡해. 아예 외국으로 토끼는 게 좋을 것 같아. 호텔 하나 세우고, 응? 나는 학원하고 형은 호텔하고 딱 좋네! 우리 두 형제가 한류를 이끌어 가는 거야."

"그건 그렇고... 대체 의뢰인은 뭔 생각으로 회장 부부를 이혼시키려고 하지?"

"글쎄? 아마도 이혼을 바라는 입장 아닐까?"

"쎄컨드가 또 있나?"

"없겠어? 내가 재벌 총수래도 쎄컨드 뿐이겠어? 써드도 뒀다. 그게 아니라면... 다른 한 사람이 이혼을 바랄 수도 있지."

"다른 한 사람이라면? 하미숙이...? 에이. 하미숙이 미쳤어? 돈 많은 노인네를 놔주게? 남편 죽으면 그 재산 절반은 자기껀데? 회장이 그럴 리는 더더욱 없고."

그때, 설렘을 감출 수 없는지 구봉이 앞뒤로 박수를 치며 말했다.

"이혼을 하든 재혼을 하든. 우리가 알 게 뭐야? 우리야 뭐, 장강식도 없는 마당에 머릿수 하나 줄고 좋지. 자업자득이라고. 자아− 그 새끼한테 먼저 간 이십오 억을 제외한 나머지를 받게 될 거야."

"오십억이라면서요? 어째서 반으로 줄었어요?"

정애가 눈을 동그랗게 뜨고 물었다.

"그래. 처음엔 오십억이었지. 근데 그 장강식이 중간에 왜 토꼈는데? 분명 우리가 모르는 선금을 받은 거라고. 이십오억. 그러니까 나머지 절반이라도 찾아야지."

"선금이 이십오억 이나 된다고요?"

"몰라 나도. 그런데 이 바닥 룰이 그래. 선금으로 받은 받아먹거든."

다시 둥글게 앉는 일당. 정애가 고개를 갸웃거리며 물었다.

"근데 그 강식오빠 뭣 때문에 죽었대요?"

"오빠는 개뿔. 뉴스 못 봤어? 안면에 울혈, 경부압박이래잖아. 그거 다 목 졸려 죽었을 때 나타나는 거야."

"어머 끔찍해. 대체 누가? 대체 누가 죽였는데요?"

그러자 분위기가 쥐죽은 듯 고요해졌다. 미처 거기까지 생각하지 못했다는 얼굴들이었다. 그저 장강식이 배신했고, 그러다 꼴좋게 벌 받았다는 사실에만 집중해 있었다.

대화의 주제가 장강식 살인사건으로 바뀌는 사이 향란은 시신이 발견되었다는 기사를 검색해서 보고 있었다. 강가 사체유기 사건은 지보그룹 딸 납치사건의 용의자라는 점에서 더욱 크게 회자되었는데, 지문을 조회한 결과 정말로 장강식으로 확인되었다. 사인은 경부압박에 의한 질식사였기에 수사는 살인으로 전환되었다고 한다. 그리고 맨 마지막 줄. 유족은 없었기 때문에 무연고 처리될 가능성이 높다는 구절에 시선이 오래도록 머물렀다. 불현듯 남편 생각이 났다. 장마당에 나가 장사를 하던 향란에게 시댁 식구들까지 빌붙어 괴롭혔기 때문에 더욱 미웠던 남편. 하지만 마지막엔 아내인 향란을 먼저 탈북 시켰던 남편.

"걱정하지 말구 먼저 가서 보금자리 만들고 기다리라."

이렇게 보금자리를 만들려고 애를 쓰는데, 이미 남편은 죽고 없다. 아마 장강식처럼 무연고 처리되었을 것이다. 아니, 비법 월경자란 이유로 무덤은커녕 시신 수습조차 제대로 이루어지지 않았을 것이다.

'어디에 묻혔을까. 어디서 불태워졌을까.'

문득 그늘진 옆얼굴을 아까부터 선초아가 빤히 보고 있다는 것을

깨달았다. 마음을 들킨 것 같아 고개를 돌리려는데,

"있잖아요, 북한 아줌마."

"……"

"아줌마도 자식 있죠? 근데 어떻게 남의 집 자식한테 이래? 아줌마 벌 받을 거야."

"내 자식만 행복할 수 있다면 내래 뭔 벌을 못 받갔니?"

"대박. 진짜 이기적이다. 진심이야?"

"기게 부모 마음이니까."

"어이없어. 그걸 이용해서 우리 엄마아빠한테 돈 뜯어내고 이혼도 시키고?"

"보다시피."

"근데 뜻대로는 안 될걸. 우리 아빠 돈 보낼 사람 아니야. 이 세상에서 돈을 목숨만큼 소중하게 여기거든. 이혼은 당연히 안 해 줄 거고. 우리 아빠가 얼마나 엄마를 사랑하는데."

"사랑이란 건 말이야. 믿음이야. 조강지처도 내버린 사람이 무슨 사랑을 알갔니? 자고로 배신자는 죽다 깨나도 사랑을 모르는 법이다."

그러자 분위기가 싸해졌다. 밀렸다는 생각이 들자 얼굴이 빨갛게 달아오른 선초아가 악을 써댔다.

"아니거든?! 우리 아빠가 그런다고 돈 보내줄 것 같아?? 꿈 깨!"

"처는 남이 되도 자식은 남이 될 순 없어. 제 자식 목숨이 달렸는데 돈 안 보내고 배길 수 있간?"

"아니? 우리 아빤 언니한테도 그래. 아하, 다들 그것까진 모르는구나?"

선초아가 좌우를 둘러보며 빈정대듯 말했다.

"우리 잘난 씨스터가 중국 유학 가서 공부한 거 그거 다 지보 입사 해서 토해냈거든. 그 언니 아직도 월급쟁일걸. 빛 좋은 개살구라구. 몰 랐어? 진짜 바보들 같아."

그러자 일제히 불길한 눈빛을 주고받았다. 못 믿겠다는 듯이 재욱 이 다가가 다그쳤다.

"꼬, 꼬맹이! 너 지금 그, 그 말 사실이야?"

"당연."

"어, 어째서? 거짓말하다 들키면 맞는다, 너?"

"완전 당연."

"돈도 많은 노인네가 어째서?"

"아 그걸 내가 어떻게 알아? 자식보다 돈이 소중한가보지. 그러니까 다들 헛수고하는 거라고요. 나만 지금 며칠째 끌려 다니고 이게 뭐냐 고! 돈이 필요하면 차라리 우리 집을 털든가!"

"어머! 그런 좋은 방법을 두고!"

정애가 깨달음을 얻은 것처럼 눈을 동그랗게 떴고, 구봉이 단박에 잘랐다.

"닥쳐! 좋긴 뭐가 좋아!"

"아저씨 예전에 경찰이었죠?"

한결 여유가 생겼는지 선초아가 구봉을 향해 삐딱한 자세로 물었 다.

"그래. 한때 나랏밥 먹던 몸이시다 왜? 요 며칠 같이 댕겨보니까 좀 감이 와?"

"우리 아빠요. 경찰청장도 밤에 불러다 체스 두는 사람이에요. 아저씨 하나 잡는 거 문제도 아닐걸?"

"허허 그러셔? 아니 근데 이 쥐방울만한 게 느닷없이 아가리가 터져서 속사포로 지껄이실까? 뭘 믿고?"

"우리 아빠. 자식 눈물에 눈 하나 깜짝 안 한다고요. 치매 걸리지 않는 한 돈 보낼 일은 없을걸? 그러니까 이거 풀라고!!"

그러자, 어떤 알림에 스마트폰을 들여다보던 구봉이 거친 콧김을 뿜으며 떨리는 목소리로 말했다.

"야 꼬맹이. 어떡하냐?"

반은 얼이 빠진 표정으로 말했다.

"네 아빠 치맨가보다."

4장

추적

"제대로 생각해보면 사기란 면밀함, 이익, 인내, 창의력, 대담함, 태연함, 독창성, 뻔뻔함 그리고 미소를 재료로 하는 화합물이다."

– 에드거 앨런 포 '사기' 중에서 –

33

14년 전.

함경남도 온정 집결소.

쇳조각을 주운 날부터 순서대로 돌아가면서 창살을 갈기 시작했다. 수감 건물 맞은편엔 농산과 건물이 있었기 때문에 해가 지면 직원들도 모두 퇴근하고 없어 그쪽으론 사람이 나다니지 않았다. 때문에 점호를 마친 뒤, 간부들의 기척만 뜸해진다면 그때부터 쉴 새 없이 갈 수 있었다. 작은 쇳조각 하나로 성인남자의 엄지만한 굵기의 창살을 하나도 아니고 여러 개 뜯어내는 일에는 어마어마한 인내와 시간을 필요로 했다. 하루

열여덟 시간, 기차게 고된 노동 끝에 주어진 시간을 서로 쪼개가며 그 짓을 했다.

그렇게 꼬박 48일째 되던 날. 우물 정(井)자의 창살 중 위쪽과 오른쪽 총 네 개가 떨어져나가 달랑거렸고, 조금만 힘을 주고 흔들면 나머지도 휜 채로 그럭저럭 통과 할 수 있을 것 같았다.

깊은 밤이 되자 작전을 모의하기 위해 모인 우리 세 사람. 먼저 계장련이 입을 열었다.

"배불뚝이 홍 간부가 목요일만 되면 혼자 당직을 서기 때문에 그 핑계로 몰래 술을 퍼마신다야. 그날로 하자."

"이게 꿈이야 생시야?"

그 말을 들은 정애는 환희에 부풀어 부르르 떨었다.

"좋다. 긴데 이렇게 하자."

이번엔 내가 제안했다.

"제일 먼저 장련이 네가 먼저 나가도록 해. 쇠를 주운 것도 작전을 주도한 것도 너니까. 그럴 자격 있어. 그다음은 정애 네가 나가라. 아직 넌 처녀의 몸인데다 움직임이 굼뜨니까 안팎으로 우리가 봐줄게."

"우향란 너 설마 남을 생각이야?"

계장련이 걱정 띤 얼굴로 다그쳤다.

"그럴 리가 있니. 나도 나갈 거야. 대신 난 마지막으로 나갈게."

그것을 마치 하나의 배려라고 여겼던지 장련과 정애는 내 숭고한 희생에 자못 미안해했지만 그렇다고 쉽사리 순서를 바꿀 마음은 없어 보였다. 내가 그러는 데에는 다 이유가 있었다. 실은 며칠 전부터 감옥 안에서 전

염병이 돈 것이다. 게다가 소금국을 먹고 설사를 멈추지 않는데다 체기까지 동반한 나는 위생실에도 이 사실을 숨긴 채 혼자만 알고 있었다. 과연 탈옥에 성공할 수 있을지 걱정이 됐다. 만에 하나 나 한 사람 때문에 저들까지 잡힌다면 그야말로 나는 천추의 대역 죄인이나 다름없지 않은가? 물론 그 사실을 말하진 않았다. 행여 둘이 나를 떼어놓고 저희들끼리만 간다고 할까봐 걱정되기도 했으니까. 그러니 '그날' 먼저 둘을 내보낸 뒤 내가 무사히 탈옥할 수 있는 몸 상태라면 다행이지만, 아니라면 과감하게 포기하기로 했다. 일이 어그러지기라도 한다면 두 사람의 발목을 잡게 됨은 물론이고 내 아들까지 위태롭게 될 테니까.

그리고 결전의 날이 되었다. 그날도 어김없이 농사를 짓고, 통나무를 베어오고, 이십오 킬로그램이나 되는 옷감 실을 뜯는 일을 한 뒤 잠자리에 들었다. 장련의 말대로 그날 혼자 당직을 서게 된 홍 간부는 코가 삐뚤어지게 술을 퍼마셨는지 갈지(之) 자로 걷는 걸음소리가 지랄 맞았다. 절호의 기회가 왔다는 예감이 들었다.

밤은 무르익어 갔다. 짐승의 눈빛처럼 반짝이는 장련이 천천히 뒤로 몸을 일으키며 속삭였다

"지금이다."

우리 셋은 지문이 닳아 없어진 열 손가락을 동원하여 창을 천천히 흔들기 시작했다. 작은 파열음과 함께 창살이 완전히 뜯어졌다. 저 멀리 푸르스름한 밤하늘에 무언가가 시리도록 눈부시게 빛나고 있었다. 반딧불일까? 별빛일까? 흐읍-하고 크게 들이마시었다. 자유의 공기다! 그때 맡은 밤공기는 평생 잊지 못할 기적과도 같았다. 이윽고 누구의 것인지 모를 단내가

풍겨 왔다.

"자, 시작하자."

장련이 말했다.

내가 엎드려 등을 내어주고, 그러는 동안 정애는 감방 밖인 복도를 살폈다. 창문이 장련의 턱밑에 위치했기 때문에 엎드려서 될 일이 아니었다. 살집은 좀 있어도 날렵한 장련이었지만 그때만큼은 긴장했는지 호흡이 가빴다. 나는 몸을 일으켜 목마를 태우다 시피했고 장련은 죽을힘을 다해 앞으로 나아가기 위해 발버둥을 쳤다. 그 과정에서 발길질에 얻어맞긴 했어도 하나도 아프지 않았다. 풀썩! 하고 완전히 밖으로 떨어진 소리가 들리자 나와 정애가 동시에 눈을 마주쳤다. 성공이다.

"정애야, 어서!"

다음으로 나는 정애에게 얼른 올라타라는 손짓을 했고 정애도 머뭇거리더니 어깨를 딛고 올랐다. 정애는 좀 더 힘들었다. 혼자 두 번씩이나 받쳐야 하는데다 어설프게 발을 헛디디는 바람에 여간 애를 먹은 게 아니었다. 나는 이를 악물고 버텼다. 목마 태운 자세에서 목이 바닥으로 꺾이다시피 했는데, 그때 감옥 벽마다 사람의 손이 닿는 부분에 깨알 같은 글씨들이 달빛 비쳐 훤히 보였다. 이곳을 거쳐 간 흔적들이었다.

엄마 나 배고파

엄마 살고 싶어요

우리 딸 살았니 죽었니

내 동생... 내 동생...

밖에서 장련이 정애를 끌어당기는지 다행히도 조금씩 빠져나가는 기미가 보였다. 그 순간부터 불안과 초조가 등줄기를 내달렸다. 내 차례가 되자 마음이 급해져 있는 힘껏 창을 향해 뛰어올랐고, 마른 여자가 겨우 지나갈 법한 그 작은 창밖에선 장련과 정애가 손을 뻗어 나를 잡으려 안간힘을 썼다. 사방을 돌아보며 정애가 낮게 소리쳤다.

"언니 빨리!"

몇 번의 시도 끝에 내 어깻죽지가 두 사람의 손에 잡혔고 나는 무릎을 벽에 부딪혀가며 발버둥을 쳤다. 가슴팍까지 빠져나왔다.

"으으...악..."

감옥 밖에서 두 사람은 내 죄수복 상의를 붙들고 끌어당기느라 안간힘을 썼지만, 이쪽에선 받쳐주는 이가 없으니 도저히 빠져나갈 수가 없었다.

그때였다.

삐이이익---!!!

허공을 찢어발길 듯 한 호각 소리에 심장이 덜컹 내려앉았다. 두 사람도 마찬가지였을 것이다. 둘은 담벼락 밑으로 몸을 낮췄고 나는 그만 미끄러지듯 감방 안으로 도로 떨어지고 말았는데, 쿵! 하고 콘크리트 돌바닥에 부딪는 통증도 대단했지만 무엇보다 얼굴에서 뜨거운 무언가가 흘렀다. 피였다. 처음엔 코피인 줄 알았으나 이마에서, 그리고 눈에서 코를 지나 다시 입가로... 그러다 턱 밑으로 뚝뚝. 뒤로 나자빠지면서 삐져나온 창살에 얼굴을 세게 긁힌 것이다. 그것도 대각선으로. 마치 몸은 벗어나도 마음은 묶여야 있어야 할 내 운명을 점친 것처럼 말이다.

나는 그것으로 모든 게 끝난 것을 직감했다. 그리고 밖에 대고 소리
쳤다.

"어서 도망치라! 나는 뒤늦게 따라갈게! 만에 하나 누가 걸리더라도
배신하지 말자! 반드시 살아서 만나자! 어서 도망치래도!"

34

8월 3일. 납치 6일째.

"바로 저쪽이었어요."

도난당한 택배차량을 발견한 위치를 알려주며 기사가 말했다. 다행
히 적재물 도난방지를 위해 설치한 블랙박스와 위치 추적 시스템 덕분
에 차를 되찾았지만, 배송하지 못한 물품에 대한 배상 문제에 있어서
책임을 피할 순 없을 거란 푸념도 뒤따랐다.

"제보 감사합니다."

윤 경위는 블랙박스에 녹화된 장면을 통해 불이 난 지점과 일당의
흐릿한 모습을 확인할 수 있었다. 거뭇한 그림자 여럿이 도로 난간을
넘어 풀숲을 헤치는 장면. 그리고 저 멀리선 새끼손톱 크기의 점들이
재빨리 이동하는 모습. 그 점들이 바로 그토록 찾고자 하는 '놈들'인 것
이다.

'도망가는 건 분명 용의자들이 확실한데.. 뒤쫓는 건 대체 누구지? 용의자들은 앞뒤로 적을 두고 있다는 건데...'

윤 경위는 불이 난 지점으로 멀리 시선을 던졌지만 하루가 지나 이미 새까맣게 그을린 잔재 뿐 아무것도 확인할 수 없었다. 사방을 둘러보니 드문드문 민가가 있었고, 따로 농사를 짓기 위해 일군 밭들이 보였다. 멀리선 소똥 냄새가 풍겨왔다.

"이거 원. 제가 아주 고객들한테 난처하게 됐다니까요, 글쎄."

말은 그렇게 했지만, 기사는 전국적으로 떠들썩한 지보그룹 영애 납치사건에 대해 자신의 증언이 일조한 것 같은 기쁨에 취해 들떠 보였다. 윤 경위는 아예 불이 난 지점을 직접 둘러보기로 했다. 그러다 문득 허리를 굽혀 땅에 떨어진 것에 시선을 뺏겼다. 우연히 방화에 쓰인 것으로 추정되는 라이터를 발견한 것이다. 불에 그을렸지만 각인된 문구는 알아볼 수 있었다.

[축. ㄱ업 신의ㅈ수산 033-562-XXXX]

윤 경위는 조심스레 품에서 투명 비닐을 꺼내더니 핀셋으로 라이터를 집어넣었다. 그리고 밀봉한 상태에서 요모조모 살피다가 휴대전화를 꺼내 어딘가로 전화를 걸었다.

– 응, 난데. 강원도 국번 033-562로 시작하는 지역 알아내고, 거기에 신의주 수산이라는 횟집이 있는지 알아봐.

– 뜬금없이 강원도 횟집을요?

– 놈들이 차를 버리고 도망친 현장에서 라이터 하나를 주웠거든.

– 라이터요?

– 바로 지문 감식부터 할 거지만, 놈들 것이 분명해.

– 그렇다면 방화에 쓰였을지도?

– 맞아. 최근 방역 문제로 방문하는 사람마다 QR이나 출입명부에 기록 남았을 거야. 최근 한 달 사이의 명단 모조리 알아내. 몇 군데가 됐든 찾아내. 아! 그 전에 일차적으로 업주와 직원 신원이 확인되면 그 것부터 바로 나한테 연락주고,

그리고 택배기사와 짤막한 인사를 나누고 차에 올라탔다.

방화 장소에 떨어진 라이터라... 분명 공범의 것이 틀림없었다. 우두 머리 역할을 하던 장강식은 죽었다. 아마 놈들도 스마트폰을 소지하고 있을 테니 어떤 경로로든 그 사실을 알고 있을 것이다. 그런데 또다시 협박을 해왔다. 그것도 보다 더 거칠어진 조건을 내밀면서 말이다. 그 것은 장강식의 역할이 크게 중요하지 않았거나, 훨씬 강력한 누군가가 뒤에 있다는 얘기가 된다. 만만한 놈들이 아니라는 것이다.

윤 경위는 지금까지 드러난 용의자를 천천히 짚어보았다. 죽은 장 강식, 그의 부하 송동욱과 송재욱. 그리고 라이터의 주인.

'공범이 더 있을까? 있다면 대체 몇 명일까? 그들은 선 회장 일가와 어떤 관계일까? 어떤 관계길래 이혼을 요구한 걸까?'

시동을 걸려던 찰나에 스마트폰 진동음이 울렸다. 액정을 보니 임 총경이었다. 하, 바빠 죽겠는데 또 무슨 꼬투릴 잡으려고 전화질인지. 짤막한 한숨을 쫓기듯 내뱉고 받았다.

- 예. 총경님.

전화를 받자마자 임 총경이 화난 목소리로 다그쳤다.

- 너 어디야? 아, 어딘 게 중요한 게 아니고. 일단 돌아와.

- 무슨 일이십니까?

- 무슨 일? 왜 개인플레이 해? 수사본부는 폼으로 있어?

- 그럼 솔직히 말해주십시오. 총경님 선 회장에게 뭘 약속받으셨습니까?

- 이 새끼 뭐라는 거야 지금?

- 사실 그건 중요하지 않습니다. 선 회장과의 사이에서 오가는 거래 내용이 무엇이든 수사에 영향을 끼쳐선 안 되지 않습니까?

- 말뽄새하고는. 너 돌았냐? 누군 뭐 놀면서 월급 받아?

- 그래서... 선 회장에게 출세를 보장받으셨습니까?

- 지랄하네. 네가 그렇게 근시안적으로 세상을 바라보니까 여태 말단 아냐? 됐고. 더는 지체할 수 없다. 놈들에게 돈 가방을 미끼로 바로 검거작전에 들어간다. 그러니까 개소리 말고 들어와. 이거 명령이야.

뭐라 대꾸하려던 찰나에 전화는 끊겼다. 그리고 바톤이라도 터치하듯 바로 다음 전화가 걸려왔다. 발신자는 박 형사.

- 알아냈습니다. 신의주 수산이란 곳은 탈북자 리명철이라는 70대 남성이 운영하는 횟집입니다. 방금 전화로 물어보니 같은 탈북민들을 종종 직원으로 고용하기도 하는데, 코로나19가 기승을 부린 뒤로는 부부 둘이 운영하다가 최근 1년 사이 고용한 사람이 딱 한 명 있었고, 지금은 퇴사하고 없답니다. 이름은 우향란이라고 합니다.

- 우향란. 여자겠군. 퇴사 날짜가 언젠데?

- 7월 29일입니다.

- 선초아가 납치된 날짜가 7월 29일이잖아?

- 네, 맞습니다.

선초아가 납치되던 당일에 퇴사한 직원이라... 게다가 그 횟집의 라이터는 하필 납치범들의 도주 현장에서 발견됐다?

- 야, 딴 건 됐고. 내가 지금 주소 하나 보낼 테니까 네비 찍고 바로 튀어와.

- 방금 임 총경님한테 연락 왔습니다. 본부로 복귀하라고요. 검거작전 들어간다는데...

- 아 됐고. 튀어 와.

핸들을 잡은 윤 경위의 팔뚝에 소름이 돋았다.

'대체 몇 명이 가담한 거야?'

그러면서 머릿속에는 지리멸렬한 단서들이 진눈깨비처럼 흩날리고 있었다. 부와와앙- 요란한 엔진 소리를 내며 다음 목적지를 향해 떠나는 윤 경위의 차.

35

차를 버리고 도망친 뒤로 며칠째.

제대로 먹지도 자지도 못해 저마다 핼쑥하고 거무죽죽한 얼굴들 위로 김빠진 공기가 흘렀다.

"작년에 부산 타운 하우스에서 단 삼 일만에 내가 챙긴 게 자그마치 십이억이야 십이억. 누워서 떡 먹기였다고. 근데 일주일이 지난 데다 전국적으로 소문은 소문대로 다 났는데 이제 와서 고작 오억? 그것도 확실하지도 않아. 더 적을 수도 있다는 게 말이 되냐고?"

노골적으로 망연자실한 얼굴을 한 재욱이 머리를 벅벅 긁자 하얀 이가 떨어져 나왔다.

"머리도 못 감고 며칠 개고생하면서 번 게 많아봤자 오억이라니! 그마저도 형이랑 나누면 이억 오천!"

"누굴 원망하겠냐?"

한쪽 구석에서 다리를 벌리고 쭈그려 앉은 구봉이 비웃듯 말했다.

"네 형이 신주단지마냥 떠받들던 장강식 그 개새끼를 탓해야지."

동욱이 눈을 부라렸지만, 딱히 할 말이 없는지 주머니를 뒤졌다. 하지만 빈 담뱃갑만 나오자 아무데나 던졌다. 말보루 라이트. 선초아가 발로 밟아 확인하더니 못내 아쉬운 표정을 지었다.

"다들 왜 이래? 나라 망했어? 장강식이 분명 돈은 어디다 꿍쳐났을 거야. 그거 찾는 건 나중 일이고, 일단 나머지 돈이라도 받자. 아 어쨌거나 몇 푼이래도 돈은 준대잖아, 그 노인네가! 우리에겐 아직 저 계집애가 있어! 힘들 내라고! 꿈은 이루어진다, 몰라?"

그렇게 사기를 돋운 후, 구봉은 선 회장 측 사람이 경찰을 통해 일회용 가계정으로 보내온 메시지를 재차 소리 내어 읽었다.

현찰로 주겠음.

이혼 요구 조건 역시 수용하고 즉각 처리하겠음.

다만 법적 절차를 거쳐야 하는 관계로 수일 필요.

(서류 접수로 먼저 조건 수용의지를 증명해 보이겠음)

장소와 시간은 원하는 곳으로 따를 예정.

단, 이 모든 것은 선초아를

무사히 돌려보낸다는 전제 하임을 명심할 것.

"세상에. 우리도 제정신 아니지만, 그 영감탱이도 제정신 아니네요? 어떻게 이혼하랬다고 이혼을 하겠대?"

정애가 손뼉을 치며 말했다.

"어이 윤정애. 호들갑 떨 거 없어. 눈속임하려고 하는 척하는 거일 수도 있어. 이혼이 애들 장난도 아니고."

"그나저나 언니! 돈 받으면 그걸로 뭐 할 거야?"

"내가 우리 아들 아니면 그 큰돈이 뭐 하러 필요하겠니."

향란이 대답했다.

"귀한 아들 왕자님 못지않게 키우겠다 이거지?"

"왕자님...?"

왕자님이 대수냐. 남한 아이들 못지않게, 아니 그보다 더 훌륭한 사람으로 키울 것이다. 좋은 학교도 보내고, 새 교복도 사 입히고, 원하는 공부 마음껏 시켜줄 것이다. 갖고 싶은 것, 먹고 싶은 것, 하고 싶은 것,

모두 여한 없이 해줄 것이다. 남의 자식을 겁박해 내 자식을 배불리 한다는 것에 대한 죄책감이 있었다면 일찌감치 시작도 안 했을 것이다. 오로지 아들만이 삶의 원동력이니까. 향란은 얼마는 어떻게 쓰고, 또 얼마는 어떻게 쓸 것인지 신나서 조잘대는 정애를 보며 생각했다.

'내 자식을 위해선 못 할 게 없어. 그게 엄마니까.'

36

경기도 가평군 설악 IC를 지나 길게 커브를 돌며 내려오다 보면 오거리가 펼쳐진다. 그쯤 어디에서든 4층짜리 건물 하나가 바로 보이는데 1층 터미널 매표소가 약속된 장소였다. 물론 누구와도 마주할 일은 없다. 터미널 물품 보관함 36번 함이 **'대화'**의 시작이고 끝이었으니까.

매표소에서 표를 끊고 차를 기다리는 사람들이 녹색의 작은 컨테이너 앞에서 줄이어 섰다. 남녀노소 모두 합쳐봐야 여남은 명. 햇살은 고적했고 차는 올 기미를 보이지 않았다.

한 시간 경과. 약속 시간 오후 두 시를 한참 지났지만 누구도 보관함을 찾는 이가 없었다.

두 시간 경과. 터미널 근처에 개미 한 마리도 보이지 않자 스테이션 안은 초조함에 휩싸였다. 숨죽인 채 화면을 바라보는 임 총경은 손톱을 물어뜯기 시작했다. 어째서 별다른 움직임이 없는 걸까? 움직임이라고 해봤자 고작 해의 기울기와 노점상 할머니들의 부재뿐.

"총경님. 전화 받아보셔야 될 것 같습니다."

그때, 내선 전화기를 든 형사 하나가 돌아보며 말했다.

"어디야?"

"놈들 중 하나 같습니다."

"이리 줘."

누가 본다고 헛기침에 안경까지 고쳐 쓰는 임 총경.

– 전화 바꿨습니다. 말씀하십시오.

– 어이, 지금 장난쳐?!

– 누구시죠?

– 누구긴 누구야, 이 얌생이같은 새끼야!!!

서둘러 손바닥을 아래로 향해 내리자, 스테이션 안에 일제히 잡음 하나 없는 침묵이 찾아왔다. 그리고 자기들만의 수신호인 듯 손모양으로 전화기와 화면을 번갈아 가리키자, 지시를 받은 몇몇이 분주해졌다.

기싸움을 하겠다 이거지, 전화기를 반대쪽으로 고쳐 받고서는

– 요구하는 거래 조건을 충족시켰을 뿐입니다. 이제 그쪽에서도 약속을 이행하실 차례 아닙니까? 선초아양 어딨습니까?

– 선초아양 어딨습니까아?? 지랄 옆차기하다 자빠지는 소리하고 있네. 누굴 바보로 알아? 1층 만두집에 좀비마냥 돌아 댕기는 얼빵한 놈 둘, 2층에 경리 본답시고 다 꺼진 컴퓨터 두들기는 년 하나. 터미널 밖에 날 쪄 죽겠는데 솜사탕 돌리고 있는 등신까지. 대한민국 짭새 수준이 다 그렇지 뭐.

동시에 임 총경의 지시에 따라 화면을 줌인 하자 주변을 눈에 띄게 살피는 형사 둘과 신입 여경, 그리고 어쩌다 솜사탕 한 개가 진땀을 빼는 형사까지 차례로 화면에 떠올랐다. 그리고 어쩌다 솜사탕 한 개가 바람결에 날아가 버리는 장면. 짧은 탄식이 나왔지만 입가를 닦듯이 한 번 훔치고 패배감에 두 눈을 질끈 감았다.

– 무슨 말씀을 하는지...

– 왜? 뽀록나니까 쪽팔려? 감히 인질 목숨을 두고 양아치 짓을 해? 니들이 사람 새끼야?

머리를 쓸어 넘기며 임 총경이 뻥긋거리는 입으로 욕설을 퍼부었다. 못 들은 척 고개를 수그리거나 서둘러 헤드셋을 끼고 외면하는 형사들.

– 어이! 똑똑히 들어. 피해자가 재벌이랍시고 어중이떠중이 다 종 발시켰나본데 나한텐 안 통해. 공포탄은 이번 한 번만이야. 또다시 꼼수 부리는 날엔 그땐 실탄으로 사정없이 벌집을 내줄테니까 그런 줄 알라고. 개새끼들이 날 뭘로 보고.

이 악물고,

– 죄송합니다. 다시 요구조건을 말씀해주시면...

– 얼씨구. 일찍도 말하네. 마지막 기회니까 잘 들어. 조금 있으면 청평행 버스가 한 대 올 거야. 넘버는 2984야 기억해. 두 명 있는 승객들이 마저 내리면 버스는 빈다. 그 안에 운전석 바로 뒷좌석에 현금을 갖다놔. 다시 한 번 말하지만 버스를 추적한다던지 도중에 짭새를 매복시켜놓는다던지 하는 꼼수 부리는 날엔 인질은 죽는다. 알아들어? 우리

야 뭐 돈 안 받으면 그만인데, 선 회장이 과연 자기 딸 잡아먹은 경찰을 가만둘까? 엉? 머리를 좀 쓰라고, 제발 머리를! 아휴 이 밥통들아!

– ... 좋습니다. 수용하겠습니다. 단, 반드시 그쪽에서도 선초아양의 안위를 보장..

뚝.

말이 채 끝나기도 전에 끊어진 전화. 분에 겨운 임 총경이 냅다 집어 던지는 바람에 전화기는 산산조각 나면서 깨져버렸다. 움찔한 형사들 누구하나 그 분노를 가라앉히려 나서는 이가 없었다. 허리춤에 씩씩대 며 머리칼을 쓸어 올렸다가 헝클었다가를 반복하는 임 총경. 이대로 가 다간 돈은 돈대로 뜯기고, 놈들도 놓치게 된다.

"야. 솜사탕 누구 머리에서 나온 거야? 경리... 하... ˝

"죄송합니다."

중년의 형사가 뒷짐 지고 앞으로 일보하며 고개를 숙였다.

저것들을 죽여 살려, 명색이 서장이다. 부임해온 첫해 만에 이런 무 지막지한 사건을 마주하게 된 것을 한탄해봤자 소용없는 일이었다. 선 회장의 백으로 본청을 가든, 국민 영웅이 되든, 그것도 아니면 무능을 인정하고 사퇴를 하든 모두 임 총경의 선택에 달린 일.

"위치 추적 어떻게 됐어?"

"생각보다 철저한 놈들입니다. 추적이 안 돼요."

"안 되다니 그게 무슨 개똥같은 소리야?"

"중국으로 나옵니다. 중국 심양이요."

"심양?!!! 웃기지마! 놈들은 우릴 다 보고 있어! 그런데 무슨 얼어 죽을 중국이야!"

개코같은 소리다! 놈들은 절대 중국 심양에 있지 않다. 놈들은 틀림없이 국내에 있다. 전.원. 모.두. 경찰을 근거리에서 주시하고 있다는 얘기다. 더구나 놈들은 이번이 처음이 아니다. 카테고리는 다를지언정 다른 분야에서 다양하게 사기를 쳐온 베테랑들로 구성되어 있다. 물론 그중엔 보이스피싱도 있을 것이다. 경찰의 위치추적을 손바닥 뒤집듯이 수월하게 따돌리다니.

"공안에 협조 요청할까요?"

"그건 나중 일이야. 게다가 보이스피싱으로 인한 범죄혐의도 아직까진 입증할 만한 게 없잖아. 이 자식들 중계기 들고 다니면서 철두철미하게 행동하고 있어."

간신히 분을 삭이더니 다시 냉정을 되찾은 그는 나지막하지만 무거운 목소리로 이어서 말했다.

"현장에 다시 지시 내린다. 2984 청평행 버스에 승객이 모두 내리면 현금 그대로 이동시킨다. 실수하지 말고 움직여. 진짜 마.지.막. 기회야."

지시를 전달받은 화면 속 만둣집 형사 하나가 실내 보관함으로 이동하더니 이어서 돈 가방을 들고 나오며 멋쩍어했다. 그 모습을 보자 오장이 터질 것 같아 못 견디겠는 임 총경이 답답한지 상황실을 나가려고 돌아서는데,

"가만있어 보자...?"

피해자가 재벌이랍시고 어중이떠중이 다 종발시켰나본데

나한텐 안 통해.

다 종발시켰나본데

종.발.

어라?

그런 말도 쓸 줄 알아?

공범 중에 경찰도 있으시겠다?

37

오후 세시.

차를 댄 공영주차장에서 빠져나와 K시 공업단지로 향하는 육교 위.

이따금 지나는 화물차량이 일으키는 먼지바람에 목이 매캐한 윤 경위는 밑을 향해 가래침을 뱉었다. 스마트 산업단지로 바꾼다고 대대적으로 부동산 홍보를 하더니 결국 유령지역으로 전락해 버린 공단. 그에 걸맞게 사방은 우중충하고 어둑한 분위기를 자아냈다. 어떻게 보면 안개가 낀 것도 같다.

"마누라랑 같이 뇌물 받아먹은 게 들켜서 결국 시장 자리에서 쫓겨났죠. 아마 그게 삼 년 전일걸요?"

"정치인들은 원래 되도 않는 공약 내걸고, 무리하게 세금 끌어 쓰다가 낭패를 보는 족속들이니까."

이윽고, B블럭 구역에 접어들자 주유소가 나왔다. 인근에 오가는 차가 없어서인지 기름 주입기도 네 개 중 한 개만 운영 중이었다. 그마저도 셀프, 직원이라곤 개미 한 마리도 보이지 않았다. 그렇다 해도 범인들이 한창 영업 중인 주유소에서 전화를 걸어올 리는 없거니와 대포차 주제에 자동차 검사장은 꿈도 못 꿀 일이다. 이어서 방치된 근린공원을 지나자 흉물처럼 남은 폐공장들이 더러 모습을 드러냈다. 범인은 공장에서 일하는 관계자라기보다 폐공장의 유용성을 십분 활용한 외지인일 가능성이 월등히 높았다.

어느 정도 걷자 미세하게 풍기던 시궁창 냄새가 훅 하고 콧속을 침범했다.

"아휴 물비린내."

"하천인가 본데?"

"오염도가 심각하네요. 그나저나 윤 경위님. 본부에 안 들어가도 되는 겁니까?"

"가서 뭐해? 돈 가방으로 범인을 유혹한다는 게 말이 되냐 네가 보기엔? 그놈들은 이미 우리 머리 꼭대기에 있는 놈들인데. 시간낭비일 뿐이야. 내가 밀고 나가는 수사의 원칙이 있어. 무조건 초심으로 돌아갈 것. 그 초심은 바로 범인 입장에서의 초심이야. 내가 범인이라면 어떤 목표를 이루기 위해서 어디서 어떻게 행동했을까 하는 거 말이야."

어느덧 빈 공장 정문 앞에 다다른 두 사람.

윤 경위가 점검하는 눈빛으로 공장을 올려보았다. 외관은 담쟁이 넝쿨이 섬뜩하게 내려와 공포 영화 촬영장소로 알맞을 것 같았다. 창고 문은 모두 닫혔다. 공장 마당에는 지게차와 허름한 컨테이너용 박스 따위가 방치되어 있었다.

"큼큼!"

잠시 뒤에 웬 늙은 남자가 소리 없이 다가와 두 사람의 앞을 가로막았다. 화들짝 놀란 윤 경위. 동네가 음흉하니까 사는 사람도 정상이 아니군, 하는 생각에 동냥하는 거지 털어내듯 지나치려는데 노인은 그들이 지나가려할 때마다 그 앞을 가로막았다. 보자보자 하니까,

"뭡니까?"

그러자 손바닥을 하늘을 향해 쫙 펴 보이는 노인. 가만 보니 옷차림이 후줄근하긴 해도 곤색의 유니폼, 경비원이었다. 아차 싶었는지 옆에서 박 형사가 담배를 꺼내 한 개비를 손바닥 위에 올려두자 갑자기 그의 얼굴이 무섭게 일그러졌다. 본능적으로 수상함을 감지한 윤 경위가 물었다.

"어르신, 이 공장 경비 서시는 분입니까?"

끄덕끄덕하는 노인.

"전에 왔던 인간들은 얼마 줬어요?"

무턱대고 질러버린 말이었다. 모 아니면 도. 어쩌면 경비원은 윤 경위가 원하는 대답을 해줄지도 몰랐다. 두 사람을 번갈아 보며 무언가 가늠하듯 노려보던 노인은 씨익 웃더니 열 손가락을 쫙 펴 보였다. 십만 원.

"이 주변에 공장이 이거 말고 또 뭐가 있지?"

"아까 자동차 검사장 바로 옆에 화장품 용기 성형하는 공장이요. 근데 거긴 아주머니들 몇 분 계셨고요."

윤 경위의 시선이 공장의 외관 전체에서 다시 건물 입구에 내걸린 목간판으로 옮겼다.

"잠깐! 저 글자 말이야. 한자어로 공... 뭐시기 주식회사 맞냐?"

"예. 공업 주식회사입니다."

"공장이 맞네. 그럼 저 맨 앞에 한자어 두 개 말이야."

"저게 일본어로 시바우라라고 읽습니다."

"시바우라?"

"네. 나름 유명해요, 일본에선. 자동차 부품도 만들고, 안마의자도 만들고... 아 그런데 여기가 폐공장이 됐나 보네요."

'시바우라' 한자를 뚫어져라 보던 윤 경위의 머릿속에 스치고 지나가는 것 하나. 얼마 전,

"드세요."

"이 문데?"

"이백 년 묵은 뽕나무 뿌리를 껍질째 벗겨 달인 차예요. 기관지에 좋아요."

"차는 무신. 내 머라겠제?

나는 사주에 물이 많아가 물을 멀리하라 안 했나?"

불현듯 목간판에 두 글자를 손가락으로 가리키더니 그중에서 氵를

짚으며 물었다.

"그럼 여기서 한자어 앞에 붙은 점 세 개 말이야. 이거 땡땡땡. 이런 걸 부수라고 하지?"

"오 윤 경위님 제법이십니다? 맞습니다. 삼수변이에요. 물 수 자."

"그럼 삼수인가 뭔가를 빼고 읽어봐."

"삼수변을 빼면... 어디 보자... 갈 지에... 클 보. 지보라고 읽죠. 지보. 지보...?"

芝
浦
工
業
株
式
會
社

쏴아아-

탁한 바람이 불어왔다.

두 사람이 서로 얼어붙은 가운데, 늙은 경비원은 험악한 얼굴로 그들을 향해 가운데손가락을 치켜들었다.

38

첫 번째 검거작전이 실패로 돌아가고, 놈들의 요구를 수용한 채로 두 번째 작전에 돌입했다. 시침은 오후 네 시를 가리키고 있었다.

끼이익—

터미널에 차가 서자 두런거리며 사이좋게 내린 두 아주머니의 양손에는 짐 보따리가 한 가득이었다. 운수회사 직원이 주유를 하는 동안 앞뒤 문은 열려 있었고, 기사는 하품을 길게 뿜더니 의자 뒤로 한껏 몸을 뻗어 기지개를 켰다.

이어서 만둣집에서 나온 한 형사가 아까부터 준비하고 있던 돈 가방을 들고 앞문으로 올라타더니 빈손으로 내려왔다. 그러면서 흘긋 보건데, 버스 안에는 정말 승객이 단 한 명도 없다는 사실이었다.

스테이션에서 이 모든 상황을 관망하던 임 총경이 지시를 내렸다.

"버스가 떠나면 열까지 세고 자연스럽게 뒤를 밟아. 속도 조절하고."

그러자 IC로 향하는 길목 근처에 정차되어 있던 택시가 서서히 시동을 걸었다.

"그리고 기사는 민간인이야. 절대 다쳐선 안 돼. 만에 하나 버스를 무사히 탈취하게 될 경우에도 정중하게 협조 요청하도록 하고."

이어서 "자, 열까지 세고 출발하겠습니다."하고 수신이 왔다.

청평행 버스가 차고지를 벗어나기 시작한 것이다. 기사는 자신이 몰고 있는 버스 안에 거액의 현금이 다발로 실려 있다는 사실을 모른 채 태평하게 평소와 같이 운전 중에 있을 것이다. 그 생각이 임 총경의 가슴을 간질거리게 만들었다. 마치 몰래 카메라처럼, 만일 내가 저 기사였다면 어땠을까? 수사상황을 제쳐두고 단순한 상상만이라면 아마 버스째로 도망쳤을지도 모른다. 하지만, 이어서 뒤따라간 경찰 측의 위장 택시와 간격이 멀어지지 않은 것을 보면 기사에게 몰래카메라는 일어나지 않을 것 같았다.

"자 신청평대교 삼거리에서 우회하고 잠시 뒤에 앞을 추월하도록 해. 그리고 드론 바짝 쫓아가."

임 총경의 지시를 요원들이 재전달하자, 정면 모니터에는 청평행 버스가 달리는 국도의 위성지도가 한눈에 드러났다. 그리고 시시각각 데이터를 수집하는 드론 정찰기까지.

'허접한 새끼들. 네들은 이제 콩밥 먹을 준비나 해라.'

눈앞에 본청이 아른거렸다. 경무관이 아니라 치안총감이 못 되리란 보장도 없다. 무려 대한민국 제일가는 기업인의 애지중지하는 딸을 되찾아줬는데, 그것도 못 해줄까? 어쩌면 뒤로 지원해주는 금전적 보상도 어마어마할 것이다. 임 총경은 심장이 불방망이질 치는 것 같아 깊게 숨을 몰아쉬었다.

"다른 공범들은 주변에 확실히 없는 거지?"

임 총경이 거듭 묻자, 맨 끝에 앉은 한 요원이 득의양양하게 대답했다.

"네 그렇습니다. 열 센서에 의하면 아직까지 그 주변으로 인체 온도에 가까운 측정값을 발견하지 못했습니다."

"좋아. 드론 계속해서 바짝 추격하고, 잠시 뒤 택시는 좀 더 속도를 낸다."

이윽고 버스가 신청평대교 삼거리에서 우회전을 하자, 지시에 따라 택시가 바짝 쫓아가 앞을 추월했다. 오른편으로는 수심 깊은 북한강이 검푸르게 넘실대고 있었다.

"자아, 이제 천천히 속도 줄여. 다시 말하지만 기사는 민간인이다. 사고 방지를 위해 간격 유지해."

코로나19로 국내여행 또한 직격탄을 맞으면서 도로엔 차가 드물었지만, 그래도 사고 가능성을 배제할 순 없었다. 적어도 버스 운전수의 시야에 택시가 보일 정도로 간격을 살짝 넓힌 뒤 여전히 앞을 가로막은 상태에서 속도를 낮추기로 했다.

"잠시 후, 하천리 부근에 다다라서 속도 더 낮추고 비상등 켠다."

청평행 버스를 가로채기 위해 놈들은 어딘가에 숨어 기다리고 있을 것이다. 그 전에 경찰이 먼저 선수를 쳐야 했다. 먼저 버스를 탈취하고, 기사에게 협조 요청을 한 뒤에 그때부터 잠복근무 태세에 돌입하는 것이다. 반드시 놈들은 돈 가방을 찾으러 버스에 접근할 것이고 그때 모두 일망타진하는 것. 선초아양은 어차피 놈들이 잡고 있으니 놈들만 잡는다면 선초아양 구출은 자연스러운 수순일 터. 단순하지만, 돈 가방과 선양을 맞바꿀 수도 있었다. 그러나 선 회장은 절대 돈을 줄 수 없노라고 못 박았다. 돈과 딸과 놈들을 모두 자기 앞에 데려오라는 것. 그것이 선 회장의 강력한 주문이었으니까.

이윽고, 강을 건넌 뒤 우회해야 할 지점에서 돌연 비상이 걸렸다.

"총경님! 행로를 벗어났습니다!"

"무슨 소리야 그게?"

"청평행 버스가 노선을 벗어났습니다. 경로이탈 중입니다."

임 총경이 화면 확대를 요구하자, 드론 정찰기에서 수신한 화면이 모니터에 떠올랐다. 윙윙- 하는 경고음과 함께 화면위로 붉게 X가 깜빡였다. 버스는 북쪽으로 향한 채로 화면 속 추적은 그렇게 멎었다. 원래대로라면 두 번이나 섰어야 할 정류장을 지난 버스는 돌연 엄청난 속도로 질주하고 있었고, 그전까지만 해도 앞서가던 택시는 청평이라고 철석같이 믿었는지 이미 돌이킬 기회를 놓친 채 엉뚱한 길로 접어들고만 셈이었다.

"뭐야? 드론 뭐하는 거야?"

"총경님... 끝났습니다..."

요원 하나가 헤드셋을 벗고 망연자실한 얼굴로 자리에서 일어섰다. 불운을 감지한 총경이 다그치자 다른 누군가 대답했다.

"버스는 마지막으로 향한 방향은 조종면 방향입니다."

"조종면?"

"네. 더는 드론으로 추격이 불가능합니다."

"알아듣기 쉽게 말해!"

"조종면은 북한과 가까운 지역으로 이미 비행금지구역으로 설정된 곳입니다. 드론이 들어갈 수 없는 곳이란 말입니다."

"버스가 왜 그리로 가?! 택시 뭐해? 어서 뒤쫓..."

모든 사고회로가 정지된 임 총경은 그대로 얼어붙었다. 그의 머릿속을 읽기라도 하듯 다른 요원이 조심스레 말을 이었다.

"버스기사... 민간인이 아닐 겁니다. 어쩌면 기사도 공범일 확률이 높습니다. 그러니까... 처음부터 기사 자리에 공범이 앉아 있었던 건 아닐까요?"

39

"아줌마 나이스!"

재욱이 환호를 질렀다.

"아줌마 딸 빠리에 입성하면, 첫 그림은 무조건 쎄게 불러요! 얼마가 됐든 그거 내가 살 테니까!"

"오냐- 고맙다-"

구글 미트(화상통화) 속 장 경사는 [검문 중 서행]이라는 붉은 글씨가 새겨진 바리케이드 앞에서 윙크를 해보였다. 그 뒤로는 천천히 뒤로 빠지는 택시 한 대가 보였다.

"역시 내 말이 맞다니까? 짭새들은 눈 가리고 아웅 하는 걸로 시작해서 눈 가리고 아웅 하는 걸로 끝낸다고. 대체 언제적 수법인지."

구봉은 경찰, 아니 적어도 선영태 회장은 납치범들에게 돈을 줄 마음이 전혀 없다고 판단했다. 때문에 돈과 선초아를 교환하는 기존의 작전에서 돈만 받고 선초아를 버리는 방향으로 작전을 바꿨다. 그렇게 해서 제안한 내용이 일당 중에서 얼굴이 알려지지 않은 사람이 총대를 메고 돈 가방을 직접 회수해 오는 것이었다. 지금까지 죽은 장강식, 그리고 그의 부하인 송동욱 송재욱 형제는 얼굴이 알려졌다. 반면에 정애와 향란은 신원이 들통 나기 전이라 안심할 만 했는데, 그중에서도 향란이 운전을 할 줄 알았다. 식당에 다닐 때에 도소매 시장에서 재료를 운반해오는 일을 종종 도맡았다는 것이다.

터미널 근방은 경찰들이 깔려 있을 테니, 그로부터 멀찍이 떨어진 정류장에서 작전을 개시했다. 차고지로 향하는 청평행 버스를 불러 세워 주차된 제 차를 긁고 지나갔다며 다짜고짜 시비를 거는 일은 동욱이 맡았고, 전화를 받고 달려온 자동차 보험회사 직원 역할은 재욱의 몫이었다.

"야 이거 제대로 긁혔는데요. 수리비용도 어마어마하겠는데? 합의 보셔야 될 것 같습니다."

"하, 합의라뇨?"

"대물이 문제가 아닙니다. 이쪽에서 병원 다니기 시작하면, 기사님만 괜히 골치 아파지십니다. 자 이쪽으로 오실까요?"

해서, 얼마가 됐든 그 자리에서 합의를 보기로 잠정결론을 내렸다. 그 사이에 향란이 차에 올라타는 줄도 모르고.

그런 후, 아직 경찰의 레이더망에 잡히지 않은 정애의 이름으로 차를 렌트한 일당은 이미 설악 터미널에 경찰 측보다 먼저 도착해 있던 구봉과 합류에 이르렀다. 여기엔 아직까지 활약을 하지 못해 몸이 근질

거린 장 경사의 등장이 신의 한 수였다고, 재욱이 입이 닳도록 칭찬을
해댔다.

"와!!! 내 돈!!! 내 도온!!!!"

정애가 곧 손아귀에 들어올 거금에 머리가 어떻게 된 것처럼 방방
뛰고 난리가 나자 차체가 흔들렸다.

"설레발치지 말고 앉아! 윤정애!"

구봉의 말이 끝나기 무섭게 어지러운지 헛구역질을 하며 자리에 털
썩 주저앉는 정애.

"며칠 제대로 못 먹었더니 현기증이 다 나네."

"이거 왜 이래? 고난의 행군도 겪은 우리 열사님께서?"

"메슥거려요. 근데 기분은 엄청 좋네요. 히힛."

그 말에 운전석에 앉아있던 동욱이 무심한 얼굴로 말했다.

"먹을 거라도 사다 줘?"

"어이 동욱이. 제정신이세요? 지금 네 얼굴이 가장 먼저 알려졌는
데, 잡아가라고 자수라도 하시게?"

구봉이 딴지를 걸고 나섰다.

"그러지 말고 송재욱! 모자 눌러쓰고 네 혼자 갔다 와. 금강산도 식
후경이니까. 그런 다음에 우리 위대하신 우향란 동지를 만나러 가자
고."

"오케이! 알아 뫼시겠습니다, 김 경사님!"

"시원-한 캔맥주하고 왕뚜껑."

"앗... 안 돼!"

정애가 조금 전의 활기는 온데간데없이 사라지고, 갑자기 이마와 목덜미에 송글송글 진땀이 맺혔다. 자연스레 아랫배를 만지는 손길이 수상쩍은 구봉이 시큰둥하게 물었다.

"설마 애 가졌냐? 어이 송동욱이! 너 애 아빠 되겠다?"

"이, 임신했어??"

소스라치게 놀란 동욱이 벌떡 일어나 물었다.

"내가 뭐랬냐? 난리 중에도 애는 태어난다고 하지 않았냐? 여튼 지옥 길로 걸어 들어가는 걸 축하한다. 그 기념으로 캔맥주하고 왕뚜껑에 말보루..."

껄렁대며 농담을 주고받는 사이, 재욱이 말을 끊고 나섰다.

"어어? 화면이 왜 이래? 어째서 안 보이지?"

그러자 네 사람의 시선이 쏜살같이 운전석 거치대에 걸린 스마트폰 화면으로 쏠렸다. 아까까지만 해도 가장 큰 화면을 차지하던 오른쪽 아래 칸이 먹통이 되어 있었다. 거긴 내내 운전하면서 작전을 주고받던 향란의 화면이었다.

40

그 시각 선영태 회장의 자택.

"자, 여기에 도장 찍으시면 됩니다."

육십 후반쯤 됐을까? 선영태가 정식으로 그룹의 총수가 되기 시작한 1992년부터 줄곧 법률대리인으로서 인연을 맺어온 원 변호사가 서류를 내밀었다. 복잡다단한 서류 더미에 손으로 가리킨 칸에 기계적으로 사인을 하는 두 사람.

"무례를 용서하십시오. 회장님."

"댔다. 내 살다살다 내 새끼 살릴라꼬 벨 짓을 다 해 본데이. 야, 니 개안나?"

하미숙이 빈정대듯 말했다.

"뭐, 됐어요. 제 팔자죠."

그리고 잠시 뒤에, "죽은 도영 엄마도 안 해본 이혼을 내가 다 해보네."

싸해진 분위기를 감지한 원 변호사가 말했다.

"보통 한 달 정도의 숙려기간을 거치긴 하지만, 미성년자 자녀이기 때문에 삼 개월 정도의 시간이 소요될 것입니다."

"이봐요, 원 변호사님. 지금 우리 딸아이 목숨이 걸린 일이에요. 한 달은 고사하고 당장 일처리 해도 모자랄 판에 삼 개월이라뇨? 회장님이 원 변호사님을 오랜 시간 곁에 둔 이유가 뭐겠어요?"

나이보다 더 늙어 보이는 원 변호사가 진땀을 흘리며 안경테를 고쳐 썼다.

물론 오랜 시간 수족처럼 군 건 사실이다. 전국 도처에 깔려 있는 혼외자 호적 정리, 조선소 비정규직 직원의 사고사 입막음을 위한 노조위원장 포섭, 정계인사에 후원금 전달, 아들 선초석군의 마약 사건 무마까지.

"모쪼록 최대한 빠른 시일 내에 처리하겠습니다."

41

– 그날 비가 와서요. 제1 순환 고속도로는 세 시간 동안 싹 다 통신 오류 난 건 맞습니다. 그런데, 조금 전 제보가 들어왔는데요. 화악산 전망대 쪽으로 가는 국도에서 놈들로 보이는 무리가 찍혔다고 합니다.

– CCTV에?

– 아뇨. 그쪽에서 실시간으로 천체 관람을 중계하던 어느 유튜버의 제보에요. 택배 차 발견 됐다는 곳에서 멀지 않은 쪽이라고 하니까, 아마 놈들이 차를 버리고 논바닥을 지나 도망친 모양이에요.

– 모두 몇 명으로 보이는데?

박 형사가 태블릿 PC에 적어둔 명단을 들여다보며 말했다.

장강식(사망)

?

송동욱

송재욱

女 (송동욱의 동거녀)

우향란 (탈북민)

– 화면 속에는 총 다섯 명입니다.

– 오케이 좋았어. 공범 신병 확보에 주력하자고. 지금 우향란이 다녔다는 전 직장에 가고 있는 중이지?

– 네. 근처입니다.

– 철저히 털어와.

해 질 무렵이었다.

'OO테크'는 P역에서 도보로 십 분 거리였기에 차는 근처에 주차시키기로 했다. 역 출구 반대 방향으로 직진해서 소방서 건물 앞에서 좌회전하자 공단입구인 만큼 제조업 회사들이 줄지어 있었다. 곳곳에서 둔탁한 소음과 지게차 경보음이 울리는 가운데 휴대폰 앨범에 저장해둔 거리뷰 사진을 찾는 건 어려운 일이 아니었다.

작은 사거리를 지나자 두 번째 구역이 나오고, 붉은 벽돌 건물은 멀리서도 보였다. 삼성의 갤럭시 휴대전화와 태블릿PC 등에 들어갈 PCB 제조 3차 협력업체인 'OO테크'. 정면에는 관리실이 있었는데 경비원은 보이지 않고 공장 창문에는 더러 불이 켜져 있었다.

야근시간이겠다, 라고 넘겨짚은 박 형사는 잠시 망설이다가 본관 건물로 향했다. 1층 안내판에 따라 3층 조립실로 올라가자마자 어떻게 오셨어요, 하는 직원의 말에 몸을 돌렸다.

구내식당에서 일하는 조리직원을 연상케 하는 차림, 하얀 모자에 앞치마와 같은 작업복을 두른 아주머니였다.

"실례합니다. 경찰입니다."

"경찰이요?"

"네. 혹시 일전에 여기서 근무했던 사람 중에 우향란씨라고 아십니까?"

"우... 향란? 그런 사람이 있었나..."

"잘 생각해 보십시오."

"아아! 그 북한 여자 말이죠?"

자초지종을 전해들은 그녀는 조립3반의 반장이라고 자신을 소개했고, 경찰을 일대일로 대면하는 것이 부담스러웠던지 또래의 동료여성을 함께 배석시켰다. 다소 자물쇠가 고장 난 사물함이라든지, [양품이 곧 양심이다], [정직, 정확, 정결] 따위의 생산구호가 나붙은 휴게실 안은 건물 겉에서 볼 때보다 훨씬 낡고 허름한 분위기를 자아냈다.

"생각해 보니까요, 말수도 별로 없던 여자라..."

자판기 커피를 내오며 반장이 운을 뗐다. 꺼림칙한 일에 조금도 휘말리고 싶지 않아 미리 선부터 그으려는 태도가 엿보였다. 동료여성도 맞장구쳤다.

"네, 맞아요. 사람들하고 잘 어울리지도 않았고. 일 년 가까이 일하면서 밥 한 번 마주보고 먹은 적도 없다니까요."

"혹시 집이 어딘지는 아세요?"

"말도 안 섞은 사인데, 집을 어떻게 알겠어요?"

"특이점은 없었던가요?"

"글쎄요.."

그때, 후루룩!하고 커피를 마시던 반장이 뭔가 생각났다는 듯이 얼른 잔을 내려놓았다.

"다들 그 여자 싫어했던 이유가 있었어요. 북한에서 온 것도 마음에 안 들었지만, 자식을 두고 왔거든요. 맨날 자식 사진 들여다보다가 우리가 들어가면 얼른 핸드폰을 닫곤 했어요. 그것뿐이게요? 자기 말로는 북한에서 한의대까지 나왔다는데...?"

"어머! 맞아! 나도 그 얘기 들은 것 같아! 우리 생산 과장님이 그러는데, 우향란 그 여자 말이에요. 처음 들어올 때 이력서에 북한에서 한의대학까지 나온 한의사 출신이라고 써서 냈다고 그러더라고요. 가끔 점심시간에 동의보감인지 뭔지 한자로 적힌 책 같은 거 보면서 혼자 우아 떨고 있고. 풉!"

박 형사는 증언 속 인물이 자신이 찾고자 하는 우향란과 동일인물인지 잠시 혼란스러웠다.

"한...의사라고요? 그런데 왜?"

"북한에서나 통하지, 남한에선 안 통하니까 이런 공장밥 먹는 거겠죠, 뭐. 인정을 못 해주겠다는데 어쩌겠어요? 안 그래요?"

그렇게 말하는 두 사람의 목소리에는 우향란이라는 여자에 대한 멸시가 강하게 묻어 나왔다.

"혹시 남한에 들어온 뒤의 생활 이야기라든가, 개인적인 이야기는 못 들어보셨고요?"

"음... 아! 저기 있다!"

문득 반장이 엉덩이를 들더니 휴게실 문밖으로 손을 흔들었다.

"애! 미수야! 이리 좀 와 봐!"

정수기에서 물을 뜨다 불려온 미수라는 사람은 이십 대 초반의 단발 펌을 한 앳된 여자였다. 두 여성과 박 형사를 번갈아 보며 호기심 어린 눈으로 들어오더니, 알아서 착석을 했다. 우향란과 관련한 무엇이라도 좋으니 증언을 해달라는 말에 어쩐지 신이 난 그녀. 무슨 일인지는 몰라도 작업 시간에 조금이라도 농땡이를 칠 수 있다는 기쁨이 앞선 듯 보였다.

"이 애, 미수가요. 대학생인데, 휴학하고 알바 하러 온 애거든요. 우리 공장에서 우향란 그 여자하고는 가끔 말은 섞던 애기도 하고요."

"유일하게?"

"그렇다니까요. 미수야, 너 말 좀 해봐."

그러자 손사래를 치며, 자기에게 쏠린 관심에 뭐라도 된 듯 으쓱해 보이는 그녀.

"실은 저희 친할아버지가 고향이 북한이거든요. 함경도. 그러다 흥남철수 때 남한으로 오셨어요. 뭐 그냥 그 얘기 했을 뿐이에요. 북한에서 왔다니까 신기하잖아요. 그래서 별 생각 없이 꺼낸 얘기였는데, 그 후로 저한테는 몇 마디 말은 붙이셨어요. 근데 무슨 일인데요? 그 아줌마한테 무슨 일 있어요? 또 돈 날렸나..."

"돈을 날려요? 그건 무슨 이야깁니까?"

박 형사가 물었지만, 어떻게 대답해야 좋을지 망설이는 얼굴이었다.

"그게 그러니까... 사실 향란 아줌마. 예전에 공장에서 알게 된 어떤 아줌마한테 사기 당했거든요. 코인에 투자하면 돈 더 벌 수 있다고 해가지고... 그 말에 속아서 돈 다 날렸거든요. 우리 생산반에도 피해자 꽤 되고... 아직도 범인 못 잡았다던데... 그것 때문에 오신 거 아니에요?"

"그런 거 아닙니다. 모쪼록 곤란한 질문에 성심껏 답해주셔서 감사합니다."

그렇게 별 소득 없이 휴게실을 나서려는데, 불현듯 뒤에서 미수라는 여자가 복도까지 뛰어나와 말했다.

"근데요! 향란 아줌마가 한 번은 그런 말을 했어요!"

"네?"

그녀는 먼저 불러 세워놓고도 뭐가 망설여지는지 쭈뼛거리며 말을 이었다.

"지옥 끝까지 쫓아가서라도 반드시 죽이고 싶은 사람이 있다고."

42

계장련과 윤정애가 탈옥한 뒤 이튿날 아침.

집결소는 발칵 뒤집혔다. 홍 간부는 위로부터 문책을 피하지 못했고, 탈옥수들과 조금이라도 친분이 있던 죄수들은 그저 그 이유하나만으로 쏘련제 찌푸차에 연결된 쇠사슬에 발목이 메인 채 초소 앞을 몇 시간이고 끌려 다녔다. 한방을 쓴데다 공범 의심을 받은 나는 당연히 기관총으로 즉결처형 대상이었다. 그러나 당장은 그러지 않았다. 내 남편의 신분이 아직 나를 살려둘 가치를 부여한 것이다. 하지만 그들은 나를 줄기차게 족치다가 끝내 죽일 생각이었던지, 아예 걷지 못하도록 무릎과 복숭아뼈를 참대 몽둥이로 무참히 휘둘렀다.

퍽!

"일어섯!"

눈두덩에서 흐르는 피가 혀끝을 짭짤하게 적셨다. 나중에 알게 됐는데 그때 맞아 얼얼했던 귀는 결국은 고막이 터졌다. 젖 먹던 힘까지 다해 겨우 일어나자, 이번엔 멱살을 쥐고 흔들어댔다.

"그 인간 같지도 않은 것들 도와주고도 살아남을 줄 알았어? 엉?!"

홍 간부의 자리를 대신한 그의 이름은 오철룡.

청진 안전부 구류장에서도 악명이 드높았던 '미친개'였다. 고작 열두 살밖에 안 된 계집아이도 옷을 홀딱 벗겨서 앉았다 일어나다를 수천 번 시키다 혼절케 만들 만큼 악질 중의 악질이었다. 그런 악질에게 걸려든 것이다.

장련이와 정애가 먼저 탈옥한 뒤, 내가 무사할 것이라고는 전혀 기대하지 않았다. 오히려 각오했다고 해야 맞다. 그러나 간과한 것이 하나 있었다. 2008년 그해 여름, 베이징 올림픽이었다. 월경한 인민들에 대한 검열이 강화된 건 물론이고, 열이면 열 강제북송이 되었다. 그중에는 장련이와 정애도 포함 될지도 모른다는 불안감이 들었다.

처음엔 한방을 쓰는 둘이 탈옥할 때 뭘 했냐며 탈옥 방조죄로 두들겨 패더니, 나중엔 다른 이유로 두들겨 팼다.

"네 세대주가 리광규! 사회과학원에서 주체사상 연구원이었디!"

"모, 모릅다."

"한 이불 덮고 사는 간나새끼도 모른다구?? 리씨 왕조 실록을 지가 뭐라구 이러쿵저러쿵 떠들어대? 엉? 우리 공화국의 정신과 사상을 말살하기 위해 악랄한 짓거리를 하다 도망을 쳤으니까 죽어 마땅하지! 암! 살아서 뭣 해?"

"죽다니오?"

처음엔 믿지 않았다. 알지도 못하면서 오철룡이 나를 회유하고 겁박을 주려고 괜히 하는 소린 줄 알았다. 그러나 민족반역자이자 반혁명분자의 죄목으로 총살형을 당했다던 남편이 마지막까지 신고 있던 신발을 본 순간 나는 그만 다리에 힘을 잃고 쓰러지고 말았다.

아, 그걸로 나는 끝났다고 생각했다. 모든 게 끝이 났다. 내 목숨은 물론이고 내 자식까지도.

당시 사회과학원 출판사에서 리조 실록을 재편찬하는 일을 맡았던 남편은 역사를 공부하면 할수록 김씨 일가의 독재가 그른 것이고, 리씨 왕조라 폄하했던 옛 조선의 역사가 그토록 숭고하고 위대하다는 것을 깨달았다. 한글을 만든 것도 김일성이 아닌 조선의 임금, 세종대왕이라는 걸 알려준 것도 남편이었다. 그러다 중국을 통해 입수한 남조선에서 출간한 조선왕조에 관한 책들을 소지한 것이 발각되자 남편은 제일 먼저 월경을 권했다. 나와 아들이 먼저 도망치면 그 뒤를 따라가겠다고. 고려의학연구원에서 인민의사로 있던 나에게 청천벽력과도 같은 이야기가 아닐 수 없었다. 친정 부모형제가 모두 여기 있는데, 어떻게 떠날 수 있단 말인가. 죽어도 여기서 죽겠다고 하자, 남편은 나를 설득했다. 강제동원을 나가고 풀이나 뜯으며 허송세월하지 말고 남조선에 가서 당당하게 허준처럼 이름을 떨치라고.

그것이 마지막이었다. 압록강 급류에 휘말려 아들과 헤어진 나는 탈북마저 실패해 집결소에 끌려왔으니 말이다. 그런데 생사를 알지 못한 남편이 결국 그렇게 허무하게 가버렸다니...

한 가지 희망은 아들이었으나, 아들의 행방조차 나는 알 수 없었다. 부디 죽기 전에 한 번이라도 아들의 생사를 알 수만 있다면 얼마나 좋을까. 내 간절한 바람은 뜻밖의 일로 이루어졌다.

"망할 년! 네년 아들 새끼라고 무사할 줄 알아? 리종성 그 아새끼!"

그 순간, 쓰러져 있던 내 시야에 바닥에 낭자한 선혈이 들어왔다. 한참 전에 흘린 피는 얇은 포가 되어 바닥으로부터 군데군데 떠 있었다. 차츰 정신이 번쩍 들었다.

아들?

내 아들...?!

나는 무슨 힘엔가 이끌리듯이 바닥을 벅벅 기어가 오철룡의 바짓 자락을 붙잡았다.

"아, 아들...! 내 아들!"

"기래 네 아들! 리종성!"

"사, 살려주시오! 제발!"

"너도 네 아들 찾느라 혈안이 됐담서? 기래 좋다 이거야. 누가 먼저 찾나 내기라두 할래? 내 손에 걸리믄 말이야...!"

내가 벌벌 기며 괴성을 지르자, 그는 자신의 위엄에 난 흠집이 어느 정도 치유된 듯한 기분이 드는지 기분 나쁜 웃음을 지으며 한 번 더 내 정강이를 걷어차고 독방을 나섰다.

창밖으론 비에 젖은 활엽수가 구슬프게 흔들리고 있었다.

나는 울었다.

그리고 미친 듯이 웃었다.

다시 울었다.

반드시 죽여 버리겠다.

43

저녁 일곱 시가 되었다.

공범 우향란의 뒷조사를 위해 'OO테크'에서 탐문을 마친 박 형사와 중간에서 만난 윤 경위. 두 사람은 분당 J동의 대단지 아파트로 향했다. 그곳은 납치 3일째 되던 날 선초아양의 교복이 발견된 곳이었다.

이미 임 총경이 직접 방문해 교복을 증거물품으로 수거해 온 현장을 다시 찾는다는 것은 임 총경과 선 회장 사이에 '모종의 거래'가 오간다는 사실을 안 뒤 시작한 독립수사의 연장이었다.

차에서 내리자 신도시답게 조경 사업이 화려한 경관이 펼쳐졌다. 그러나 6단지나 되는 아파트지만 아직 분양이 완전히 이루어지지 않아 거실에 불빛이 들어오는 집은 몇 되지 않았다.

"사범대"

"네, 윤 경위님."

"와이프가 보통 몇 시에 오지?"

"딸아이 유치원 픽업해 와야 해서요. 못 해도 여섯 시 안에는 집에 있죠."

"지금쯤 아마 저녁식사 준비할 테고?"

"그럴 시간이죠."

하면서, 은근히 퇴근은 미루고 이리저리 끌고 다니는 것에 불만을 내비쳤지만 윤 경위는 골똘히 생각에 잠기는 듯더니

"그런데 아파트 보면 말이야. 불 켜진 집은 몇 안 되는 것 같지 않아?"

"신축이라서 그렇겠죠. 조금만 더 있으면 아마 다 들어올 겁니다. 대통령 새로 바뀐 뒤로 대출금리가 많이 완화됐잖아요."

"그렇다고 이렇게 유령아파트처럼 어두워서 되겠어? 그러니까 공부도 안 하는 양아치 고등학생들이 새벽에 어울려 다니면서 아지트 삼기 딱 좋지. 게다가 봐봐. 이렇게 산책로도 잘 되어 있고 훌륭한데 운동하는 사람이 단 한 명도 없어."

그렇게 말하면서 주변을 둘러보았다. 부근에는 두 곳이나 재건축이 한창이었다. 인부들이 모두 퇴근한 무렵인지라 둔탁한 쇠붙이 소리와 포크레인 굴러가는 소리가 모두 어둠에 잠식되고 고요함이 찾아왔다. 모든 게 멈춰버린 공사현장은 흡사 흉물처럼 다가왔다. 그때, 윤 경위의 눈에 무언가 들어왔다. 건설 현장에 세워진 높은 가림막에 쓰인 아파트 브랜드명.

JB센트럴빌리지

처음 협박 전화가 걸려온 장소인 시바우라 폐공장은 지보그룹 본사로부터 거리적 유착관계를 찾아볼 수 없을 만큼 먼 곳에 위치해 있다. 게다가 JB센트럴빌리지 역시 전국에 많고 많은 지보 계열사의 아파트 중 한 곳에 불과하다.

지보그룹이 대한민국을 먹여 살린다 해도 과언은 아닐 만큼 그 영향력이 닿지 않는 곳은 찾아보기 힘들지만, 사건을 두고 보자면 이 두 곳은 명백한 홈그라운드다. 자신의 홈그라운드에서 범죄를 저지르는 인간은 딱 두 종류다. 대범함 혹은 소심함. 전자의 경우 장소를 오히려 함정으로 이용하는 경우가 많고, 후자의 경우 장소를 안전한 공간으로 여기는 경우에 속한다. 하지만 어느 쪽이든, 범인은...

"당장, 그 가정부에게 연락해 봐. 아무도 모르게."

차에 올라타자마자 서둘러 안전벨트를 매며 윤 경위가 말했다. 목소리는 떨리고 있었다.

"가정부라면 선 회장댁 일 하시는 아주머니요?"

"그래. 그 여자에게 꼭 물어볼 게 있어."

"그 여자까지 조사할 필요가 있을까요? 더군다나 이 시간에..."

"물론이지. 며칠 전에 총경님께 사전의논 없이 선 회장댁을 방문한 적이 있었어. 그때 내가 뭘 좀 들었거든."

"뭘 말입니까?"

"본의 아니게 들은 거야. 그런데 지금은 그게 열쇠가 될 지도 모른다는 생각이 들어서 말이야."

"윤 경위님 알아듣게 말씀해 보세요."

점차 어떤 윤곽이 뚜렷해지자 윤 경위의 목소리에 흥분이 묻어났다.

"하미숙과 그녀의 아들이 나누는 얘기 말이야. 두 모자는 선 회장이 알면 안 되는 사실을 공유하고 있어. 그 사실을 알고 있는 또 다른 3자가 바로 일하는 아주머니고."

"그게 뭔데요?"

"여자 속옷. 선초석 방에서 여자 속옷이 나왔다는 거야."

"난 또 뭐라고... 혈기 왕성한 이십 대잖아요. 선 회장한테 그게 뭐가 그렇게 대수라고요? 설령 야단맞는다 해도..."

"하미숙도 함께 눈 밖에 날까 봐 전전긍긍하고 있다고."

"성범죄를 저지른 것도 아닌데, 겨우 그런 일로요?"

"그 속옷이 겨우 그런 여자의 것이 아니라면?"

"설마..."

"그 속옷이 선초아양의 것이었다면?"

"말도 안 돼! 농담하시는 거죠? 둘은 남매라고요! 친남매!"

"여기서 이럴 게 아니라 아주머니부터 만나자고. 그리고 당장 선초석 인터넷검색기록부터 최근 차량추적까지 샅샅이 조사해야 해."

"피의자 신분으로 전환하라는 말씀이십니까? 회, 회장 아, 아들을??"

"뭘 망설여? 의심스러우면 털고 가면 될 일이야."

웅- 막 운전대를 잡던 그때, 품 안의 휴대폰이 울렸다. 발신자는 임 총경이었다.

　– 네 총경님.

　– 서로 들어와.

　– 무슨 일이십니까?

　– OO블레스파크 조합원 사기건으로 고소가 들어왔어. 송동욱 동생 송재욱이 말이야.

<h2 style="text-align:center">44</h2>

　열 손가락 손톱을 잘근잘근 씹어대던 구봉이 악! 하는 고함과 함께 발로 걷어차자 앞좌석에 앉은 정애가 움찔하더니 급기야 울상이 되어 소리쳤다.

　"왜 나한테 발광이에요?! 나, 나도 몰랐다고요!"

　"야 이년아! 우향란 걔 누가 끌어들였어? 네가 끌어들였어! 너 아님 누구한테 지랄하냐? 엉?"

　"김 경사님, 말로 해요. 왜 임신한 애를 잡습니까?"

　동욱이 제지하고 나섰다. 이미 그의 호위대상은 일찌감치 죽은 장강식에게서 정애로 옮겨졌다.

　"그 빨갱이년 잡지 못하면 윤정애 네는 내 손에 죽는다, 알아들엇?!"

무릎을 쪼그리고 앉은 정애의 흐느낌에 동욱이 발끈해서 그의 멱살을 움켜쥐었다.

"정애 죽이기 전에 네가 내 손에 죽을 줄 알아라. 이 짭새 새끼야!!"

"허허 얼빠진 호구새끼. 이젠 눈에 뵈는 게 없냐? 이거 안 놔?!!"

동욱과 강식이 서로 드잡이를 하고, 정애는 울고, 재욱이 그들을 뜯어말리는 광경을 보며 선초아가 망연자실한 얼굴로 차창에 고개를 박았다.

"아 짜증나..."

돈을 주는 대신 풀려나는 게 기본조건인데, 정작 돈을 챙긴 납치범 하나는 도망을 쳤고, 나머지는 닭 쫓던 개가 되어 버렸다. 일주일이 되도록 수십억이란 꿈에 젖어 작업에 공들인 작자들이 순순히 선초아를 놔줄 가능성은 남아있기는 한 걸까.

"저기요! 아저씨 아줌마들!!! 그냥 차라리 우리 집 털죠? 내가 금고 위치 알려 줄 테니까! 언제까지 나 끌고 다닐 건데?"

하며 우당탕탕 차체 내부에 몸을 부딪쳐가며 발광하는 인질을 보자 그제야 일당은 우격다짐을 멈췄다. 머리는 며칠째 감지 못해 떡이 진 채로 헝클어졌고, 얼굴은 면도도 하지 않아 거지꼴이 된 서로가 서로를 권태스러운 눈으로 노려보았다.

그 후, 차로 한 시간 반을 달려 도착한 곳은 강원도 해안가.

어느덧 해는 저물어 수평선 부근의 하늘이 붉은 기염을 토하며 아름답게 물들어 있었다. 일주일 전과 마찬가지로 익숙한 지리, 익숙한 건물. 3층짜리 건물 1층엔 [신의주 수산]이 '사정상 쉽니다.'이란 팻말을 걸어둔 채 잠겨 있었고, 맨 위 옥탑방이 그녀의 전셋집이었다.

"뭐야? 사정상 쉰다고? 요즘 같은 때에 배가 불렀구만!"

하고 1층 출입문을 뻥 차도 두터운 유리문은 꼼짝도 하지 않았다. 도리어 텅-하고 둔하게 울리면서 일당의 모습이 일그러지듯 비쳤다.

"벌써 향란 언니가 경찰한테 털리기라도 한 거야 뭐야?"

바닷바람이 제법 불었다. 상황도 상황이거니와 컨디션 난조로 다소 날카로워진 정애가 구시렁대는 와중에 횟집 통유리창에 바싹 붙어서 손을 동그랗게 말고 내부를 살피던 재욱이 대뜸 소리쳤다.

"저거다! 저걸로 올라가면 되겠네!!"

공사 중인 옆 건물에 설치된 리프트였다.

"미쳤어? 저걸 어떻게 올라가? 나 홀몸 아니란 말이야."

정애의 응석에도 아랑곳 않고 일제히 그쪽으로 이동했다. 주변엔 사람이 없었다.

"야. 누구 한 명은 차에 남아서 선초아 저거 감시해."

"냅둡시다. 어차피 쟤 데리고 있어 봤자예요. 이제 소용없어요. 선영태가 미쳤다고 또 돈을 주겠어요? 안 그래도 우리 뒤쫓고 있는 마당에. 그냥 우리가 뺏긴 돈이나 찾자고요."

재욱의 말도 일리가 있다고 여겼는지 손톱을 잘근대던 구봉이 뒤도 돌아보지 않고 리프트에 올라탔다. 이제 선초아라는 존재는 그 필요성이 끝난 것이다. 이미 상대 쪽에서 줄 돈은 다 줬고, 못 받아먹은 건 이쪽 잘못이니까.

단출한 탑승 조작 장치 옆으론 이용 시 주의사항과 최대 적재 가능 무게가 적혀 있었다.

"가만 보자. 최대 적재 무게가... 삼백 키로군. 그렇다면 내가 칠십, 너희가 합쳐서 근 백육십... 윤정애 넌 몇 킬로야?"

"사십팔 킬로요."

다 기어들어 가는 목소리로 정애가 대꾸했다.

"까불지 말고."

"진짜란 말이에요!"

"네 뼛값만 해도 사십 킬로겠다, 이년아! 아주 그짓말만 살살하고, 누가 사기꾼 아니랠까봐! 아 시간 없어!"

"... 육십 사 키로요."

"타!"

치욕감에 이를 악 문 정애까지 타고 나자 순간 덜컹거리더니 거친 마찰음을 내며 위로 향하는 리프트. 건물 위층 창 높이에 와서 멈추자 구봉이 옆 건물, 그러니까 [신의주 수산] 건물을 가리켰다.

"자 이제 발 조심하고 천천히 건너가자고."

굵은 배관 파이프가 튀어나와 있었는데 옥상으로 연결된 구조였다. 십오 미터 남짓 되는 높이의 3층 건물은 겉에서 봤을 땐 높지 않았으나, 막상 아래를 내려다보자 꽤나 높게 느껴졌다. 동욱이 먼저 시범을 보이듯 손을 뻗어 파이프를 딛고 움직이기 시작했다. 그 뒤로 구봉과 정애, 그리고 재욱.

"자 빨리 가라고. 시간 없어. 으윽 차!"

하며 옆 건물 툭 튀어나온 창문턱에 한쪽 다리를 걸치고 무게를 싣는 구봉. 의외로 앞서가던 동욱이 덩칫값을 못 하고 도중에 벌벌 떨자 구봉이 윽박질렀다.

"뭐해! 돈 벌기 싫어?! 그렇게 굼떠서 어느 세월에 우향란 찾을 건데? 빨리 가!"

"간다고요! 가!"

"그래 가라니까?"

"가요! 기다려 봐요, 좀."

"염병, 네가 선녀냐? 간다 간다 해놓고 애 셋 낳고 가지 그래?"

동욱이 젖 먹던 힘까지 다해 간신히 옥상 난간에 몸을 싣고 넘어가자, 이어서 구봉이 그 뒤를 따랐다. 그리고 정애는 두 사람이 나란히 팔을 끌어당겼다. 그런데,

"으아아악!!!"

쿵!

순식간에 벌어진 일이었다. 발을 헛디딘 재욱이, 조금 전까지만 해도 정애의 뒤에 바짝 붙어 따라오던 재욱이 만(卍) 자 모양으로 하늘을 본채 떨어져 누워 있었다. 일제히 숨이 멎어서 밑을 내려 보는데, 잠시 후 재욱의 머리 뒤로 붉은 것이 차츰 퍼져 나가기 시작했다.

자지러지듯 포효하는 동욱.

45

사건 일로부터 꼬박 일주일이 흘렀다.

어젠 이혼서류에 사인까지 했고, 그것을 놈들에게 증명해 보이는 모멸감까지 감수해야 했다. 그럼에도 수사에는 진척이 없었다.

선 회장의 서재에서 온전히 앉지 못하고 왔다 갔다 서성이는 하미숙이 급기야 불만을 터뜨렸다.

"경찰들 일은 하고나 있대요? 이러니 세금도둑이란 말이 나오지. 다달이 국민들 돈은 따박따박 받아가면서 하는 것도 없고, 벌써 일주일째란 말이에요. 그 쓰레기 같은 놈들이 애 밥은 제대로 줬을 것 같아요? 옷은 또 어떻고요? 교복까지 벗겨서 버려놓고 어딜 그렇게 끌고 다니는지... 설마... 설마... 나쁜 일 당하는 건 아니겠죠?"

"댔다마!"

"우리 초아요, 날 닮아서 여린 애란 말이에요. 겁은 또 어찌나 많은지. 그 어린 것이 지금 엄마 아빠랑 떨어져서 팔자에도 없는 고생을 하고 있을 거 생각하면... 세상에! 나 정말 죽고 싶다고요!"

하미숙이 거세게 불평을 터뜨리는 와중에 선 회장은 뱃속에서 깊이 한숨을 끌어올렸다. 임 총경에게 딱 사흘을 주겠으니 반드시 찾아오라는 그 마지막 날이 되었다. 하지만 그 어떤 수사보고도 이루어지지 않은 상태였다.

인간 선영태. 맨손으로 바닥에서 대한민국 최고의 자리에까지 올랐다. 딸 선초아를 타겟으로 한 납치사건은 자식을 잃은 부모로서의 상실감에서 이제는 무소불위의 권력에 대한 흠집으로까지 이어졌다. 언감생심 전직 대통령들조차 집권 때나 겨우 알.현.할 수 있었던 귀한 몸인 선영태를 고작 자기 딸도 찾지 못해 경찰의 수사 보고에 일희일비하게 만드는 일개 '범부'로 전락시킨 희대의 굴욕적인 사건이나 마찬가지였다.

분노로 떨려오는 사지를 진정시키기 위해 지그시 눈을 감고 복식호흡을 하는 선 회장. 조잘대며 번잡스럽게 구는 하미숙을 흘긋 보니, 세월 앞에 철저히 완패한 모습이 새삼 눈에 들어왔다. 더는 탱탱한 살결도 싱그러운 눈동자도 아니다. 초롱초롱하고 맹랑한 눈빛은 윤기가 빠져 탁한 채 빛을 잃었고, 아무리 주 1회 꼬박꼬박 리프팅을 해도 두 턱이 생긴 것은 어찌할 수 없는 모양이었다. 육 개월에 한 번씩 맞는 필러는 효과가 없는지 푹 꺼진 한 쪽 뺨까지. 문득 정이 뚝 떨어졌다. 속도 모르는 정재계 인간들은 날리는 톱스타, 그것도 딸뻘 되는 어린 여자를 데리고 사니 오죽 호강이겠냐며 한 마디씩 안하곤 못 배겼지만, 펑펑 써재끼는 돈이 얼만데 그럼.

"회장님, 듣고 계세요??"

"머."

"경찰이고 검찰이고 다 손 떼라고 하시라고요! 애 하나 제대로 못 하는 것들이 무슨 경찰! 무슨 검찰! 큰소리만 칠 줄 알지 정작 아웃풋이 없잖아요! 아웃풋이!"

골이 잔뜩 난 그 얼굴에서 더는 귀염성을 찾을 수 없는 선 회장은 문득 2002 월드컵 당시를 떠올렸다. 유방암이 재발한 본처, 그러니까 도영의 생모는 어지간한 일에 눈 하나 꿈쩍하지 않는 여자였다. 가을 코스모스처럼 하늘하늘거리고 아름답긴 하지만 향기를 느낄 수 없는 여자. 점잔을 빼던 본처는 막상 딸뻘의 어린 여자가 배를 디밀고 들어오자 쓰러지고 말았다. 거기서 한편으론 고소한 마음도 들었다. 그럼 그렇지. 지가 그렇게 고고한 척 해봤자 계집은 계집인걸. 게다가 꼴에 배웠다고 무시하기 일쑤였던 장인과 장모의 얼굴이 주마등처럼 스쳐 지나갔다. 다 늙어서 사위 돈으로 호의호식하는 주제에. 어째서 능력 없이 빌붙는 것들은 고마워할 줄을 모를까. 아마 두 노인네도 눈 감을 때까지 속깨나 끓었을 것이다. 미숙이 저년이 좀 암팡졌어야지.

"듣고 계시냐고요! 차라리 사람을 사서 찾아내든 해야지 안 되겠어요. 당장 경찰에 연락해서 손 떼라고 하세요! 아니면 내가 해요? 네?"

헌데 시간이 흐르니 미숙이 저년도 마찬가지다. 어째서 고마워할 줄을 모르고 기어오르려 할까. 주는 돈 받아쓰면서 이 선영태 그늘 밑에서 버섯처럼 살 일이지. 나이 먹고 심심해 하길래 지보재단 이사장 명함 하나 파주니까 이젠 아주 맞먹으려고 한단 말씀이야.

선영태는 틀니를 와구와구 입에 껴 넣더니 앞에 놓인 아오리 사과를 한 점 우걱우걱 씹어 먹으며 말했다.

"도영이 가가 승질머리가 틀려먹어서 글제, 가만 보몬 죽은 지 애미 닮아가 곧 죽어도 틀린 소린 안한데이. 안그나?"

"그건 또 무슨 말씀이세요? 죽은 도영 엄마 얘긴 뭐 하러 해요, 재수옴 붙게?"

미숙이 씩씩대며 받아쳤다. 선 회장은 포크를 도로 내려놓으며 키득거리며 말했다. 그러다 결국 참지 못하겠다는 듯이 배를 잡고 웃는 모양이 볼썽사나웠다. 한 이불 덮고 사는 늙은 남자의 추하고 괴기스러운 모습을 발견할 때마다 종종 느끼곤 하던 혐오감이었다.

선 회장은 벽에 걸린 커다란 가족사진이 걸린 액자로 눈길을 돌렸다. 이미 십 수 년 전에 하미숙이 갈아치운 액자다. 정 중앙에 선 회장이 득의양양하게 다리를 벌리고 앉아있고, 그 뒤로 선도영과 하미숙이 대결을 이루는 듯 비스듬히 서 있고, 십 대 초반으로 보이는 초아 초석은 미숙의 곁에 나란히 서 있는 모습이었다. 누가 보아도 1대 3의 대결 구도. 액자를 물끄러미 보던 회장이 눈을 거두고 하미숙에게 시선을 돌렸다. 그리고 따뜻한 손으로 미숙의 두 손을 맞잡으며 말했다.

"기다리그라. 초아 꼭 찾을 수 있데이. 내 누꼬? 선영태 아이가? 니는 내만 믿그라."

"그 말씀 믿어도 되죠, 저?"

능숙하게 앙탈을 부리듯 손을 쑥 빼더니, 새초롬한 얼굴로 미숙이 채근했다.

"하모 하모. 나도 인쟌 초아 그 아아가 참말로 내 새끼 같다 안 하나?"

46

그 시각, 서울 압구정의 한 가라오케.

응응응응---!!

룸 안에 설치된 앰프의 진동이 사방에 부딪혀 혈관을 울리고, 짝수가 맞는 도합 여덟 명의 남녀들이 한데 엉켜 뛰놀고 있다. 그중 하나가 마이크를 붙잡고 고래고래 지르지만 무슨 노래인지는 모르겠고, 한쪽에서는 양주를 냅다 들이켠 뒤 입에서 입으로 전하는 난잡하기 이를 데 없는 짓을 저지르고, 또 한쪽에서는 그 광경을 스마트폰으로 촬영하며 저희들끼리 낄낄대고 있었다. 돌아가는 정황은 누가 봐도 오늘 먹고 죽자-

"야!! 노래 끄라고 새끼야!!!"

벨벳 쇼파 구석에 삐딱하게 누운 선초석이 과일 접시를 집어 던지며 소리쳤다. 장난인 줄 알고 또 저희들끼리 낄낄대고 놀다가 마이크를 던지자 금세 웃음소리가 멎었다. 텅! 하고 얻어맞은 사내 하나가 얼굴이 벌겋게 달아올랐지만 수치를 감내하고 자리에 앉았다. 음악이 멈추자 화려한 조명과는 전혀 어울리지 않는 고요가 찾아왔다.

"뭔 소리인지 하나도 안 들리잖아!!!"

누구에게서 전화가 온 거냐며 술집 아가씨 하나가 입술을 뾰로통하게 내밀자, 찐하게 입을 맞추고 말했다.

"우리 집 식모."

- 어, 아줌마 왜!!

- 도, 도련님 어, 어디세요??

- 어딘지 알면? 오시게?

– 빨리 집, 집에 들어와 보셔야 될 것 같아요. 회장님이랑 사모님이 다,,, 다투시는 것 같아요...!

– 뭐?

– 회장님이 화, 화가 단단히 나신 모양이에요!

– 꼰대가 또 우리 엄마한테 지랄해? 이번엔 또 뭣 때문에??

– 어서 들어와 보시래도요!

– 설마... 꼰대가 내 방 뒤진 거야?

– 아뇨 그게 아니라...!

– 그럼 됐어! 끊어!

와장창창....!

전화 건너편에선 아수라장이 되는 칼바람 소리가 생생하게 전해졌다. 가정부가 울먹이는 목소리로 말했다.

– 아악!!! 사, 사모님이 마, 맞고 있어요...!

47

늦은 밤. 강남경찰서 강력반.

"남자가 봐도 잘 생겼는데? 유부녀들이 홀딱 반할 만하네."

책상 위에는 OO블레스파크 조합원 모집 설명회를 개최하고 있는 용의자 송재욱의 사진들이 죽 늘어져 있었다. 키 180센티미터에 마른 몸을 가진 30대 초반의 재욱. 그냥 보면 여의도 증권가에서 흔히 볼 수 있는 비주얼이지만, 잘 뜯어보면 '배운' 사기꾼의 냄새가 물씬 풍기는 것을 직감적으로 알 수 있었다. 현재 송재욱이 벌인 분양 사기 사건은 피해자들의 집단고소로 접수가 들어온 상태였다.

"자 그럼 지금까지 범행이 확실해진 용의자는 죽은 장강식 이외에 송동욱, 송재욱, 그리고 우향란이군."

"한 가지 주목해야 할 건 송동욱한테 교제 중인 동거녀가 있었다고 합니다."

"동거녀의 현재 거취는?"

임 총경이 사진에서 윤 경위 쪽으로 시선을 돌리고 물었다.

"마찬가지로 행방이 묘연한 상태입니다. 행적을 추적 중입니다."

"공범일 확률이 급상승하는 소리군. 서둘러야 해. 발등에 불 떨어졌다고. 돈 가방을 통째로 놈들에게 넘겨준 사실을 선 회장이 알아봐."

"어차피 딸을 찾아오기 위해 줄 돈 아니었습니까?"

"그래 줄 돈이었지. 선초아를 데려오는 조건으로 말이야. 그런데 지금 다 놓쳤잖아. 제기랄."

윤 경위는 임 총경이 집어든 사진에 눈길을 돌렸다. 예전에 다니던 공장에서 창립기념 야유회를 갔을 때 찍은 단체 사진 속 우향란의 모습을 확대한 컷.

"그나저나 우향란 이 여자가 뭐라고 정보가 락에 걸려 있는 거야? 뭐 고위급 탈북자라도 돼?"

"그건 아닌 것 같습니다. 남편은 주체사상 연구원이었고, 이 여잔 의사였다고 하고요. 평범한 부부였습니다. 물론 남편과 아들은 생사불명이고요."

"국정원에 협조 요청해봐. 이 여자에 대해서 샅샅이 알아내야 해."

"뚜렷한 범죄혐의가 없는 한 그건 어려울 것 같습니다. 이미 공문 내려왔어요."

그러면서 '보안'이라고 쓰인 서류를 힘없이 흔들어 보였다.

그때였다.

"윤 경위님! 밖에 나와 보셔야 될 것 같은데요...?"

박 형사가 다급하게 들어와 말했다. 그의 뒤에는 야구 모자를 꾹 눌러쓴 키가 훤칠한 청년이 서 있었다.

"당신은..."

힘없이 모자를 들어 올리며 눌린 머리를 털어내는, 선초석이었다.

"제보할 게 있어서요."

"제보라고요?"

선초석이 다시 말을 고쳤다.

"아니... 신고가 되겠군요. 신고할게요. 우리 집 꼰대."

임 총경이 고개를 끄덕이자 윤 경위는 따로 자리를 마련했다. 모자를 벗고 크게 내쉬는 숨에서 지독한 술 냄새와 담배 냄새가 풍겼다. 얼굴은 빨갛게 달아올랐지만 눈빛은 진지했다. 술김에 찾아온 것 같진 않아 보였다.

윤 경위가 재차 다시 또박또박 되받았다.

"선영태 회장님을 신고하신다고요?"

"아버지는 폭군이에요. 틈만 나면 욕을 하고 물건을 집어 던지세요. 특히 성적을 잘 받아오지 못할 땐 더 그랬죠."

스탠포드 입시 비리에 대한 이야기는 끝내 나오지 않았다. 범죄의 주축에 선 모친 하미숙을 의식한 탓일 것이다.

"성년이 된 후부터는 진로를 두고 억압했어요. 제 꿈은 밴드를 결성하는 거예요. 고등학교 때 같은 동아리였던 친구들과 지금도 연락하는 게 그 때문이죠. 저는 유학을 갔지만, 그 친구들은 지금도 소극장에서 공연을 하거든요. 제가 원했던 삶이예요. 엄마처럼 자고 일어나니 스타가 되겠단 욕심은 없어요. 단지, 제가 좋아하는 음악을 계속할 수만 있다면 더 바랄 게 없어요. 하지만 아버진... 아버진..."

"반대가 심하셨군요."

"툭하면 엄마의 직업이 천박했다며 깎아내리기 십상이었다고요. 자기도 그런 화려한 연예인의 모습에 반해서 엄마를 쫓아다녀 놓고, 돌아서선 비싼 화대를 받는 직업이라고 무시했어요. 그래서 숨겨야 했어요."

"선초석씨. 신고하러 오셨다면서요? 당신이 신고하는 내용을 구체적으로 듣고 싶군요. 개인적인 과거이야기 말고 오늘 무슨 일이 벌어졌는지를요."

"아버지가 엄마를 때렸어요."

"직접 보셨습니까?"

"아뇨... 식모, 아니... 일하는 아주머니에게 전화가 왔어요. 때린다고... 한두 번이 아니에요."

"흠..."

윤 경위는 조사의지가 없어 보이는 듯한 표정을 노골적으로 짓더니 자신의 책상 서랍에서 두꺼운 파일을 꺼내 들었다. 그리고 그의 앞에 항의하듯 힘주어 말했다.

"안 그래도 잘 오셨습니다. 내일 날이 밝는 대로 선초석씨를 찾아갈 생각이었거든요."

"저를요?"

"네."

"무슨 일로요?"

"단도직입적으로 묻겠습니다. 선초석씨의 방에서 발견된 여자 속옷에 대해서 하실 말씀 없으십니까?"

그러자 조금 전까지만 해도 취기가 감돌던 그의 얼굴빛이 돌연 바뀌더니, 침을 꿀꺽 삼키는 목울대가 눈에 띄었다. 자세도 고쳐 앉았다. 관심병사가 마치 사단장이라도 마주친 것처럼 각이 잡힌 자세로.

'대체 이 자식 뭐야...? 왜 이렇게 쫄아?'

"내일이면 피의자 신분으로 전환한 뒤, 본격적으로 조사를 할 예정이었습니다. 인터넷 검색기록은 물론이고, 필요하다면 압수수색 영장도 발부할 수 있죠."

"그, 그건...!!"

그는 가늘고 긴 두 손을 깍지 낀 채 깊은 한숨을 쉬었다. 떨고 있다는 뜻이다. 윤 경위는 속으로 자신의 예상이 틀리기만을 빌었지만, 대답을 듣자마자 그만 주먹을 휘두를 뻔했다.

"초아꺼 맞아요..."

"선초아양은 당신의 친동생 아닙니까?"

"네. 그래요. 그런데 모든 게 오해에서 비롯됐어요! 전... 전 형사님이 생각하는 그런... 그런 쓰레기가 아니란 말입니다!"

"그리고 또 하나."

검지를 들어 더 몰아붙이기로 한 윤 경위는 조금 전에 꺼내든 파일을 대강 넘겨보며 말했다.

"몇 년 전의 일이더군요. 선양이 중학교 때 말입니다. 당시 테네시에서 선초아양과 동반 유학 중에 교통사고가 나셨죠? 스모키 마운틴 국립공원에서 놀다가 집으로 돌아가던 중, 앞서 오는 트럭과 마주친 사건 말이에요. 모른다고 하진 마십시오. 최근에도 그 후유증으로 한의원을 드나든다고, 탐문 할 때 일하는 아주머니께서 말씀하시던데요?"

"네 맞아요. 교통사고였어요. 그런데 그건..."

"역시 저스트 프라이버시다?"

"형사님, 무슨 말씀을 하고 싶으신 거죠?"

"뭐가 문제인지 정말 모르십니까? 그때, 선초석씨 당신은 면허도 없던 초아양으로 하여금 운전대를 잡게 했어요. 본인은 뒤따라가겠다며 먼저 집으로 보낸 거죠. 덕분에 초아양은 사고가 났고요. 물론 천만다행으로 가벼운 찰과상에 그쳤지만 말이죠. 왜 그러셨습니까?"

윤 경위는 끝까지 탐색의 눈빛을 거두지 않았다.

"지금 절 의심하고 계시나 본데요."

"네. 의심하고 있습니다. 수상한 게 한둘이 아니어서요."

"그땐, 제 친구들과 함께 놀러 간 날이었어요. 그날 공원에서 락밴드 페스티벌이 열렸고요. 한창 놀고 있는데, 문득 집에서 일 봐주시는 하우스키퍼로부터 급하게 연락이 왔어요. 어머니께서 오셨다고. 저는 깜짝 놀랐죠. 경영을 배우라고 보내놨는데 음악에 미쳐서 돌아다니는 걸 알면 가만두지 않으실 테니까요. 그런데 공교롭게도 저의 마음을 읽었는지, 어머니께서 저는 더 놀다 오라고 했어요. 다만 초아는 아직 미성년자고 그런데서 밤늦게까지 놀면 위험하니 초아라도 택시 태워 보내라고 했고요. 그런데, 저도 참 나빴던게 하도 운전을 하고 싶다고 조르길래 면허도 없던 미성년자인 걸 알면서 차키를 건넸어요. 그게 전부입니다. 사고가 날 줄은 몰랐어요."

"당사자인 선양이 이 자리에 없어서 확인은 불가능하다는 게 참 애석하군요."

그러자 그가 반항하듯 바로 반응했다.

"정말이라고요!"

"그렇다면, 속옷은 어떻게 된 거죠? 뭐라고 둘러대실 건가요?"

윤 경위는 자못 흥미진진하다는 듯 아예 두 손으로 턱을 괴고 말했다. 그리고 한참 뒤에야 그의 입에서 나온 이야기를 들은 윤 경위는 경악을 금치 못했다.

그가 다섯 살이 되던 해, 어느 날의 일이었다. 당시 선도영의 생모가 살아있던 만큼 하미숙 모자는 세간의 이목을 피해 해외에 체류 중이었는데, 가끔 출장을 빙자하여 선 회장이 그 둘을 찾곤 했다고 한다. 때문에 그는 모친인 하미숙과 말도 안 통하는 외국에서 단둘이 보내는 날이 많았다. 당시엔 여동생 선초아는 하미숙의 배 속에 있었기 때문에 그는 모친의 사랑을 혼자 듬뿍 받던 그 시절을 이야기하며 눈가를 적시기도 했다. 사내아이이긴 해도 아직 갓 다섯 살이 된 어린아이였기에 하미숙은 함께 목욕을 하고 나오거나 옷을 갈아입을 때면 특별히 가리지 않았다고 하는데, 문제는 거기서 시작됐다. 장난감 자동차를 굴리며 놀던 그는 문득 화장실 앞을 지나가다 파우더룸 앞에서 속옷을 갈아입는 모친을 보더니 까르르 웃었다고 했다.

"우리 귀염둥이 아들 왜 웃어?"

그러자, 선초석이 장난감을 들고 밖으로 나가버리는 바람에 하미숙도 대수롭지 않게 넘겼다고 한다. 얼핏 들으면 사소한 일상의 한 장면에 지나지 않아서 하미숙조차도 그날을 기억하지 못 할 것이라고 말했다. 하지만, 그날의 현장은 오래도록 잊을 수 없는 의심의 한 편린으로 박제되어 버렸다. 바로 그의 일기장.

그 날 밤, 선초석은 삐뚤삐뚤한 글씨로 일기를 써 내려갔다.

엄ㅁㅏ랑 빵을 먹엇ㄷㅣ. 맛잇ㅇ다.

엄마는 ㅇㅏ가다.

엄마는 오늘 기저기를 찼다.

어마가 아무하테도말 말 하지 말라고 햇다.

어마는 나보다 아 가다

선초석이 퀭한 눈을 하고 힘겹게 말을 이었다. 어쩌면 그가 술이 모두 깨고 날이 밝으면 방금 그 말을 한 것을 후회할 수도 있다는 생각이 스쳤지만, 윤 경위는 반드시 그다음 말을 들어야 했기에 어떤 추임새도 넣지 않았다. 숨을 죽이고 귀를 기울였다. 물론 테이블 밑으로 돌아가는 녹음은 어느덧 21분 40초에 접어들고 있었다.

"그때... 엄마 뱃속엔 초아가 없었던 거예요..."

"네? 그게 무슨 말씀입니까?"

"일기 속 그 기저귀는 생리대였으니까요..."

48

옥상 문을 열고 내려가려는 동욱의 옷깃을 붙잡고 정애가 소리쳤다.

"오빠 어디 가!"

"재, 재욱이가 떨어졌어!"

"지금 가면 사람들한테 들킬 수 있어!"

"저대로 두자고 내 동생을? 살려야해."

"이미 피 났잖아! 머리에서! 늦었다고!"

얼굴색 하나 바뀌지 않고 말하는 정애를 아연한 눈으로 바라보던 동욱. 그가 뭐라 대답하기 위해 숨을 고르는 동안 정애가 서둘러 몰아붙였다. 언제나 이성보다 본능이 먼저였고, 지금은 돈 가방이 먼저였으니까.

"잘 들어 오빠. 우린 제일 먼저 돈 가방부터 찾아야 돼. 그런 다음에 재욱이 병원엘 데려가든 하자, 응? 우리 아니더라도 다른 사람이 재욱이 발견해서 병원에 데려갈 거야. 걱정하지 말고 지금 우리가 할 일은..."

"닥쳐!"

"......"

"넌 돈이나 찾든가 해. 난 내 동생이 우선이니까."

"우리 아기는!!"

"뭐?"

"선택해! 우리 아기야? 동생이야?!"

"윤정애, 너...!"

"무슨 돈으로 애 키울 건데?! 정신 차려 오빠!"

"그래도... 어쩔 수 없어. 재욱이 죽어가잖아! 미안해!"

기어코 동욱이 팔을 뿌리치고 옥상 문을 나서자, 펄럭이던 옷자락에서 바람이 일었다. 망연자실한 얼굴로 아랫입술을 꼬옥 깨무는 정애. 언제나 동생 동생 동생. 그럼 동생이랑 평생 살지 동거는 뭐 하러 했담? 결혼? 개코다. 그렇게 핏줄 못 잊어서 결혼이 가당키나 할 것 같냐? 그 주제에?

"하늘이 알아서 머릿수를 줄여주네. 윤정애! 안 갈 거야?! 돈 벌기 싫어?"

구봉이 소리치며 장독대와 버려진 잡초더미를 너머 옥탑방으로 향했다. 아랫배에서 경미한 통증이 느껴지자 정애는 미간을 살짝 찌푸리더니 뒤질세라 서둘러 뒤를 좇았다. 돈 가방을 김구봉이 먼저 손에 넣게 해선 안 돼. 일그러진 얼굴을 한 채 정애는 주문처럼 외웠다.

"제발, 향란 언니... 우리 살아서 보자며? 돈 나눠야지..."

옥탑방 입구에 잠긴 철제문을 덜걱거리다 안 되자, 정애가 옆으로 난 작은 화장실 쪽문 너머를 엿보기 위해 발뒤꿈치를 한껏 올렸다. 안은 아무것도 보이지 않았다. 그때, 퍽! 하고 문고리를 망치로 내려치는 구봉. 정애, 허둥대며 그의 뒤를 따라 집 안으로 들어가자 하마터면 놀라 뒤로 넘어질 뻔했다. 딱! 소리와 함께 투명한 것이 입을 다문다. 현관에 설치된 방풍 비닐이었다.

"깜짝이야! 애 떨어질 뻔했네."

집안은 텅 비어 있었다.

벽에 박힌 원목 옷걸이에는 한여름에 웬 수면잠옷 한 벌이 걸려 있고, 싱크대는 물기 하나 없이 깨끗했다. 식탁 위에는 각종 영양제와 날짜가 한참 지난 고지서, 교회 전단지 따위가 널브러져 있었다. 휑뎅그렁한 풍경 앞에 잠시 할 말을 잃고 만 두 사람.

"어디로 튄 거야, 이 빨갱이년."

그때 식기 건조대 위에 엎어져 있는 그릇들을 유심히 보던 정애. 위에 뽀얗게 먼지가 앉아 있었다.

"먼지..."

"뭐라고?"

"이것 봐요. 그릇마다 다 먼지가 앉았잖아요? 우리가 언니 보러 온 게 딱 일주일밖에 안 됐는데? 그리고 그날 저녁으로 바로 짐 챙겨 나왔고. 근데, 고작 일주일 만에 이럴 수 있단 게 말이 돼요?"

미심쩍은 구봉이 손으로 엎어둔 그릇 하나를 집어 들었다. 그리고 컵, 냄비 따위까지. 물기 하나 없이 바싹 마른 그것들 위에는 며칠 사이에 살포시 앉은 먼지라기엔 꾸덕꾸덕하게 때가 낀 것 같았다.

순간 뒤에서 바스락! 하는 소리가 들렸다. 황급히 몸을 돌리자 열린 문틈으로 도둑고양이 한 마리. 휴, 괜히 쫄았네. 구봉이 입가를 집게손가락으로 닦으며 안도했다.

"야. 우향란 걔 분명 아래 횟집에서 일했잖아?"

"네에."

"여기서 먹고 자고 하면서?"

"맞다니까요?"

"그런데 이게 다 뭐야? 사람이 드나든 흔적도 없고. 한여름에 웬 양초가 굴러다녀."

"이상하다. 이 언니가 탈북하면서 머리가 어떻게 됐나?"

"이년이 지 아들 앞날을 이렇게 막네? 야 윤정애! 너 그 애새끼 데리고 있다는 중국 놈하고 연락 되지?"

"당연하죠. 어제도 통화했어요. 돈 부칠 때까지 꼼짝 못하게 잘 감시하라고 했다니까요?."

"우리 엿 맥이고 돈 들고 튄 거라면 가만 안 둬. 그땐 중국 놈한테 전화해서 수틀리면 확 죽여 버리라 그래!"

268　　기다렸던 먹잇감이 제 발로 왔구나

그러면서 구봉은 어떤 실마리라도 얻지 않을까 하여 다시 집안 내부를 샅샅이 둘러보았지만 소용없었다. 그러다 무슨 생각에서인지 화장실로 향하는 구봉. 세면대 수전을 위로 올리자 물 한 방울 나오지 않았다. 변기 레버도 마찬가지로 덜걱거릴 뿐이었다. 단수가 된 것이다. 이번엔 거실 겸 침실에 있는 옛날식 파브 TV를 켜자 먹통인지 켜지지 않았다. 뒤로 연결된 전선들을 보자, 맥이 탁 풀렸다.

　"속았어."

　그 말에 정애가 구봉을 밀치고 TV 뒤를 보자 아무렇게나 헝클어진 전선들이 어댑터 하나 없이 뭉쳐 있었다. 물론 연결되지 않은 채로.

　"야 윤정애. 너 어떡하냐? 너가 걜 속인 게 아니라, 걔가 널 속였네?"

　"뭐, 뭐라고요?"

　"여기 말이야. 사람 사는 집이 아니야. 오랫동안 버려진 집이었다고. 보면 몰라?"

　"그, 그럴 리가... 여기 맞다고요! 향란 언니가 사는 주소 맞는데..."

　"그래 여기 맞아! 내가 그날 밑에서 통화했을 때에도 우향란 그게 분명히 여기서 날 쳐다봤어. 커튼 뒤에서 훔쳐보다 눈이 마주치니까 얼른 숨었다고. 그리고 알다시피 내가 널 데려왔다고 하니까 부리나케 내려왔잖아. 마치 기다렸던 먹잇감이 제 발로 왔구나- 하면서!"

　잠시 그 말을 곱씹어보듯 하던 정애가 두 손으로 얼굴을 감싸며 파르르 떨었다.

　"그럴 리가...! 그럴 사람이 아닌데...! 날 속여 먹을 사람이 아닌데,

그 언니가!"

그 새 구봉은 협탁 서랍을 열어젖혔는데, 세 개의 서랍에서 쏟아져 나온 물건들을 보자 두 사람은 입을 다물지 못했다. 함마, 망치, 절단기 같은 연장들과 공사장에서 신을 법한 트래킹화 몇 켤레. 총체적인 느낌을 딱 말하자면, 일반 살림하는 가정집 같은 분위기가 절대 아니라는 것이었다.

"우향란. 이거 정체가 뭐야 대체? 간첩이야 뭐야?"

그러다 문득 구봉은 정애에게 기다리라며 손바닥을 들어 보이더니, 천천히 그리고 살금살금 고양이처럼 좌우를 살피며 베란다로 향했다. 싸구려 불투명 시트지로 도배한 미닫이문을 천천히 열자 아무런 빨랫감도 널려 있지 않은 건조대가 한쪽으로 기운 채 삐딱하게 걸려 있었다. 안심하듯 활짝 미닫이문을 여는 순간, 뒤에 있던 정애의 눈에 무언가 스쳤다. 반대편 미닫이문 끝에 거뭇한 그림자가 움직인 것이다.

"거, 거기!"

"응?"

구봉이 정애를 향해 돌아보던 순간, 한쪽이 주저앉은 건조대의 스텐 봉이 활시위를 당기듯 갑자기 뒤로 한껏 움직였다가 확 그의 뒤통수를 가격했다. 그리고 뒤에는 한 손으로 당김 줄을 쥐고 있는 우향란이 서 있었다. 귀신이라도 본 듯 입을 틀어막은 정애는 자신과 눈이 마주친 구봉의 눈동자가 확장된 채로 멎어있음을 알고 소스라치게 놀랐다. 잠시 후 앞으로 고꾸라지는 구봉.

쿵!

제대로 방어조차 하지 못했으면서 쓰러진 자세는 커버링 자세다.

"아악!!!"

그 상태로 대자로 엎어진 구봉의 목덜미에 장침이 살벌하게 꽂혀 있었다. 앞을 확인하니 이쪽을 향해 매달린 천장 빨래건조대 나머지 스텐레스 봉 세 개에는 각기 다른 사이즈의 장침이 꽂혀 있었다.

"어, 어, 언니...!"

공포에 질린 눈으로 정애가 그대로 얼어붙었다.

"항상 느끼는 거디만 우리는 항상 해후가 아쉽다야. 안 그러니?"

"언니 왜 그래? 지, 진정하고 아, 앉아서 얘기 좀 하자. 응?"

분노에 가득 찬 향란을 애써 진정시키려 그렇게 말하면서도 등줄기엔 끈적한 땀이 송골송골 맺혔다.

"됴심해. 이건 아직 두 발 남았서."

딸깍 소리와 함께 다시 장전하자, 정애가 외마디 비명과 함께 뒷걸음질을 쳤다. 향란의 손에 든 건 독침이었다. 정애가 싱크대 하부장 밑에 그대로 달라붙어 주저앉자 향란이 입가에 미소를 머금고 건조대를 고갯짓으로 가리키며 말했다.

"두 번째 박힌 침에는 네오스그민 성분이 있서. 청산가리보다 몇 배는 더 독한데 아마 김 동무래 저 침에 맞았음 오늘 중으로 저승문 찍었겠디. 안 그러니? 참 운이 좋았다야."

"어, 언니... 기, 김 선생이 참 모질게 굴긴 했지 우리한테. 알아. 내가 이해해. 저 새끼 아주 쓰레기 같은 놈이잖아. 딸 같은 애들한테도 몹쓸 짓하고 말이야. 저런 새낀 죽는다 해도 싸. 하, 하나도 안 불쌍해. 어, 언니 잘 한 거야! 잘했어, 언니!"

이미 마비되어 쓰러진 김구봉을 향해 손가락질하며 지나치게 웃어 보였지만, 그것은 어디까지나 향란의 침이 자신을 겨누는 것을 완화시 키기 위한 보험에 지나지 않았다. 그러나 보험은 언제나 양날의 검이 다.

"기래도 호흡만 불규칙할 뿐이니 나중에 명신이 들거든 병원에 데 려가라."

"응 그럴게. 언니 근데 있잖아..."

뱀 같은 눈으로 향란의 주변을 빠른 속도로 훑으며 물었다.

"돈...은...? 언니 돈 가방 어디에 뒀어...?"

"......"

"아! 아니 나는 있잖아 언니! 난 십억만 줘도 돼. 아, 아니 오, 오, 오 억만! 언니 다 가져. 언니 그만큼 고생 많이 했잖아. 나보다 탈북도 몇 년이나 더 늦고, 그리고 조, 종성이도 데려와야 되고... 그리고 언니가 무엇보다 제일 공이 크니까. 그러니까... 돈 가방... 어딨어?"

"돈 가방에 말이다. 세상에나, 그 안에 오십억이나 있더라?"

오십억!

정애는 가슴이 철렁했다. 오십억 전액이 돈 가방에 있다니? 그렇다 면 죽은 장강식이가 선금으로 절반을 챙긴 게 아니란 말인가? 그렇다 면 장강식이는 왜 중간에 도망을 치려했을까? 분명 수중에 돈을 챙겼 을 텐데! 어째서 향란의 손아귀에 오십억이 고스란히 담겨 있다는 걸 까? 그 돈은 납치요구조건을 모두 수용했을 시 의뢰인으로부터 받기로 한 돈 아니었나?

뭐가 어떻게 된 건지 혼란스러웠지만 아무래도 좋았다. 중요한 건 오십억 전액이 지금 이 방 안에 정애 자신과 함께 있다는 사실이다.

건물 밖에 차에 버려두다시피 한 선초아는 제 갈 길 갔을 테고, 어쩌면 지금쯤 선 회장도 이혼서류를 접수했을지도 모른다. 그걸로 의뢰인의 의뢰를 완수했으면 이번 비즈니스는 끝이다. 그래서 오십억이 향란 언니의 손에 있다고? 저 큰돈을 혼자 갖겠다고? 누구 맘대로?

"약속해라. 너 오억이다. 그간 고생한 게 있으니끼니. 나머진 내가 가져 갈거이야. 알간?"

"뭐어? 오억? 크... 언니...!"

"왜? 싫으니?"

크게 심호흡을 한 뒤, 애써 감정을 추스르려는 듯 어금니를 물고 대답했다.

"아, 알았어 언니! 언니가 시키는 대로 할게!"

"여기 침대 밑에 있서."

하며, 옆에 놓인 접이식 간이침대를 가리켰다. 단출한 공간에서 간이침대는 정확히 정애와 향란의 중간쯤에 위치했다. 잠시 후 향란이 몸을 돌려 적갈색 가죽으로 된 돈 가방을 꺼내 들었다. 정애는 가슴뼈를 뚫고 나오는 심장의 고동 소리를 감추기라도 하듯 침을 꿀꺽 삼켰다.

'저 안에 무려 오십억이 있어.'

"약속했다. 오억만..."

쿵!

그 순간, 정애가 날쌔게 달려들어 들이받자 향란이 속수무책으로 뒤로 나자빠졌다. 다행히 베란다로 향하는 미닫이문에 부딪히자 충격은 크지 않았다. 반사적으로 다시 일어나려는 그녀의 배를 발로 짓밟는 정애. 퍽! 퍽! 향란은 충격을 완화시키기 위해 얼른 몸을 새우처럼 웅크렸지만 도무지 반격의 틈을 뚫을 수 없었다.

"죽어!"

하며 향란의 머리채를 한 손에 휘어 감더니 마구 미닫이창에 갖다 박았다. 그것만으로는 부족했던지 넘어진 향란의 위로 라디오를 냅다 내리꽂는 정애. 그 후로 닥치는 대로 교자상, 쓰레기통, 프라이팬 따위를 내던졌다. 윽! 하는 외마디 비명과 함께 앓는 소리가 흘러나왔다. 그러나 잊을 뻔 했지만 정애는 홀몸이 아니었다. 잠시 숨을 고르는 사이 두 발에서 힘이 빠져나가더니 균형을 잃고 그만 뒤로 쓰러져 버렸다. 향란이 머리 위로 쏟아진 흉기가 된 집기들을 밀어내고 정애의 두 발을 꽉 끌어안고 악착같이 당긴 것이다.

"놔...! 놔... 이씨!!!"

"이 개 같은 엠나이! 날 배신하려고 했서? 날 또 배신하려고?"

향란의 이마에서 흐르는 피와 땀으로 젖은 머리카락이 목덜미에 들러붙었다. 둘의 가쁜 숨결로 방 안은 온도가 높았다. 그리고 주방 쪽을 향해 머리를 두고 쓰러진 정애가 하부장을 열어 식칼을 집어 들었다. 향란이 주도한 계략이었지만 정애의 손에는 식칼이 들려있고, 돈에 환장한 그녀의 괴력은 당하기 어려웠다. 하지만 다시 상기해야 할 것은 정애는 홀몸이 아니었고, 아들을 위해 끈질기고 징그러운 모성애로 똘똘 뭉쳐 있는 향란을 상대로 싸워야 한다는 사실이었다.

휙! 휙!

휘두르는 칼날이 달빛에 비쳐 서슬 퍼렇게 빛났다. 어느덧 해가 완전히 저문 밤이 온 것이다. 저층 건물 옥상이었지만, 인근 바닷가에서 불어오는 짠바람이 활짝 열린 베란다 창문과 현관 사이를 칼춤 추듯 오갔다. 정애가 휘둘러 대는 칼질에 향란의 팔뚝과 목덜미 곳곳에 선홍빛 피가 빗금 자국으로 남았다. 그리고 죽자 살자 이불과 베개 따위로 방어한 결과 땡그랑! 하고 떨어지는 칼 소리. 정애의 손이 비었다. 기회였다. 하지만 칼을 잃은 정애가 당혹감에 싸여 다시 주우려 우왕좌왕하는 사이 향란은 정애의 명치를 무릎으로 힘껏 찍어 올렸다. 억!!! 하는 소리와 함께 그대로 쓰러진 정애. 필사적으로 향란의 다리를 잡고 늘어졌지만, 비교적 힘이 빠져있었다. 향란이 역시 젖 먹던 힘까지 다해 무릎을 털어내자 그것에 턱을 맞고 허무하게 나가떨어진 정애. 더 달려들기보다 최대한 방어 하려는 듯 한껏 몸을 말았다. 그러면서도 숨을 헐떡거리며,

"돈... 내 .. 도온... 이리 내..."

조금 전까지 살벌했던 육탄전의 전운이 가시지 않아 누구의 것인지 모를 거친 숨소리가 방안을 채웠다. 퉤! 하고 향란이 바닥에 침을 뱉었다. 피가 섞여 짜고 따끈한 그것.

대단한 충격에 몸을 가누지 못한 정애는 그 와중에도 포기하지 않고 욕을 지껄여댔다. 저항의 싹이 보이지 않자 천천히 몸을 일으킨 향란은 혹시라도 나중에 단서가 될 만한 것을 없애기 위해 칼 손잡이를 싱크대에서 흐르는 물에 헹구었다.

49

"어릴 땐 몰랐어요. 사춘기 지나고서야 깨달았어요.

초아와 제가 닮지 않았다는 거, 유달리 엄마가 저만 편애한다는 거. 처음엔 아들이라서 그런 줄 알았는데 아니었어요. 의심이 커질수록 고통도 커지더라고요. 반드시 해소해야 했어요. 물론 엄마에게 물어볼 수도 있었지만, 무슨 이유에서인지 그럴 엄두가 안 나더라고요. 그러던 중 엄마가 자주 보는 주말 연속극에서 해답을 얻었어요. 예전에는 감히 쳐다도 못 보던 조연 따위였던 애가 자신이 없으니까 주연자리를 꿰찼다며 툴툴대시면서도 보던 드라마.

하지만 전 거기서 머리 한 대 얻어맞은 기분이었어요. 막장 드라마의 단골 소재죠. 유전자 검사. 저와 초아의 칫솔만 있으면 되겠다 싶었어요. 왜 여태 그 생각을 못 했을까. 그래서 어떻게 하면 칫솔을 훔칠까 그 생각뿐이었어요. 하지만, 들킬 위험도 컸죠. 유전자 검사 기간이 결과를 받기까지 한 달 가까이 기다려야 했으니까요. 그 사이 칫솔이 사라진 걸 알면 들킬 것 같았어요. 아버지요? 아뇨. 엄마에게 말이에요. 엄마도 눈치 채셨던 것 같아요. 그즈음 제가 초아에 대해 의문을 품고 있다는 걸. 엄마 나름대로 조바심이 났겠죠. 우리 모자는 그렇게 서로 말을 안 했을 뿐 다 알고 있던 거예요.

그런데 좋은 기회가 왔어요. 초아가 기말고사를 잘 본 기념으로 부모님께 허락을 받고 친구들과 부산 해운대를 2박 3일로 다녀왔거든요. 그리고 돌아온 날, 저는 몰래 초아의 캐리어 가방에서 세면도구를 꺼내 왔어요. 훔친 거죠. 만약 없어졌다 하더라도 호텔에 두고 왔을 거란 착각이 들 법도 하니 완전 범죄라고 생각했어요. 그런데 웬걸? 안에 들어 있는 건 세면도구가 아니라 초아의 빨지 않은 속옷이었어요. 그리고 그때, 일하는 아줌마가 벌컥 들어와 청소를 하겠다고 하는데 어찌나 놀라던지 그만 가방을 떨어뜨리고 말았고요. 네, 물론 봤을 거예요. 아니, 분명히 봤어요. 아줌마는 알았겠죠. 초아의 속옷이라는 걸."

이제 겨우 다 왔는데, 하면서 윤 경위는 혼란에 빠졌다.

분명 총수 일가 중 한 사람이 사건에 연루된 게 확실하다. 여러 용의자 중에서 선초석은 가장 유력했다. 여동생의 속옷을 훔치고, 여동생을 홀로 운전을 하게 해 교통사고가 나게 하는 등 충분히 의심 살 행동들을 했으니까. 그러나 충격적이게도 그는 자신의 동생 선초아가 친동생이 아닐 뿐 아니라, 아예 피 한 방울 섞이지 않은 남이었다고 주장함으로써 자신을 둘러싼 의혹을 한 방에 전소시켜 버렸다. 그걸 어디까지 믿을 수 있을까? 믿어도 될까? 그는 자신의 아버지를 가정폭력으로 고소하겠다고 제 발로 찾아 왔다. 갈 데까지 가겠다는 그가 이제 와서 거짓말을 둘러댈 필요는 없다.

"그럼 대체 범인은..."

조사에 허점은 없었는지 다시 차근차근 돌이켜 보았다. 상식을 빙

자한 편견에서 벗어나서 납치범과 납치 사주자의 시선에서 하나하나 짚어 보기 시작했고, 긴 추론의 끝에는 처음부터 탐문수사 대상에서 자연스레 제외됐던 단 한 사람이 있었다. 전개되는 상황을 처음부터 지켜보며, 아니 **관.망.**하고 있었던.

50

하루가 멀다 하고 오철룡은 나를 고문했다. 계장련과 윤정애가 도망간 곳을 밝히라고.

그것까지 알 길이 없었지만, 설령 알고 있다 해도 말할 생각이 추호도 없었기에 나는 밤마다 매찜질을 피할 수 없었다. 처음 들어왔을 때의 사십 구 킬로였던 몸이 삼십삼 킬로가 될 때까지 나를 버티게 한 것은 아들, 오로지 아들이었다. 남편이 없는 마당에 나까지 죽고 나면 아들은 거지신세를 면치 못할 것이다. 길바닥에서 구걸하며 꽃제비로 불쌍한 삶을 살게 될 것이다. 그 생각만 하면 나는 없던 힘도 불끈 솟았다. 아들을 찾기 전까진 죽을 수 없다.

그러던 어느 날,

대단한 정보라도 알아왔던지 기똥차게 비열한 웃음을 흘리며 오철룡이 나를 끌어냈다. 그러더니 대뜸 뺨을 올려붙이면서,

"네 아들 리종성!! 그 간나새끼 월경민들 틈바구니에 숨어서리 중국

으로 넘어갔더라? 알긴 아네?"

"뭐, 뭐라고요...?"

"왜? 아들 얘기 나오니 정신이 들어?"

"중국으로...? 넘어 가다니오?"

"지 애밀 닮아서리 황색바람이 잔뜩 불어서 그렇겠지!"

하며, 내 정강이를 걷어찼지만 왜인지 나는 아픔도 느낄 수 없었다.

"지 오마니 닮아서 오또카면 수령님을 배반할까 그 궁리만 하는 네 아들 리종성 말이야! 내가 반드시 잡아내서 니 보는 앞에서 아주 요절을 내 버릴 테니 그리 알라!"

그러면서 오철룡은 붙잡게 된다면 어떻게 조리돌림을 하여 제발 죽여 달라고 빌게 할 것인지에 대해 장황하게 떠들어댔다. 내 반응을 홀끔거리며 주절대는 소리가 길어질수록 나는 정신을 똑바로 차리기 위해 무던히 애를 썼다. 그러면서 가슴 깊은 곳에서는 분노의 감정이 뒤섞여 소용돌이 쳤다.

초주검이 된 나를 독방에 팽개치고 오철룡이 떠난 후, 나는 또 습관처럼 낄낄거리며 숨죽이고 웃다가 다시 차오르는 분노에 치를 떨었다가 서글픈 생각에 기가 찼다.

계장련과 윤정애가 탈옥하기 전날.

그 애들은 무사히 남조선으로 넘어가게 된다면 내 자식의 소식을 알아내서 기어코 구출하리라며 제각기 각오를 보였지만 난 그들을 믿을 수 없었다. 생과 사의 갈림길에서 진실을 말하고 행할 수 있는 사람이 몇이나 된단 말인가. 더구나 내가 자란 고국은 서로가 서로를 의심하고 감시해야 살아남을 수 있는 커다란 동굴이었다. 그 동굴에서 벗어나기 전까지는 믿음이란 섣불리 가져선 안 되는 위험한 감정이었다.

"아들 이름이 뭐야 언니? 몇 살이고? 어떻게 생겼는데?"

"향란아. 나만 믿어. 네 아들은 곧 내 조카 아니겠니?"

긴 고민 끝에 나는 안 지 얼마 안 된 계장련이 아닌 비교적 오래 함께 지내온 윤정애를 택했고, 모두가 잠든 깊은 밤에 넌지시 일러두었다.

"종성이야. 리종성."

"리종성? 그래 생김새는? 어떻게 생겼는데? 언니 닮았나?"

"생김새는 내 아들이지만서두 리영호를 닮았다."

"인민배우 리영호? 자알 생겼겠네?"

"으응. 압록강을 건널 적에 손을 놓치고 말았어. 만에 하나... 만에 하나..."

"언니! 안 좋은 생각 말어! 종성이 꼭 살아있을 거야. 내래 무사히 월경하게 되면 중국이든 남조선이든 우리 조카 종성이 꼭 찾을게!"

"그래줄 수 있니?"

"웅! 기억할게. 리종성."

계장련은 나와 윤정애 단둘이만 속닥인다며 내심 서운해 했지만, 나는 잘한 일이라고 여겼다. 그리고 이튿날, 둘은 무사히 탈옥에 성공해서 떠났다. 물론 내 아들의 이름은 리종성이 아니다.

51

어둑어둑해진 방 안에 두 사람은 잠시 그렇게 짧은 침묵을 지켜냈다. 그리고 팟! 하고 라이터 불에 향란의 메마른 얼굴이 불빛에 일렁였다. 어둠 속에서도 뿌연 연기가 존재감을 나타냈다. 후- 하고 코로 입으로 전투적이게 수고로웠던 하루의 찌꺼기를 덜어냈다.

오억으론 도저히 만족할 수 없어 죽여서라도 돈 가방을 차지해 달아나겠다는 정애의 의도는 결국 악수로 적용된 셈이었다.

잠시 후, 침대 끝에 걸터앉은 향란이 조심스레 발로 엎어진 정애의 상체를 밀어냈다. 그러자 으윽-하고 거친 호흡과 함께 천장을 향해 돌아누운 정애. 자포자기한 듯 말했다.

"언니... 나한테 왜 그래? 자본주의 사회에 오니까 눈에 뵈는 게 없어?"

"기래. 자본주의 사회에 오니까니 돈이 제일이더라."

"흐흐흐... 그래서 생사를 함께했던 나를... 나를... 속여먹었어? 퉤!"

"먼저 속인 쪽은 너 아니니? 그것도 두 번이나? 사람이간?"

"흐흐흐... 언니 그거 알아? 오늘까지 돈 안 보내면... 그 한족 새끼가 언니 아들 어디다 팔아넘길걸? 장기 팔고, 눈깔 팔고, 껍데기만 남아서 말이야... 쿨럭...! 그때 가서 어떻게 찾아? 아들... 알아볼 수 있겠어? 흐흐흐... 개 같은 년. 넌 절대 아들 못 찾아."

누운 정애를 바라보는 향란의 속눈썹이 파르르 떨려왔다.

알록달록하게 염색한 머리칼과 도깨비 분장 같은 화장을 한 얼굴이 땀과 기름으로 번들번들했다. 그러면서 실소를 터뜨리며 승기를 잡았다는 듯한 미소는 보고 있자니 섬뜩하기까지 했다. 인간이란 어디까지 나락으로 떨어질 수 있는 짐승인가. 눈앞에 이익을 위해서라면 신념도 방향도 최소한의 인간성마저도 기꺼이 내다 버릴 수 있는 탐욕은 또 얼마나 지긋지긋한 악의 근원인가.

목숨을 다한 담배를 죽은 화분 위에 짓이겨 끈 후, 향란은 자리에서 일어섰다. 돈 가방도 함께였다. 그리고 돌아보지 않은 채 문간에 서서 말했다.

"우리 아들은 말이디. 디금쯤 날 기다리고 있어."

"지랄하네... 흐흐..."

"자유 대한민국의 수도 서울에서."

서서히 정애의 안색이 굳어지면서 그 말뜻을 해석하느라 혼란스러운 와중에 향란은 돈 가방에서 오만 원권 세 뭉텅이를 바닥에 던졌다.

"오늘 돈을 부티디 않으문 죽는다 했디? 누군딘 몰라도 그 간나아도 누군가한텐 귀한자식일 거다. 이 돈 부티고 살려. 남의 새끼 죽이감서 내 새끼 행복 바라는 거 사람 할 짓 아니디 않니. 니 뱃속 그 아이. 아바이도 죽고 없는데 말이야. 잘 기르라. 이거이 내가 마지막으로 해줄 수 있는 소리야."

52

지보 그룹 선영태 회장의 차녀인 선초아양의 유괴 사건이 벌어진 지
이제 팔 일째에 접어들었습니다.

그동안 검경 합동 수색작업이 이어지고 있었으나

아직까지 선초아양을 구출하지 못한 데 대하여 내부 경질이 이루어지
고 있는데요...

8월 5일. 납치 8일째.

윤 경위의 책상을 지나던 임 총경이 의미심장한 미소를 지으며 말
했다.

"뭘 그렇게 풀이 죽어 있어?"

"아닙니다."

"당연히 아니지. 선초석을 의심하다니, 아마추어도 아니고. 너 저
번에 나한테 뭐라고 했냐? 선 회장하고 무슨 모종의 거래를 했냐고 했
지?"

"그건..."

"그래서 네가 평생 말단이라는 거야."

"네?"

"짬밥 좀 먹은 경찰은 자기만의 수사원칙이 생기기 마련이지. 너는
뭔데? 초심으로 돌아간다? 범인 입장에서의 초심? 틀렸어. 나름대로
사건의 본질을 읽어 내려고 애쓰는 건 알겠는데, 범인 입장에서 백날

생각해봤자 페이스에 말려들 뿐이라고. 피해자의 눈에서 봤어야지."

선뜻 이해하기 어려운지 윤 경위가 말을 잇지 못하자 어느덧 오묘한 겨루기에서 승세를 잡은 듯한 임 총경이 득의양양해져 말했다.

"내 방으로 들어와."

방에 들어와 블라인드까지 내린 임 총경은 가져온 라면박스에서 끈 제본한 서류 뭉텅이를 내보였다.

"뭡니까 이것들이?"

"도서관에서 몇 시간 동안 지역 향토자료를 뒤져 얻은 정보야."

"향토.. 자료요?"

"그래. 내가 요 근래 자리를 비웠던 이유기도 하지. 네가 알아낸 대로 시바우라. 1938년 경남 통영에 설립된 군수물자를 생산하던 공장이야. 해방이 된 후에도 한국에 남아 공장을 가동할 만큼 상공업 기계화에 상당한 영향을 끼친 회사이기도 하고."

"언제 조사하셨습니까?"

"너보단 먼저. 사장은 당연히 일본인이었지."

임 총경이 서류를 몇 장 넘겨 보였다. 옛날 일본인의 모습이 찍힌 흑백사진이 보였다. 다만, 위엄과 풍모를 자랑하기라도 하듯 검은색 기모노 차림에 한 손에는 부채를 든 모습은 지금으로부터 멀지 않은 수십년 전임을 예측할 수 있었다.

쿠니토모 미노루(國友清張)

"이 자가 사장이야. 부인의 이름은 쿠니토모 미유(國友未祐). 남편이 아이를 낳을 수 없는 몸이라 결혼한 지 이십 년이 다 되도록 자식이 없었다고 해. 그러다 서른아홉이 될 즈음 친정이 있는 일본으로 요양차 돌아간 그녀는 그곳에서 갑자기 출산을 하게 되지. 남편도 없이 말이야."

"당연히 아이 아버지가 남편은 아닐 테죠."

"맞아. 당시 공장에서 일하던 조선인 직원과의 사이에서 불륜으로 낳은 자식이지. 성별은..."

"아들?"

"딸. 1944년생. 당시 전쟁으로 눈코 뜰 새 없이 사업에 바쁜 남편 미노루가 딸의 존재를 눈치 채지 못하자 미유는 대범하게도 또다시 불륜을 저질러. 상대는 역시 첫아이의 친부인 그 조선인."

"대단한 사랑이네요."

윤 경위가 관심을 보이자, 의욕이 난 임 총경이 혀로 입술을 축이더니 이어서 말했다.

"그리고 해방 후인 1951년, 이 여자가 두 번째 출산을 하네? 하지만 꼬리가 길면 밟히는 법 아니겠어? 남편 미노루는 불미스러운 사실이 외부로 알려질 것이 두려워 두 아이를 모두 친자로 거둬들이고 키우기로 한 거야. 밝혀내봤자 누워서 침 뱉기니까. 자 여기까지가 세상에 알려지지 않은 선영태 회장의 출생에 관한 이야기야."

"네???"

내내 뻬딱하게 앉은 채 팔짱을 끼고 듣던 윤 경위가 팔을 풀고 놀란 얼굴을 하였다.

"직접 발로 뛰어 알아낸 결과 숨겨진 이야기는 더 있어. 현재 통영

K면에서 나고 자라 지금까지도 거주하고 있는 한 노인의 진술에 의하면, 아내 미유가 죽은 뒤 남편 미노루는 피 한 방울 섞이지 않은 두 아이를 학대하기에 이르지. 뭐 놀랄 일도 아니야."

"애들 친부는 어디서 뭐하고요?"

임 총경이 어깨를 으쓱하며 말했다.

"몰라 나도. 해방 후에 봤다는 사람도 없고, 오랜 기간 행방불명이 되었다가 호적 자체가 말소되었거든. 두 아이들은 급기야 집에서 쫓겨나 부랑아 생활을 하게 되지. 심지어 물려준 쿠니토모라는 성씨조차 박탈시키기 위해 미노루는 안간힘을 쓰지만 결국 실패해."

"이유는요?"

"1970년. 통영 시바우라 공장에서 멀지 않은 인근 섬 방파제 앞에서 숨진 상태로 물에 떠내려 왔으니까. 시신의 목에는 강한 압박의 흔적이 있었고."

"누군가 죽였다는 건데..."

"당시 경찰이 수사에 들어갔고, 용의자로 스무 살의 의붓아들인 선영태가 거론되었지만 증거불충분으로 풀려나고 말았어. 하지만 주목해야 할 사건이 또 있어."

"뭐가 또 있죠?"

"앞서 말 했듯이 선영태 회장에게 있어 유일한 혈육은 하나뿐인 누이인 선 여사야. 본명은 선영숙. 회장은 어려서부터 업어 키우다시피한 누이에게 남달리 두터운 우애를 품은 인물이란 건 잘 알고 있을 테고."

"네."

"그런데 그런 누이가 시집을 간지 일 년 만에 유산을 하고 두들겨 맞은 채 맨발로 쫓겨난 일이 벌어져. 피가 거꾸로 솟을 일이지. 이건 당시 누이를 두들겨 팬 남편의 육촌 동생 되는 노인의 증언이라 확실해."

"회장이 가만있었던가요?"

"그 성격에 가만있을 리가 없지. 당장 이혼을 시켜. 그리고 누이를 책임지기로 하고. 그게 지금까지 쭉 이어진 거야."

"뭘 수로요? 당시 직업도 없었을 텐데요?"

"여태 뭘 들은 거야? 직업은 없지만 법적으로 시바우라 공장을 물려받는 계기가 생기잖아. 조금 전에 밝혔듯이 의붓아버지인 미노루의 의문사 때문에 말이야."

"아..."

"아참, 그리고 전에 들어서 알겠지만, 사주에 물이 많으면 말년이 불길하다는 말을 입버릇처럼 하는 선영태 회장은 삼수변을 뺀 갈 지(之)에 클 보(甫). 지보 철강으로 사명을 변경해. 지보 철강이 1984년에는 지보 중공업, 정식 회장 취임식이 이루어지던 1992년에는 지보 증권, 1995년에는 지보 자동차와 JB서울의 전신이 되는 지보 호텔 등으로 계열사가 확장된 것은 뭐 말 안 해도 잘 알겠지?"

"아...!"

원하던 반응이었는지 신이 난 임 총경이 이어서 말했다.

"그리고 얼마 지나지 않아 또 석연찮은 일이 벌어지고 말아. 바로 누나의 전남편의 사망소식이 바로 그거야."

"사망이라뇨? 왜? 어떻게...?"

"역시 의문사였어. 사건이 발생한 지점은 선 회장의 집에서 멀지 않은 미륵산 중턱. 시신은 나무에 목이 맨 채로 발견되었다고 해. 이는 목격한 사람들이 많고, 현재 그 동네에 여럿 생존해 있어 증언이 모두 일치하니 의심의 여지는 없어 보여. 선 회장은 그때도 마찬가지로 증거불충분으로 풀려나고 말아."

"하지만 그것만으로 선 회장을 납치사주자로 보기엔 무리가 있어 보입니다. 과거에 선 회장이 얼마나 비정한 인간이었는지 모르지만, 오늘날에 자기 딸까지 희생양으로 만들 만큼 지금도 악마라는 증거는 없잖아요?"

"의외로 많아. 선 회장은 딸을 찾기보다 그 범인들을 찾아내고 싶어 했어. 솔직히 곁에서 지켜본 결과 자기 딸의 안위보다 범인의 생포를 우선시한다는 기분이 들었거든. 왜였을까? 바로 돈 가방 때문이었겠지. 돈을 줄 마음이 없었으니까. 그게 다야."

"단지 돈 주기 아까워서라고요? 납득이 안 가는데요?"

"그래. 아무리 짠돌이어도 자식 목숨이 달린 일인데 그렇게 박하게 구는 게 가능하냐는 얘기를 하고 싶은 거겠지. 충분히 가능해. 선 회장은 선초아가 자기 친딸이 아니라는 걸 알고 있었거든. 그런데 자신의 의붓아비보다는 낫지 않나? 학대는커녕 비싼 돈 들여서 유학 보내주고 호의호식하게 길러줬으니까. 그런데 납치를 당했다? 아이고 머리야, 한 거지. 골칫덩이 안고 있는 것도 버거워 죽겠는데, 돈까지 날리게 생겼네? 하고. 그래도 어쩌겠어? 전국적으로 망신당하지 않으려면 애 찾는 시늉은 해야겠고, 그렇다고 돈을 주자니 아깝... 그래서 크게 동요하지 않았던 거야. 다들 선양이 어떻게 잘못되기라도 할 까봐 전전긍긍했지만, 선 회장은 개의치 않았거든. 데려와도 그만, 안 데려와도 그만. 그.러.나. 돈 가방은 반드시 회수해야 할 것. 내 추론이 틀렸어?"

"그럴 리가..."

"1970년 의붓아버지인 미노루의 질식사, 그리고 1971년 등산 중 목매달아 죽은 누이의 전남편의 일까지. 선 회장은 당시 번번이 증거 불충분으로 빠져나갔을지 모르지만 이번만은 힘들 거야. 납치 4일 만에 마찬가지로 질식사로 숨겨 강가에 유기된 장강식의 사무실에 증거가 남아 있었기 때문이지."

"증거라뇨?"

윤 경위가 되물었다. 임 총경은 장강식이 죽임을 당하기 몇 시간 전부터 사망에 이르기까지의 사건의 전개를 확보하기 위해 컨테이너 사무실 인근 CCTV를 수색했음을 밝혔다.

"설마 놈들의 근거지가 CCTV에 찍힐 만한 곳에 있을 리는"

"당연히 없지. 하지만, 바닥에 떨어진 장강식의 휴대폰에는 미처 사라지지 못한 증거가 있어. 거기엔 모두 02-443으로 시작하는 번호가 여러 개 저장되어 있었는데, 그것들은 모두 지보그룹 내에서 통용되는 내선번호의 앞자리지."

"내선번호..."

"그래. 그룹 안에는 수백 개의 내선번호가 존재해. 홍보부터 기획, 전략지원, 회장의 비서실까지 다양해. 그런데 이상한건 말이야. 장강식의 휴대폰에 저장된 번호중 XXXX만큼은 알려지지 않은 번호라는 거야."

"임직원들에게조차 말인가요?"

"물론. 기업통신업체에 의뢰를 해보니 사용자 아이디는 지보그룹이 확실해. 일일이 대조해봤더니 XXXX 이 번호만큼은 확인이 되지 않았어. 임직원조차 모르는 지보그룹 안의 번호타입이라면 딱 한 군데 아니겠어?"

"그 번호의 주인이 밝혀질 거라고 예상 못 했을까요?"

"딴엔 철저하다고 안심했겠지. 게다가 사실상 내선번호를 바꾸는 건 단말기 전체를 재부팅 해야 하는 번거로운 일이야. 그렇다면 그거야말로 임직원들이 증언하기 쉽지 않겠어? 우리 회사가 언제부턴가 내선번호가 싹 바뀌었다고 말이야."

"그렇다면... 그 번호의 주인은..."

"아까 말했듯이 피해자의 눈에서 보라고. 선초아는 어디서 누구에게 원한 살 만큼 나이가 많지도, 악동도 아니야. 선초아를 미워하는 사람이 있다면 한 사람뿐이겠지. 자기 와이프가 바람을 핀 것만으로도 피가 거꾸로 솟지만, 피 한 방울 안 섞인 아이를 자식으로 오해하고 키웠을 때의 그 배신감은 이루 말로 표현할 수 없는 법이거든."

"지금 말씀하신 게 모두 사실이라면... 이제 어쩌죠?"

"이거 왜 이래? 갑자기 겁이라도 나는 거야? 다 잡아 처넣을 것 같이 굴던 자신감은 어디가고?"

그때, 노크 소리가 들리더니 형사 하나가 상기된 얼굴을 디밀었다.

"총경님! 지금 뉴스 좀 보셔야 될 것 같습니다!"

시각은 오전 열한 시 반. 회의실에는 임 총경을 위시한 강남서 수뇌부들이 일제히 모였다. 대형 TV 앞에 모인 그들은 격앙된 얼굴로 다음 뉴스 화면이 잡히자 떠들어대던 입을 닫았다.

방금 들어온 속보입니다.

지보그룹 선영태 회장의 차녀인 선초아양이 납치된 지 팔 일만이죠.

경찰은 조금 전인 오전 아홉 시 사십 분 경,

혐의를 받는 일당들을 검거하여 압송 중이라고 밝혔습니다.

전 국민의 공분을 자아내던 이번 납치사건의 범인은

모두 다섯 명이었는데요.

초기 행동 대장이었던 장 씨의 사망 이후,

그들은 전직 경찰이던 김 모 씨의 지휘 아래

송 모 씨 형제와 그 연인이던 탈북여성이

경찰을 따돌리며 범행을 벌여왔습니다.

그러나 그들이 꼬리를 밟힌 건

강원도 강릉시 모 건물 내부에서 들려오는 소란스러운 소리와

1층에 떨어진 핏자국을 발견한

한 시민의 제보 덕분이었습니다.

그 핏자국은 건물 옥상에서 실족사한 것으로 보이는

용의자 송재욱의 것으로

병원으로 이송 중에 과다출혈로 사망하였습니다.

한편 한동안 납치되어 행방을 알 수 없었던 선초아양은

그로부터 멀지 않은 곳에서 홀로 배회하던 중
근처에서 수색하던 경찰관에 의해 발견되어
무사히 귀가한 것으로 밝혀졌습니다.
관련 소식 들어오는 대로 다시 전해드리겠습니다.
다음 소식은 아프가니스탄...

53

지보그룹 본사 빌딩 앞에는 이미 취재 차량으로 가득했다. 기자들
이 저마다 방송을 내보내는 동안 삼엄한 경계태세로 경호원들이 전력
을 다해 막고 있었는데, 가슴에 표찰을 단 경찰들이 영장을 앞세우자
별수 없이 홍해처럼 갈라져 버렸다. 대리석 바닥을 두드리는 형사들의
구두 소리가 로비 전체에 엇갈려 울렸다.

회장실이 있는 43층에 다다르자 엘리베이터 문이 열리고 기다리고
있었다는 듯이 비서진들이 나와 가로로 죽 늘어서 있었다.

"경찰입니다. 선영태 회장님 어디 계십니까?"

"회장님께선 집무 중에 있습니다. 다음에 오시죠."

"영장 발부하는데 다음이 어딨습니까?"

형사 하나가 그렇게 말하며 가볍게 밀고 나가자, 별도리가 없는지
방어진이 또다시 무너지고 말았다. 숨거나 딴짓을 하거나 어깃장을 놓

는 등 도둑이 제 발 저리는 행위는 영장 발부를 진행하는 날에는 언제나 있음직한 일이다. 나는 새도 떨어뜨리는 대기업 수장도 별수 없다. 망설임 없이 화이트 오크 소재의 커다란 문을 열고 들어갔다. 역시 그 안에도 단정한 유니폼 차림의 여비서가 겁에 질린 얼굴로 자리에서 일어났는데, 그 모습이 마치 창호문을 열 때마다 겹겹이 시중을 드는 조선시대 상궁을 보는 착각마저 들게 했다. 경찰이 도착했음을 내선 전화로 알리려 했었는지 그녀의 손에는 전화기가 어정쩡하게 들려 있었다.

"계시죠, 안에?"

임 총경이 나지막하지만 엄중하게 물었고, 상황 파악이 빠른 여 비서가 재빨리 회장실로 짧은 통화를 하더니 고개를 끄덕였다. 이윽고 문이 열렸다. 광활한 집무실 한 가운데에 회장이 앉아 있었다. 테이블 체스를 중앙에 두고 콧등까지 안경이 내려온 줄도 모르고 몰두하는 회장과 그 건너편에는 만년 우방인 원 변호사가 외부인들을 향해 힐끔 시선을 던지더니 다시 눈을 내리깔고 대수롭지 않게 체스를 두었다.

윤 경위가 말했다.

"저희와 함께 가주셔야겠습니다. 선영태 회장님."

아차...! 하고 짧은 탄식과 함께 기물 하나를 들고 혀끝을 차는 선영태. 더는 손 쓸 수 없는 전장을 바라보듯 망연자실해 있던 그가 천천히 일어났다. 그리고 뒤에서 지키고 서 있던 유 집사에게 다가가 냅다 뺨을 후려쳤다.

짝!

살벌한 소리에 눈 둘 곳을 못 찾는 경찰들과 달리 유 집사는 늘 있었던 일인 듯 다시 몸의 균형을 세우고 차렷 자세로 그의 옆을 지켰다.

"왔음 앉아라. 뭐허고 섰는데?"

선 회장이 후루룩하고 경박스러운 소리를 내며 다 식어 빠진 감잎 차를 마셨다. 물이라면 학을 떼던 노인이 이제 자신에게도 끝이 왔음을 직감한 걸까? 아니면 우주의 어떤 흐름도 자신을 가로막을 수 없다는 허세인 걸까? 전 국민 앞에 공개적으로 망신당하게 생겼는데도 저리 태연할 수 있다니. 윤 경위는 충격을 넘어서 탐욕스러운 권력자의 뻔뻔함은 어디에서 기인하는지 묻고 싶은 걸 꾹 참고 이어서 말했다.

"선영태 회장님. 저희와 함께 임의동행해 주셔야..."

"머시 어쩌고 어째?"

짧은 허리를 곧추 세운 선 회장의 턱에는 노여움의 깊이만큼 주름이 파였다.

"으디 근거도 없이 머릿수로 디밀고 쳐들어오노? 느그 층장이 그리 가르키드나?"

그때 경찰 무리를 뚫고 임 총경이 나타났다. 천천히 눈이 커지는 선 회장의 입가에 희미한 미소가 떠올랐다.

"야 임 총경아. 치안총감자리룬 영 승에 안 찼는가배?"

"아닙니다. 솔직히 말하자면 꽤나 끌렸습니다."

"근데 와?"

"제가 제대로 범인을 잡는다면 그 정도 출세는 빽으로 받을 자격이 있다고 생각했습니다. 왜냐하면 법대로 처리했고 정의를 구현했으니까. 그런데 언제부턴가 뭔가 잘못됐구나 싶었습니다. 진범이 따로 있을 거라는 생각이 들었거든요."

"아... 맞나?"

"당신이 한 짓을 은연중에 당신 와이프에게 전가시키려고 할 때부터 말입니다."

그러자 마주 앉은 원 변호사가 말했다.

"허허허. 됐습니다. 회장님. 일일이 다 들어줄 필요 없습니다. 괜히 노여워 마십시오. 경찰들이야 뭐 저희들 할 일 하는 것일 뿐, 어차피 판결은 판사가 내리는 거니까요. 그저 밥벌이하느라 고생한다− 여기시고 잠시 코에 바람도 쐬실 겸 다녀오십시오. 뒷일은 제가 알아서 하겠습니다."

"좋다마. 함 가보자. 가서어 함 조곤조곤 따지보까?"

그러고서 아직 잔에 남아있는 차를 단숨에 들이켰다. 그리고 유 집사에게 눈짓을 하자, 그가 걸어둔 회장의 재킷을 한 손에 들고 뒤를 따랐다.

어디 증거 가져와, 의기양양하게 경찰들 한가운데를 가로질러가는 선 회장의 굽은 등이 말하고 있었다.

54

헐 대박..!!. 그럼 아빠가 딸을 납치하라고 시킨 거임?

ㄴ, ㅇㅇ

와 그동안 하미숙 꽃뱀이라고 욕했던게 미안해 지네ㅠ 저런 악마
랑 살았다니ㅠ

    ㄴ, 꽃뱀은 맞는 말 아님?

      ㄴ,ㄴ, ㄴㄴ. 첫 번째 부인 죽고, 나중에 재혼한 거라고 들었음. 바람
          은 아님.

        ㄴ,ㄴ,ㄴ, 첩은 무조건 나쁘다는 게 선입견이라는 걸 알려주는 대표
           적인 사례네요.

        ㄴ,ㄴ,ㄴ,ㄴ, 첩 아니래도 그러네요;; 재혼이라고요.

딸이 친딸 아니라던데~

    ㄴ, 님 그러다 명예훼손으로 잡혀가요.

      ㄴ,ㄴ, 나도 들었음. 하미숙이 예전에 사귀던 남자 텔런트 조ㅁ현 딸
          이라고...

        ㄴ,ㄴ,ㄴ, 악플러 수용소에 신고 완료.

OO엔터테인먼트 소속 여배우 J양 자살한 것도 들춰보면 선영태랑
연관 있을 듯

    ㄴ, 그게 누군데?

      ㄴ,ㄴ, 스폰관계였다고 함.

딸이 걱정이네요. 정신적 트라우마가 장난 아닐텐데... 거기다 범

인이 아빠라니...

┗, 그러게요.

하미숙이 위자료나 왕창 뜯어내고 이혼했으면 좋겠다.

┗, 안 그래도 이혼 중인 걸로 알고 있어요. 이미 서류상으론 끝났을

걸요?

┗┗, ㄴㄴ 좀 걸리긴 하는데, 사실상 이혼 된 거나 마찬가지.

지보전자 주가 어마어마하게 떨어지겠네요. 연관된 회사만 해도

몇 개야 어휴...

┗, 난 팔았지롱. 개미들 곡소리가 여기까지 들리네ㅋㅋㅋ

┗┗, 8층이다. 난 좀 버텨볼 거다. 회장 무혐의 기사를 기다리며...

55

일요일.

며칠째 주말도 없이 시달려야 했던 선초아 납치사건이 일단락되었

다. 물론 인터넷에서는 연일 이번 납치사건 관련 기사들로 후끈 달아올

랐지만, 그와 동시에 윤 경위는 비로소 자유를 얻었다.

부모님으로부터 독립해 혼자 오피스텔을 얻어 사는 그는 모처럼 주

어진 휴일을 계기로 재정비에 돌입하기로 했다.

제일 먼저 밀린 빨랫감을 세탁기에 돌렸다. 그동안 수사본부에서 밤을 새우거나 잠시 속옷만 갈아입으러 들른 게 전부였기에 집 안은 엉망이었다. 산더미같이 쌓여 퀴퀴한 냄새를 풍겼던 배달음식 용기들도 과감하게 분리수거해 버렸다.

대충 청소를 끝마친 후에는 텅 빈 냉장고를 채우기 위해 근처 대형 마트에 들렀다. 매일같이 김밥, 샌드위치, 식어 빠진 컵라면으로 끼니를 때웠지만 오늘만은 다르다. 얼마 전 여동생이 보내온 레시피대로 생애 첫 봉골레 파스타에 도전하기로 했다. 자고로 양식은 접시 맛이라고 했다. 작은 접시 하나와 콜라 잔을 먼저 세팅한 뒤 무쇠 주물 팬을 테이블로 옮겼다. 아차차! 냄비받침! 그러다 며칠 전에 다리에 고무패킹이 빠져 버린 기억이 떠올랐다. 유일한 받침대였는데. 대충 좌우를 두리번거리다 두꺼운 책자 하나를 가져와 깔았다.

그리고 빠질 수 없는 인증샷. 찰칵.

.

.

.

항공샷으로 여러 장 찍다가 포크를 가지러 가려고 건성으로 일어서던 윤 경위. 잠시 뒤에 다시 천천히 앉아버린 이유는 느끼한 것을 좋아하지 않는다는 이유로 과하게 쏟아 부은 페페론치노 때문은 결코 아니었다. 주물 팬을 옆으로 살짝 밀어내었다. 책자 겉면에는 이렇게 쓰여 있었다.

석사학위 청구 논문

지도교수 : 지앙쯔첸

몽골 유목민족의 전쟁사 연구

复旦大学 大學院

역사학과

宣渡泳(선도영)

‘선물’받아 온 뒤 구석에 짱박아 두었던 선도영의 논문인지 뭔지 하는 물건이었다. 제기랄 오늘만큼은 일 생각 안 하려고 했는데, 차례로 펼쳐보았다. 제1장이니 제1절이니 하는 번잡한 기호와 이론적 배경이 어떻고 선행연구가 어떻고 하는 외계어를 제치고 눈에 들어오는 단어.

‘묵돌 선우’

‘묵돌 선우’에 대한 언급이 잦은 것으로 보아 인물에 대한 비중은 컸지만, 내용은 대충 봐도 전쟁 과정에 따른 흉노의 세력의 크기와 혼란과 번영에 대한 분석뿐이었다.

불어터진 파스타를 과감히 포기하고 노트북을 가져와 인터넷 검색에 돌입했다. 좀처럼 정보는 나오지 않았다. 역사 속 인물치고 대중들에게도 인기가 없는지 다루는 사극도, 언급하는 네티즌도 없었다. 검색 결과가 나오지 않을 때마다 이상하게도 심장이 두근거렸다.

윤 경위는 자문했다. 다 끝난 마당에 무엇이 알고 싶은 것인지, 알고자 하는 진실의 모양을 마주할 자신이 있는지. 그러다, 어느 웹 문서 페이지를 발견하고 서둘러 읽어 내려가기 시작했다. 그 페이지는 지금은 폐쇄되고 없지만, 어느 역사 덕후의 스토리텔링 컨셉의 블로그였다. 읽는 내내 맥박은 멋대로 귓전에서 널뛰고 있었다.

묵돌은 자기 아빠(두만)를 가장 닮은 용맹하고 씩씩한 완전 상남자!
그런데 왜 역사 속 아버지들은 하나같이 실수를 반복할까? 이성계는 조선 건국할 때 같이 뼈 빠지게 고생한 이방원 뒤통수를 치고 새 마누라에게서 본 늦둥이를 세자로 봉하질 않나. 선조는 아들 광해군한테 자격지심이 있어서 역시 어린 중전이 낳아준 영창대군을 왕위로 봉하려고 약을 치질 않나. 인조도 마찬가지지. 걘 아들을 죽였잖아? 쯧쯧. 결국 늙으면 등 긁어줄 여자가 최곤가??
묵돌의 아빠도 마찬가지였어. 그놈은 함께 전장에서 피비린내 맡아가며 싸운 묵돌보다 아직 솜털밖에 나지 않은 후궁의 자식을 더 귀여워했지. 물론 거기엔 어리고 예쁜 후궁의 입김도 작용했겠지? 안 넘어갈 남자 없다지만 그래도 내가 묵돌이라면 서운할 듯.
근데 단순히 총애가 옮겨간 정도로 끝난 게 아니야. 두만은 묵돌을 옆 나라로 내쫓아 버려. 그 옆 나라가 뭐냐? 당시에 사이가 엄청 안 좋은 적국이었어. 헐! 묵돌 입장에선 날벼락이지. 세상에 어떻게 아버지가 날 적국에 유기해?? 다른 나라도 아니고 적국에?? 뭐 이건 죽으란 거지.
두만은 뻔뻔하게 아들을 보내놓고 후궁이랑 후궁이 낳은 아들이랑 시시덕거리며 살아. 완전 어이없지. 묵돌아~ 거기서 살아남으면 용케 운이 좋은 거고, 죽는다 해도 이 애비를 원망하지 말거라~ 다 너의 팔자소관이다~ 뭐 이런 거?

얼마나 충격이 컸을까. 역시 인생은 혼자야. 어쨌든 아버지에 대한 배신감으로 똘똘 뭉친 묵돌은 와신상담의 심정으로 버티지. 근데 보통 사람이 궁지에 몰리면 초인적인 힘이 나오잖아? 묵돌이 딱 그런 케이스였어. 어느 날 갑자기! 적국 왕의 가장 날쌘 명마를 훔쳐서 달아나버린 거야! 에라이 인생 모 아니면 도다! 탈출에 성공한 거지.

그렇게 말 타고 고국으로 돌아갔어. 자 생각해봐. 어떤 일이 벌어질 것 같아? 아버지인 두만이 완전 뒤로 나자빠지고 놀란 거야. 이거 죽든 말든 니 명대로 살아라–하고 보내놨는데, 어라? 살아 돌아왔네? 와 이거 시나리오에 없던 건데! 싶은 거지. 근데 시치미 뚝 떼고 이렇게 지껄여. 아들아~ 도망 나왔구나~ 하하하 용기가 가상하다~ 사실 난 널 테스트한 거란다~ 역시 넌 흉노의 자랑스러운 용사야~ 이렇게 이빨을 까면서 선물이랍시고 1만 명의 병사를 줘. 뭐하자는 시추에이션?? 치맨가??

자~ 여기까지 이 글을 읽으신 여러분들? 혹시 두만이 뻔뻔하다고 생각되심? ㄴㄴ 멍청한 거지. 이미 아들은 칼을 갈고 왔는데 거기다 병사까지 준다?ㅋㅋ 날개를 꺾어도 시원찮을 마당에?? 아무래도 치매 맞는 듯? ㅋㅋ 날개를 달아준 건 두만의 지능이 그것밖에 안 된다는 걸 인증한 거야. ㅋㅋ

어쨌거나 말이고 나발이고, 백 퍼센트 흑화 된 묵돌은 24시간 분노의 화염을 뿜으며 그 1만 명의 병사를 훈련시켜. 자신의 말에 무조건 복종하는 무적군사로 말이야. 근데 그 방법이 완전 기발하다? 그냥 칼 쓰고 창 찌르고 이런 게 아니야.

자 지금부터 다들 집중하라고!

묵돌이 걔네들한테 그래.

자기가 활을 쏘아 맞추는 곳이 절대적 표적이니까 너희들은 자기가 쏘면 똑같이 그 표적에 쏘라고 시키는 거지. 일단 병사들은 오케이 옛썰!이지.

그래서 묵돌은 처음엔 자기가 아끼는 명마를 쏴. 지금으로 따지면 사단장이 자기 벤츠에 똥 던져놓고 자 니들도 따라서 던져라~ 이런 꼴이지ㅋㅋ 병사들이 어땠을까? 몇 명은 쏘고, 몇 명은 아 저거 또라이인가? 하고 머뭇거리다 안 쏴. 그러니까 묵돌이 그 안 쏜 놈들을 사형시켜. 와우.

자 두 번째 표적. 이번엔 묵돌이 자기 아내를 쏴. 피융! 퍽! 하고. 와 이건 진짜 잔인하다. 근데 이번에도 쏘는 병사, 안 쏘는 병사로 나뉘어. 걔네들도 패닉인 거지. 설마 이거 몰카인걸까??하고 말이야. 하지만 짤없는 묵돌은 안 쏘는 병사들을 이번에도 역시 사형시켜.

두 번이나 그 꼴을 겪은 병사들이 이제 감이 오는 거야. 와 이거 리얼이구나 하고.

자 세 번째 표적. 이번엔 묵돌이 어떻게 했게? 바로 자기 아버지 두만의 말을 쏴. 와... 완전 강심장 아냐? 말이 아버지지. 당시 흉노족 왕일 거 아냐? 그런 왕의 말을 쏘래. 한 마디로 병사들을 역적으로 만들겠다는 거잖아? 어떤 일이 벌어졌을 것 같아?? 묵돌에게 완전 세뇌된 병사들이 AI가 되어서 쏴. 다 쏴. 대박이지? 그 말은 죽었어. 당연히.

그리고 대망의 네 번째 표적. 네 번째 표적은 뭐였을 것 같아?? 맞아. 예상하고 있는 게 맞아. 비로소 묵돌은 위대한 전사, 이른바 바야투르로 거듭난 거야.

.

.

.

포스트를 모두 완독한 윤 경위는 한참 뒤, 논문 사이에 끼워진 선도영의 명함을 천천히 뜯어 보았다.

Baghatur_dy@jibo.com

뭐에 홀린 듯 어딘가로 전화를 걸기 시작했다. 그리고 떨리는 목소리로 말했다. 정면에 놓인 꺼진 TV에 비친 얼굴엔 이루 말로 설명할 수 없는 낭패감이 역력했다

– 임 총경님... 수사... 그러니까 모든 게... 처음부터 모든 게 말입니다...

5장

네 번째 표적

"상관없습니다. 커다란 것을 기다리는 사람은

　　작은 것은 얼마든지 기다릴 수 있습니다."

　　− 가브리엘 가르시아 메르케스 '아무도 대령에게 편지하지 않다' 중에서 −

56

　　사주에 물이 있으면 신변에 안 좋다던 아버지는 일이 안 풀릴 때마다 내 이름을 걸고넘어졌다. 건널 도(渡), 헤엄칠 영(泳). 두 자 모두 삼수변이 있는 건 내 탓도 죽은 엄마의 탓도 아니다. 낫 놓고 기역 자도 모르는 까막눈 주제에 아무 한자어나 갖다 붙여서 출생신고를 한 자신의 무지를 탓해야 하건만, 애석하게도 아버지는 그럴 위인이 되지 못했다. 이게 다 저렇게 낳은 친할아버지와 친할머니의 책임이 크다. 이미 죽고 없는 자식 고추 만지는 것만큼이나 부질없는 짓이 또 있을까 싶지만, 그래도 자식 교육은 뒷전이고 추접한 사랑 놀음에 심취해 신세를 망친 두 분도 저세상에서나마 각성해야 한다. 그러고 보면 인간은 죽어서도 계몽해야 할 게 많은 참 피곤한 동물이다.

어쨌거나–

어차피 나야 아버지가 죽으라면 죽는시늉도 하는 입장이지만 그래도 그렇지, 띠동갑에 배불뚝이에 밥맛없는 아저씨와 선을 보라는 건 내 인내심을 시험하는 짓이나 마찬가지였다. 아니면 내 인생을 시궁창에 처박는게 일생일대의 숙원사업이었든지. 하여간 H종금의 장남이라는 스펙 빼고는 별 볼일 없는 아저씨와의 맞선자리를 박차고 돌아온 나는 그 모든 게 하미숙의 농간이라는 것을 깨달았다.

"엄마. 그럼 누나 걔 시집가는 거야?"

"당연하지. 서른이 다 되도록 집에 기생하고 살아서 뭐하게? 먹이고 입히고 키워줬으면 이제 지 살길 찾아서 나가야지."

아버지의 근본도 없는 삼류 사주명리학도 밥맛이지만, 그 재수 없는 두 모자의 작당모의보다는 훨씬 견디기 수월했다는 것을 깨달은 순간이었다. 그 인간들은 내 인생의 걸림돌이었다. 어쩌다 저런 것들이 이 집에 굴러들어 왔을까. 이 집은 원래 엄마와 내 보금자리였는데.

초등학교 3학년 때였나. 수업 도중 복도가 온통 술렁거렸다. 무슨 연예인이라도 온 줄 알았는데, 연예인은 연예인이었다. 우리 아버지가 스폰하는 연예인. 나랑 아홉 살 차이 나는 하미숙이 내 허락도 없이 감히 자신을 나의 엄마로 소개했고, 나와 그 여자 사이에서 난처한 얼굴로 이러지도 저러지도 못하는 담임선생님의 모습을 지금까지도 잊을 수가 없다. 대체 누가 엄마라는 건지.

밤마다 하느님, 부처님 찾아가며 제발 저 여자가 우리 아버지랑 엄마 사이를 갈라놓지 말고 지구 밖으로 추방되도록 빌었지만 내가 글러먹은 인간인지 애당초 신이란 없었던 건지 그 소원은 이루어지지 않았고, 대신 신은 그 여자에게 아이까지 점 지어 줬다. 재수 없는 선초석을 말이다. 녀석이 토실토실 살이 찔 동안 우리 엄마는 날이 갈수록 야위고 시들어 갔다. 노랗게 잎까지 말라비틀어진 산세 베리아를 가정부 아줌마가 내다 버릴 때, 왜인지 나는 눈물이 났다.

"엄마, 엄마 없이 나는 어떻게 살지?"

그러자, 엄마가 말했다.

"미래가 궁금하면 과거를 보면 돼."

유언처럼 남긴 그 말은 살면서 내가 집행해야 될 일종의 목표가 되어 버렸다. 그런데 그 목표를 한국에서 이루고 싶었는데, 아버지는 나를 외국으로 보내 버렸다. 더 큰물에서 놀라는 게 이유였는데, 막상 가 보니 더 큰물이 아니라 더 큰 땅이었다. 하 그토록 광활한 대륙이라니...! 사람이란 참 신기하다. 마음 붙이면 붙이는 대로 그럭저럭 버틸 만하니까.

혈혈단신으로 떨어진 대륙에서 나는 엄마의 말대로 과거에 대해 공부했다. 중국에서 인기리에 방영되는 사극들은 보다가 중간에 그만둔 게 부지기수였다. 때가 어느 땐데, 여지껏 부와 권력을 쥔 남성의 눈에 들려고 애쓰는 가련한 여성들의 이야기를 낭만이랍시고 그려내는지. 무엇보다 여주인공들이 하나같이 하미숙을 연상케 해서 계속 보다간 구역질이 날 것 같았다. 다른 데로 눈을 돌렸다. 정의로운 협객이나 판관의 드라마도 탈락이었다. 어차피 이 세상에는 정의란 존재하지 않으니까. 그런 판타지물은 시간 낭비다.

"우리 중국에 이런 속담이 있지. 복수하고 싶은 원수가 있다면 그냥 강가에 앉아 기다려라. 그렇다면 네 원수의 시체가 강물에 떠내려 오는 것을 보게 될 것이다. 그러니까 제제(누나), 마음을 비우고 모든 미움을 내려놔. 그럼 한결 행복해 질 거야."

라는 개똥같은 소리를 하던 같은 과 동기 러청젠은 그 후로 내게 전화를 걸 때마다 착신이 되지 못한 이유를 죽을 때까지 모를 것이다. 멍청한 자식. 어느 세월에 시체가 떠내려 올 줄 알고 강둑에서 턱 받치고 앉아 있냐고. 설령 원수의 시신이 떠내려 온다고 치자. 내가 기뻐서 손뼉을 치는데, 어느 누구도 함께 손뼉을 친다? 옆에서도, 그 옆에서도, 그 옆에서도... 나한테 사무친 원한을 줄 정도의 인간이면 결코 살아온 인생이 깨끗하지는 않을 터. 나 말고도 원한 맺힌 피해자들이 많을 텐데, 그들이 떠내려 온 시신을 두고 자기들 상처에 대한 지분이라고 우긴다면? 내 지분은? 이래서 명언이 과부하 되면 인생이 피곤하다.

어떻게 과거에서 해답을 찾는담―

내 선택은 역사서였다. 다른 사람의 처음과 끝을 알 수 있는 역사는 재밌다. 슬프다. 고약하다. 웅장하다. 논어를 수십, 아니 수백 번 읽었다. 그중에서 내가 좋아하는 말이 있다. 공자 가라사대, 세상이 제대로 돌아가려면 **군군신신부부자자(君君臣臣父父子子)**라 했다. 임금은 임금답게, 신하는 신하답게, 아비는 아비답게, 자식은 자식답게. 그런데 공자가 남자여서 그런가 집구석 사정에 대한 디테일은 좀 떨어진다. 첩은 첩답게 굴어야 하는데 말이다. 그 여자는 그 사실을 자주 까먹어서 문제다.

국내 사정이 궁금해질 즈음 어느덧 나는 대학원까지 마쳤고, 지보에서 일하기에 앞서 MBA를 밟기 위해 또다시 떠났다. 이번엔 미국이었다. 그런데 여기서 잠깐!

선초석보다 내 심기를 건드리는 달갑지 않은 캐릭터에 대해 짚고 넘어가지 않을 수 없다.

"언니 안녕? 언니 90년대에 태어났다며? 그럼 20세기에 태어났네? 키키. 옛날 사람."

그렇다. 엄마 생전에 숨어 살던 하미숙은 미국에서 21세기형 새로운 재수탱이를 출시한 것이다. 경쟁자가 둘로 늘어나다니. 그러나 누가 뭐래도 지보는 내꺼다. 어디서 굴러 들어왔는지 모를 것들에게 빼앗기기엔 죽은 내 엄마의 헌신이 가엽다.

그동안 중국에서 유학을 하면서 와신상담 하는 마음으로 하루하루를 버텨왔다. 논문을 준비하며 알게 된 기원전의 묵돌과 나는 시간을 뛰어넘어 하나가 되었다. 과거 속의 그가 곧 나의 앞을 비추는 이정표가 되고, 지금의 나는 과거 속 그의 상처를 보듬어주는 위로가 되는 그런 관계. 나는 야무지면서 한편으론 사특한 묵돌의 간계에 매력을 느꼈다. 그래. 원하는 것을 얻으려면 내줄 줄도 알아야지.

그러기 위해선 그나마 타고 있던 금수저라는 조랑말에서 내려올 필요가 있었다. 그 작전은 성질에 안 맞는 JB서울호텔에 인턴사원으로 입사한 것으로 대체했다. 동료들은 알음알음 소문으로 내가 회장의 딸이라는 사실을 수런거렸다. 은연중에 잘 보이려고 애를 쓰거나 따로 나를 챙겨주는 이도 있었는데 그런 호의가 불편했다면 새빨간 거짓말이다. 솔직히 말하면 그게 내가 원했던 바였다. 이렇듯 사회생활은 일 잘 하는 사람보다 눈치가 빠른 사람과 함께 해야 편하다.

진상 손님들을 대응해가며 처참한 말단 생활을 반년 쯤 하던 어느 날이었다. 내 기도의 약발은 뒤늦게 효험을 발휘했다. 조금만 늦었어도 지원하고 있는 모든 기부를 끊어낼 생각이었는데 역시 신도 돈이 무서운 모양이었다. 진작 그렇게 할 걸 그랬네.

한낱 쿠킹호일처럼 돈으로 구겨 들어간 주제에 스탠포드에 합격했다고 파티를 주최하던 보기 민망하던 그 날의 여운이 가시기도 전에 선초석 그 자식이 대마에 손을 댄 것이다. 클럽 EDM에 심취해 대마를 흡입하는 맛이 간 얼굴이 1060p 블루레이 영상에 담겨 있는 것은 그래도 피를 반절 나눈 이복누나로서 참 안타까운 일이 아닐 수 없었다. 밤낮 잠을 이루지 못한 나는 아버지에게 내 이복남동생의 크나큰 대역죄를 용서해줄 것을 눈물로 **호소**했다. 그뿐이다. 그런데 하미숙은 왜 나를 못 잡아먹어 안달인지.

한편, 그 일로 말미암아 어느 정도의 우위를 차지한 나는 한 번 더 두터운 믿음을 확보할 필요가 있었다. 아버진 줄곧 자라온 환경이 자신으로 하여금 의심으로 똘똘 뭉친 굴곡진 삶을 살게 만들었다고 입버릇처럼 말했는데, 내가 보기엔 그냥 태생이 그렇다. 매사에 의심이 많아서 어쩌다 내가 임원 몇몇과 개인적 식사자리라도 갖게 되면, 불행히도 그것을 두고 벌써부터 세력구도를 형성하는 것이라는 망상에 빠졌다. 아버지의 그런 말도 안 되는 정신병은 급한 대로 구미에 맞는 믿음을 가져다 줄 때면 곧잘 치유가 되긴 했는데, 하여 나는 자식으로서 완치해드리기 위해 한 쪽 팔을 내어 주기로 결심했다.

2019년 가을. 조류인플루엔자가 기승을 부리면서 큰외삼촌이 목을 맨 것이다. 큰외삼촌은 엄마의 바로 위 오빠로 충북에서 만 이천 마리의 닭을 기르며 나름 지역에서는 큰 종합식품기업을 일구었다. 하지만 아버지의 강압에 못 이겨 지보식품의 제1거래처가 되었다. 즉, 모든 일감이 지보식품과 직결되는 것. 그러나 아버지는 조류인플루엔자가 터지자 보기 좋게 큰외삼촌을 내쳤다. '달면 삼키고 쓰면 뱉는다'를 몸소 실천한 셈이다. 결국 큰외삼촌은 자식같은 닭들을 살처분 하던 날 스스로 목숨을 끊었다. 항간에선 그런 말들이 떠돌아다녔다. 부인 죽이고 처남까지 죽였다고. 그러거나 말거나 아버지는 간만에 권력세계에서 최상의 포식자가 횡포를 부리는 생태계의 잔혹함에 대해 환기를 시킬 요량인지, 나에게 큰외삼촌의 장례를 주관케 했다. 잔인한 노인네. 나는 그 임무를 성공리에 해냈다. 적의 적과 손을 잡지 말 것. 적의 적이 궁지에 몰리거나 죽었을 때, 눈물을 흘리지 말 것. 그래서 적으로 하여금 방심케 할 것. 그것이 복수의 첫걸음이란 것을 누구보다 잘 알고 있었으니까. 게다가 부도만은 막기 위해 나에게 도움을 청했던 큰외삼촌의 요청을 묵살했었더라는 사실은 장례식 이후, 기획 조정팀 전무라는 인사 발령으로 이어졌다. 그로써 나의 두 번째 표적이 되어버린 가여운 큰외삼촌에게 갚아야 할 빚이 생긴 셈이다.

그로부터 일 년 뒤, 멀쩡한 집을 뜯어내어 대대적인 공사를 하겠다

는 하미숙의 설레발 탓에 나는 한동안 따로 빌라를 얻어야 했다. 그 일
은 종편방송사 뉴스프로그램에 타깃이 되기 딱 좋았다. 재벌과 결혼
후, 두문불출하는 왕년의 톱 여배우가 어떻게 떵떵거리며 살고 있는지
에 대해 국민들에게 넌지시 알려준 셈이니까. 어쨌거나 내부 인테리어
공사까지 모두 마무리되어 다시 들어가게 된 날, 내 방의 위치를 찾는
과정에서 웬 박스 하나를 발견했다. 물론 내 것은 아니었다. 남의 것이
었지만 잘 알려져 있듯이 나는 의심만큼이나 관음증까지 있는 사람이
라 한치의 망설임 없이 뒤져봤고, 선초석 그 자식의 물건이라는 걸 알
자 손길은 빨라졌다. 물론 약점 잡을 거 없나 하는 마음이었지만 예상
치도 못한 월척을 낚게 될 줄이야.

엄ㅁㅏ랑 빵을 먹엇ㄷㅣ. 맛잇ㅇ다.

엄마는 ㅇㅏ가다.

엄마는 오늘 기저기를 챳다.

어마가 아무하테도말 말 하지 말라고 햇다.

어마는 나보다 아 가다

　　이것이 선초석 그 자식이 십칠 년 전에 나를 위해 남겨놓은 월척의
내용이었다. 경악스러우면서도 환희에 찬 나는 알라딘 요술램프를 손
에 넣은 것처럼 뛸 듯이 기뻤다. 쉽게 말해서 하미숙은 초아를 낳지 않
았다. 초석이 이후로 어떤 출산을 한 적도 없다는 것. 그 말은 초아가
아버지의 핏줄도 하미숙의 핏줄도 뭣도 아닌 완전한 남이라는 것이었

다. 그 후로, 초아를 바라보는 내 눈빛은 달라졌다. 나만큼이나, 아니 나보다 더 팔자가 기구한 아이. 출처 불분명한 삶을 살면서 이용만 당하다 언제고 팽 당할지도 모르는 아이. 아무것도 모르는 선초아는 돌연 태도가 바뀐 나더러 무섭다고 했지만, 아직 머리에 피가 안 말라서 그런지 진짜 무서운 걸 모르는 듯했다. 그나마 한때 가족사진에 함께 섰던 인연도 인연이거니와 험난한 세상을 어찌 살아갈지 알려줄 필요가 있다고 느꼈다.

아버지는 걸핏하면 재산을 두고 자식들에게 흥정을 했다. 어떤 날은 누구에게 다 주겠다- 또 어떤 날은 누구에게 다 주겠다- 이도 저도 아니면 국물도 없이 싹 다 사회에 환원하겠다-자식들을 경쟁하게 만들고 이간질 시킨 것에 대한 불만은 없다. 익숙해졌으니까. 단지 불만이라면 정말 정신이 어떻게 되어서 하미숙이 낳은 자식들에게 다 줄까봐 두려웠다. 내 몫이 줄어드는 것에 대한 두려움만큼 숨 막히는 것도 없다.

엄마가 죽고 의지할 데가 없던 나를 배신했던 것처럼, 나 역시 아버지를 배신하기로 했다. 아버지의 믿음과 환상을 모두 깨부수기로 한 것. 내가 그 박스를 우연히 본 것처럼, 아버지의 서재에 가져다 놓았고 예상보다 반응은 빨랐다. 밥상머리에서 아버지는 대뜸 하미숙에게 초아의 태몽을 물어보고, 초아 가졌을 때 입덧은 어땠냐며 일찌감치 한국으로 불러 챙겨주지 못해 미안하다고 등등 어울리지도 않는 헛소리를 늘어놓았다. 그때마다 당혹감을 감추지 못하면서도 구렁이처럼 억지로 넘어가는 하미숙을 보며 웃음을 참다가 내 방에 돌아와서야 옆구리가 걸리도록 실컷 웃어 재낄 수 있었다.

이제 고지가 보였다. 아버지는 하미숙이 전 연인이었던 배우 조모현과 종종 만남을 갖고 있다는 것을 알아냈는데, 그런걸 보면 역시 나는 아버지를 따라가려면 한참 멀었다. 급기야 초석이의 출생까지 의심하게 됐으니까. '의심'이란 건 이래서 무섭다. 한 번 품으면 걷잡을 수 없이 커지는 **마음의 악성 종양.** 게다가 늙을수록 그 자라나는 속도는 더 빨라진다. 하루가 다르게 아버지의 얼굴과 목에 전염되듯 퍼지는 쥐젖과 검버섯처럼 말이다. 아... 슬펐다. 그런 면에서 아버지는 돌아가신 당신의 양부를 닮았다. 쿠니토모라는 일본인이 품었던 자신의 아내에 대한 끊임없는 의심은 결국 파멸을 가져왔다. 아버지도 곧 파멸에 이를 것이라는 생각에 내 마음은 여간 쓰린 게 아니었다.

하지만 결정적인 한 방이 부족했다. 어쭙잖은 농간을 부렸지만 하미숙은 여전히 건재했고, 선초석 자식은 오만방자했으며, 아버지는 그것들을 쫓아낼 기미도 보이지 않았고, 난 여전히 전무 따위에 지나지 않았으니까. 좀 더 강력한 공격이 필요했다.

"엄마. 그럼 누나 걔 시집가는 거야?"

"당연하지. 서른이 다 되도록 집에 기생하고 살아서 뭐하게? 먹이고 입히고 키워줬으면 이제 지 살길 찾아서 나가야지."

그래. 그동안 너무 많이 봐줬다. 한 집에서 숨죽이듯 살면서 서로 보이지 않는 힘겨루기를 해온 그 여자와 나였다. 휴전? 그래 휴전이라고 해야 맞다. 하지만 보이지 않는 그 절묘한 균형이 깨진 건 나를 '결혼'이라는 수단으로 집에서 쫓아내려는 계략을 들켜버린 하미숙의 근본도 없는 도발 때문이다. 휴전의 끝은 종전이 아니라, 승전이다.

주방 곁에서 모자의 쑥덕대는 소리를 계속 듣고 있자니 살인이라도 날 것 같은 나는 그 길로 집을 빠져나왔다. 하미숙, 선초석. 어떻게 하면 저 두 모자를 개박살을 내 버릴 수 있을까. 어떻게 하면 지보를 온전히 내 수중에 넣고, 불쌍한 엄마와 큰외삼촌의 억울함을 풀어줄까.

길게 뻗은 정원을 지나쳐 돌계단을 내려가던 그때였다. 저만치서 외출했다가 돌아오는 유 집사가 보였다. 어디 가냐는 물음에도 지나치려는 나는 문득 걸음을 멈추고 물었다. 유 집사의 뒤에 웬 낯선 여자 하나가 따라오고 있었기 때문이다.

"작은삼촌."

"유 집사라고 부르라고 몇 번 말해? 그건 우리끼리 있을 때만!"

"내가 내 집에서도 눈치 보고 살아야겠어?!"

"아직은 네 집 아니야."

"뭐?"

"네 집이 될 집이지. 너 하기에 따라."

"삼촌도 나 무시하는 거야?"

고개를 절레 저으며 한숨 쉬는 삼촌. 나는 삼촌 옆에서 꿔다 놓은 보릿자루처럼 서 있는 여자를 눈짓으로 가리키며 물었다.

"뭐야?"

"가정부. 오늘부터 새로 들어온 여자."

"전에 있던 아줌마는?"

어차피 관심도 없었지만, 물으니까 돌아온 대답이 가관이었다. 전에 일하던 아줌마는 도벽이 있는데다 집안 내부의 시시콜콜한 이야기를 삼류 일간지 기자에게 떠벌리다가 해고됐다는 것. 그래서 이번엔 한국에 연고도 없고 가족도 없는 혈혈단신의 탈북민을 고용했다는 것이다.

"안녕하심까."

왼쪽 이마에서 시작된 일자 흉터는 대각선 방향인 오른쪽 턱까지 이어져 있었다. 이름은 우향란. 하지만 그녀도 머지않아 해고 위기에 처하게 됐다. 음식 간도 제대로 맞추지 못할뿐더러, 툭하면 실수 연발에 흉터는 볼 때마다 불편했고, 말투도 어쩐지 듣기 싫은 이북 억양이었기 때문이다. 아버지는 드러내놓고 그녀를 빨갱이라 모독했고, 하미숙 모자는 낄낄대며 퇴직을 종용했다. 그녀는 돌연 무릎을 꿇고 울며 빌었다.

"다신 같은 실수 안 할 테니 한 번만... 한 번만 기회를 주시라요! 이 한목숨 다 바치겠슴다!"

모든지 대업은 사소한 일에서 출발한다. 그녀가 그토록 갈구한 '기회'를 아버지와 하미숙은 빈 깡통처럼 차버렸지만, 나는 단숨에 쟁취했기 때문이다.

"아줌마, 정말 일하고 싶어?"

"예! 뭐든지 다 할 수 있슴다!"

"뭐든지?"

참 신기한 일이다. 자식을 위해 목숨까지 바치다니. 전혀 새로운 외계 행성에서 온 듯한 그 여자에게 내가 제안했다.

"아줌마 아들이 평생 한국에서 호의호식하면서 살 수 있게 해줄게."

"기, 기게 참말임까?"

"단, 조건이 있어. 목숨 바칠 각오로 내가 시키는 일 좀 해줘야겠어. 여기서 이런 부엌데기 말고."

참 재밌는 여자라고 느낀 건, 내가 계획한 내용을 지시했을 때 눈 하나 깜짝하지 않았다는 사실이다. 이제와 말하는 건데, 오히려 일에 흥미를 느끼며 적극적이었던 우향란 그 여자도 참 징그러운 여자였다. 어쨌든 우린 한 패다. 그리고 맞선자리에서 퇴짜 놓고 왔던 H종금의 장남이 알고 보니 이혼 경력까지 있었다는 사실을 뒤늦게 안 다음에는 이미 내 손에 활이 쥐어진 다음이었다. 그리고 피의 과녁을 향해 활시위를 당기게 만든 건 나의 앙큼한 파트너, 눈물겨운 동지, 초아였다.

"나는 미운 오리새끼야."

아버지의 마음을 붙잡고 의심을 떨치기 위해 고아원에서 훔쳐온 아이. 그래서 정도 없고 마음도 없이 될 대로 되라며 기른 탓에 삐딱해질 대로 삐딱해진 아이. 하지만 역시 사람 속은 모를 일이다. 그 아이는 일찌감치 자신이 아버지의 핏줄이 아니라는 사실을 알아차렸다.

"몇 년 전에 미국 테네시에서 일어난 사고 말이야."

하고 운을 뗀 초아는 모두 기억나는 건 아니지만, 단편적인 부분은 선명한 풍경으로 남아 있다고 했다.

"차가 앞을 향해 달려올 때 운전자 얼굴 있잖아. 지금 생각해보면 누구랑 좀 닮은 것 같기도 해."

"누군데?"

"그러니까 그게..."

조모현

하미숙은 그게 문제다. 부메랑을 던진 폼은 좋았으나, 멍청하게 그 자리에 그대로 서서 피해야 될 이유도 시기도 모른다는 것. 이래서 미인은 박명이 아니라 무식이다. 아버지와 살림을 합치기 전에 사귀었던 전 연인 가수 출신의 배우 조모현은 그즈음 패션 관련 신규 사업을 시작했는데, 사외 등기로 하미숙이 올라가 있는 건 참 재밌는 사실이 아닐 수 없었다.

"우리 이제 한배를 탄 거네 언니?"

"아마도?"

"아마도라니? 무슨 말이 그래? 서운하게?"

"아직은 구명정이란 얘기야. 크루즈를 탈지는 너 하기에 달렸어."

연예인, 돈, 여행, 노는 거에 미쳐 있는 상처 많은 십 대 여자아이를 구워삶기란 생각보다 단순하다.

팟! 하고 능숙하게 라이터를 켜자 폐부까지 제대로 찍고 온 듯한 연기가 흡사 너구리 굴처럼 초아의 양쪽 콧구멍을 통해 일직선으로 곧게 뻗어 나왔다.

"언니도 필래? 말보루 라이트."

"아니. 냄새나니까 입 닫고 내 말이나 들어. 네가 원하는 대로 성년이 되는 즉시 나가서 살 수 있도록 집은 마련해 줄 거야. 생활비도 내가 책임지고. 갖고 싶은 거, 하고 싶은 거 다 원 없이 지원해 줄 수 있어. 평

생 넌 돈 걱정 안 해도 돼. 그러기 위해선 내가 시키는 대로 해야겠지?"

"얼마든지. 저 늙은 여우만 안 볼 수 있다면."

그때의 느낌이란 참. 초아가 내 친동생이 아니어서 다행이라는 생각이 들었다. 만일 한 배에서 난 친동생이었다면, 난 절대 작전을 진행시키지 못 했을 테니까. 어쨌거나 얼빠진 모자를 내쫓고 지보가 통째로 내 손안에 들어오는데, 겨우 바라는 게 오피스텔에 해외여행 무제한이라니. 하늘이 내게 주신 복덩어리.

한편, 가정부 우향란은 작전에 큰 역할을 맡은 데다 자칫하면 목숨이 위험할 수도 있었기 때문에 그녀에겐 거액을 제시했다. 아무래도 업무 강도가 다르니까.

오십억

시총 400조를 돌파한 지보가 내 품에 들어오는데 그쯤이야.

북에서 데려온 아들과 함께 누릴 행복으로 가득한 미래를 보장하자 우향란은 누구보다 이 작전에 열심이었다. 그리고 유 집사, 그러니까 작은삼촌의 주선으로 우리는 이 미끼를 물 조연들을 구했고, 그 첫 캐스팅이 바로 장강식이었다. 일본 신오쿠보에 위치한 한국인이 운영하는 한식당에서 거래는 이루어졌다. 청송교도소에서 출소한 후에 불법 심부름센터를 운영 중이라며 명함을 내밀었지만 받지는 않았다. 그 대신 돈만 주면 정말 다 할 수 있겠느냐는 내 물음에 그 인간이 씨익 웃으며 대답했다.

"아 당연합죠. 보수만 확실히 챙겨주시면."

그의 앞니에 낀 순댓국 참깨 찌꺼기가 보였지만 괜히 혐오스러운 눈빛을 들켜 분위기를 망치는 걸 피하기 위해 그 인간 너머의 뛰노는 아이들에게 시선을 던지며 이어서 말했다.

"나머지 멤버는 알아서 구하시죠. 믿을 만한 사람들로."

"끌끌끌... 규방에서 귀하게 자라셨구나? 사기꾼한테 믿음을 바라면 안 되는데... 끌끌..."

그러자, 유 집사가 단숨에 목덜미를 움켜쥐고 제압하자 금세 벌게 진 얼굴로 이거 놓으라며 항복 제스처를 취했다.

"건방진 녀석."

"노, 농담입니다, 농담! 거 농담도 못 하우?! 켁!"

만에 하나 계획을 어그러뜨린다면 그땐 그만한 대가를 치러야 한다 는 것까지 전달한 뒤, 한국으로 돌아온 어느 날이었다. 내 방에 숨어 들 어와 전화통화 내용을 엿들은 고모는 버럭 역정을 냈다.

"긴데 와 넘의 생목심가꼬 장난질을 하는데? 도영아! 니 옴마 요즈막엔 와 안 보이노?"

내 엄마만큼이나 불쌍한 고모. 그러나 지금은 아무런 도움도 되지 않는 골칫덩이 치매 노인.

어떤 의심도 사지 않기 위해 작전은 우향란이 퇴사 후에 이뤄졌다. 물론 그 전에 의심을 받지 않기 위해 새로 올 아주머니에게 인수인계까 지 철저히 한 것은 잘한 일이다. 물론 어느 정도 금전이 오가기도 했다. 그리고 사건을 만들어 내는 공백 동안에 나는 최대한 자연스러움을 연 출하기 위해 여행을 다녀왔고, 막 돌아왔을 때 대망의 디데이가 코앞까 지 다가온 상태였다. 우향란이 그만둔 자리에 새로 들어온 가정부는 초아의 등교 뒤를 쫓으며 루트를 알렸고, 그 뒤로 작전은 경찰이 수사한 대로 진행되었다.

곧 퇴임을 앞둔 수도고속도로의 대표이사를 사전에 포섭하여 장차 지보의 사내이사회에 자리 하나를 약속했다. 우천현상을 핑계로 CCTV 녹화분을 삭제할 것 등을 요구한 것은 유 집사의 머리에서 나온 것이다. 종종 느끼는 거지만, 굳이 신이 내 편이 아니어도 좋다. 제대로 된 사람만 내 편이라면 인생은 그럭저럭 살 만하다.

가장 중요한 것은 공간이다. 스포츠 경기에서 홈경기와 원정경기의 차이는 실로 어마어마하다. 인생도 마찬가지. 나는 최대한 지보그룹의 영토 안에서 일을 진행하길 원했다. 내부인으로서 사정에 밝다는 장점도 있지만, 설령 나중에 그것이 문제가 된다 하더라도 어차피 나 이외의 다른 지보 사람들이 뒤집어쓰면 그만이니까. 그래서 피 한 방울 섞이지 않은 할아버지가 옛날에 운영하던 공장 시바우라, 그리고 JB센트럴빌리지 공사현장 등을 십분 활용했다. 물론 경찰이 나까지 용의선상에 올릴 것은 자명하다. **하지만 누가 봐도 뻔한 범인은 절대 범인이 아니다—** 라고 그들은 스스로 덫에 걸릴 것이다.

그.런.데.

작전 중 한 가지 예기치 못한 일이 생겼다. 바로 미끼를 문 조연배우들의 오버액션이 그것이었다. 당초의 목적은 돈이나 뜯어낼 심산이었는데, 차츰 시간이 흐르면서 해묵은 악감정이 떠오른 건지 자기네들끼리 잡음이 일었다. 어쨌거나 내 작전에만 불똥을 튀기지만 않으면 됐는데... 이게 웬걸? 장강식 그 양아치가 딴 맘을 품은 것이다. 총 오십억

중, 선금으로 건넨 돈 몇 푼을 보자 눈이 휘까닥 한 거지. 그 일은 뼈저린 후회를 남겼다. 양아치들에겐 손도 흔들어 주는 게 아니었는데... 이래서 배움에는 끝이 없다는 말도 있나 봐. 놈의 컨테이너 사무실 근처에 다다른 유 집사에게서 전화가 왔다.

"우리 아가씨. 결정을 하셔야겠는데? 어떻게 처리할까?"

"아버진 옛날에 어떻게 처리했대?"

"네 아버진 전공이 질식사."

"좋아. 우리도 그렇게 하자."

"알았어. 역시 그 아비에 그 딸이군."

물론, 아버지가 의붓아버지도 매형도 죽였다는 증거는 없다. 다만, 나는 경찰들이 내가 아닌 아버지를 의심하게 만들기 위해 덫을 놓았을 뿐이다. 다시 말하지만 의심이라는 건 한 번 품으면 걷잡을 수 없이 커지는 마음의 악성 종양이니까. 경찰들 스스로의 마음에 퍼지게 둔 것이다. 나중에 이 사실을 아버지가 알게 된다 하더라도 서운해 할 이유가 없다. 어차피 대업을 위해 방해가 되는 잔챙이들은 일찌감치 싹을 잘라야 된다고 입버릇처럼 말하곤 했고 난 그것을 그저 답습했을 뿐이니까. 그래도 내가 양심이 아주 없지는 않다. 죽은 내 엄마를 닮아서 어느 정도 은혜는 갚을 줄 아는 동물이란 얘기다. 놈을 해치우기로 결심한 뒤, 나는 그래도 아버지에게 키워준 은혜를 갚아야겠다고 생각했다. 언제부터였는지는 모르지만 아버진 결국 초아가 친딸이 아니라는 것은 물론이고 하미숙의 외도까지 알고 계셨다. 불쌍한 아버지. 후처를 골라도 그런 걸 고르다니. 초아의 납치 사건이 날을 넘길수록 어쩐지 시큰둥한 반응을 보이는 아버지에게 나는 효도를 하기로 했다.

그날은 결전의 날이었다.

"데려올 머스마라도 쌩깄나?"

"바로 말씀드릴게요. 회사 저 주세요, 아버지."

"그람 니넌 낸테 뭘 줄긴데?"

"……"

"니 여태 중국에 핵교 다님서 뭐 배웠노? 하나를 얻음 하나를 내줘야 한다, 이런 것도 안 갈치드나?"

"……"

"남의 걸 눈독 들이믄 탈 나기 마련이데이."

"아버지한테 제가 남인가요?"

"<u>ㅎㅎㅎ</u>…"

"진짜 남은 걔들이죠."

기물을 내려놓고 아버지가 물었다. 나를 꿰뚫어 보려는 듯 쏘아보고 있었지만, 그 눈빛을 내가 모를까봐? 어릴 때부터 늘 받아온 눈빛이었다. 상대가 아군인지 적군인지 가늠하려는 그것.

"문 소릴 하고 싶은 기고?"

"앓던 이요. 제가 빼드릴게요."

"머어?"

"초아 말이에요. 되찾아 오기 껄끄러우시잖아요?"

그러자 아버지는 바로 대답하는 대신 입가를 약하게 누그러뜨렸다. 역시, 하고 나는 생각했다.

"원치 않으시면 저에게 맡겨 주세요."

"니 존 수라도 있나?"

"초아 제가 데리고 있어요, 아버지."

"머, 머...? 도영이 니..."

이번엔 정말 놀라는 눈치였다. 아버지가 말을 삼키는 사이 나는 속 사포로 풀어냈다.

"먼저 제 계획대로 움직여 주세요. 하미숙을 움직여서 이혼서류부터 제출해주세요. 그건 원 변호사님 정도라면 최대한 당길 수 있잖아요? 하지만 초아가 미성년자기 때문에 못해도 두 달 정도 걸릴 거예요. 물론 그 전에 하미숙 마음이 변할 수도 있죠. 지금 누리고 있는 것들 놓치기 아까운 것들이잖아요? 그때 하미숙 입을 틀어막으세요."

"우째 틀어 막노?"

"유전자 검사요."

"유전자 검사?"

"네. 초아가 시신으로 발견될 수도 있어요. 물론 확실히 정해진 건 아니고, 만에 하나 하미숙이 이혼 서류에 사인하지 못하겠다고 버티게 되면 말이에요. 물론 설령 그렇다 하더라도 그건 가짜예요. 안심하세요. 초아가 하미숙한테 있으나 마나한 존재긴 하지만, 세간의 이목을 의식해서라도 자지러지듯 슬픔에 빠진 연기를 할 테죠. 경찰에서는 망가진 시신이 정말 초아가 맞는지 유전자를 대조하자고 할 거예요. 당연히 하미숙은 어떻게든 이리저리 피할테고요. 아버진 최대한 그 시간을 끌어 주세요. 그리고 때가 되면 자연스레 이혼이 될 테고요. 위자료는 한 푼도 안 주셔도 됩니다. 하미숙이 유책 배우자니까요. 자, 아버지. 체크 메이트입니다."

나의 효도도 딱 거기까지다. 집무실을 나오면서 밖에 대기하고 있던 원 변호사에게 말했다.

"아드님 자산관리 횡령 관련한 형사고발 건은 힘 좀 써 볼게요."

"감사합니다, 아가씨!"

"지보를 위해서 삼십 년이나 애써주셨는데 당연하죠. 아버지가 신경 못 썼다고 너무 서운해 마세요."

"아닙니다, 아가씨. 이 은혜를 어떻게..."

나는 장강식의 번호가 적힌 종이를 넘기며 말했다.

"오늘내일 이틀 동안 이 번호로 전화 걸어 주세요. 단, 아버지가 집무실에 안 계실 때요. 하실 수 있겠죠?"

"물론입니다!"

아버지와 나의 결정적인 차이점은 여기서 드러난다. 아버지가 사람을 버리면 난 곧잘 줍곤 했다. 초아, 우향란, 그리고 원 변호사까지. 누누이 말하지만 고전에 답이 있다. 한고조 유방이 나라를 세운 것도 그가 특출나서가 아니다. 단지, 사람 귀한 줄 알았기 때문이지.

구속영장 실질검사를 위해 서울구치소에 수감된 아버지를 뵈러 간 날. 나는 눈물이 앞을 가렸다. 수용복 차림이라니! 접견의 자리에서 아버지는 지보그룹의 쟁쟁한 법무팀 식구들을 대동해 올 것이라고 예상했는지 홀로 앉은 나를 보자 실망을 금치 못했다. 아버진 야무지게 앙상한 팔을 흔들어가며 자신 있게 명령을 내렸다.

"퍼뜩 원 변호사 데려오그라. 내 아주 층장 금마 본때를 보여줄끼다."

세상에나! 아버지는 주제 파악도 못 하고 큰일 날 소리를 하셨다. 고모처럼 치매라도 걸린 걸까. 적의 대가릴 잡았으면 바로 박살을 내버리라고 가르쳐놓곤, 나더러 당신을 꺼내 달라니. 아 혹시 또 모르지. 아버지가 내 엄마 장례식장에 와서 상주라도 서줬더라면 말이다. 그 여자와 절을 하고 향을 꽂고 육개장까지 한 그릇 다 비우고 골프 약속이 있다며 서둘러 간 건 지금 생각해도 참 시트콤이 아닐 수 없었다. 안 그래도 면회가 지루하던 찰나에 뒤에서 원 변호사가 귓속말로 전했다.

"한 시간 뒤, 주주총회가 열립니다."

나는 자리에 일어나기 전에 가방에서 오크나무 원목으로 잘 깎아 만든 '킹' 기물을 대리석 상판 위에 올려 두었다. 유리창 너머 아버지의 멍한 시선이 거기에 맺혔다. 맨 위의 십자관 장식이 부러져 목이 꺾인 기물이었다.

자— 내 쪽에서 상정한 모든 안건이 통과되면, 내일은 또 다른 해가 뜰 것이다.

COOKIE

OO인력소개소라는 허름한 간판이 내걸린 저층 건물.

점심시간이 지난 오후의 사무실에는 가을 햇살이 블라인드를 통과해 나른하게 비추고 있었다. 거기다 가습기에서 폴폴 흘러나오는 수증기까지 보태자 다들 약에 취한 듯 느슨한 분위기다. 여직원 둘에 남직원 하나. 한 사람은 보고서 화면에 엉망으로 아무 글씨나 써 내려가고, 또 한 사람은 쇼핑몰 장바구니를 사뭇 진지한 눈빛으로 점검하고, 다른 한 사람은 몸을 의자 깊숙이 묻고 누군가와 열심히 메시지를 주고받는 등 퇴근 시간을 재촉하며 따분한 시간을 죽이고 있다. 오너가 자릴 비운 사무실에선 흔히 볼 수 있는 풍경.

끼이익-

그때, 녹슨 철문을 천천히 열고 삐쭉 얼굴을 내미는 방문객 하나. 동시에 직원들이 무미건조한 눈으로 소리가 나는 쪽을 본다. 천천히 모습을 드러내는 그 정체는 카바레에서 춤을 추다 온 것만 같은 과한 반짝이가 달린 옷차림의 촌스러운 아줌마. 공단에서 멀지 않은 시장통에 위치한 데다 방문객들의 평균 연령대가 50대 초반인 점을 감안한다면 놀라운 비주얼도 아니다.

"어떻게 오셨어요?"

전혀 반가울 리 없는 경리가 의례상 묻자 아줌마가 대답했다.

"으흐흐흥. 나 일 좀 구할까 하는데."

하면서 아직 앉으란 말도 안 했는데, 자연스럽게 들어와 사무실 중앙에 놓인 상석에 철퍼덕 하고 몸을 묻는다. 까딱까딱 리듬 타듯 흔드는 손가락. 사무실 내부를 싹 스캔하는 눈빛. 나이는 사십 전후쯤 되었을까? 뭐라도 시켜만 주십시오- 라고 얼굴에 쓰여 있는 흔히 볼 수 있는 구직을 희망하는 중년 여성이었다. 다만 특별한 점이 있다면 작지만 통통한 체격에 야무진 눈빛. 넘치는 의욕 이상으로 반짝 반짝 빛이 났다.

"여기에 이력서 쓰시면 되고요. 다 쓰시면 말씀해 주세요."

잔뜩 뽑아 넣은 아웃소싱 제공 이력서를 두 장 전해주고는 제자리로 돌아간 경리는 도로 스마트폰을 만지작거리며 키득거린다.

대강 삼십 분쯤 흘렀을까? 생각보다 시간이 다소 길어지자 지루함을 이기지 못한 경리가 먼저 다가가서 묻는다.

"다 쓰셨어요?"

"예예, 그럼요. 그럼요. 다 써가요. 이제 됐다."

이력서를 훑어본 경리가 별 뜻 없이 고개를 주억이며 보더니, 어떤 부분에서 놀라움을 감추지 못했다.

"어머, 최근에는 지보그룹에서도 잠깐 일하셨네요?"

"그럼요."

이제 알아보는구나, 어깨가 으쓱해진 아줌마가 다리를 꼬고 앉는다.

"아... 그 지보그룹 맞죠? 그?"

"아휴— 그렇대도. 우리나라 일등 기업 지보그룹. 모르는 사람도 있나?"

"오오... 그런데 그만두신 이유가 있으세요?"

그러자 아줌마는 몸을 앞으로 기울이더니 누가 들을세라 목소리를 낮춘다.

"거기 회장님이 얼마 전에 감옥에 들어갔잖아요. 이거 말이야, 이거."

그러면서 쇠고랑을 묘사하듯 두 손목을 엇갈려 흔들어댄다.

"아아, 맞아요. 뉴스에서 봤어요. 근데 왜 그만두셨어요?"

"나더러 그렇게— 더 일해 달라고 세상세상 붙잡았는데 으휴. 기자들이며 경찰들이며 하도 들들 볶아서 나 그거 귀찮아서 관뒀지 뭐에요."

그러면서, 덧붙여 속삭이기를

"그 집 아들래미도 싸가지가 바가지고."

"역시 대기업이라서 그런지 월급도 세셨네요. 이만한 일자리가 없을 수도 있는데 괜찮으시겠어요?"

"아유 말이라고. 괜찮아, 괜찮아."

"희망 근무지역은 같은 구면 다 된다는 거죠?"

"그럼요! 아 그리고요! 나 장점이 있는데 그걸 못 썼네? 입이 아주 무겁다는 거. 아주 누구보다 근면성실하고. 으흐흐흥. 고것도 좀 참고해서 잘 좀 해줘 아가씨."

"그럴게요. 조만간 연락드리도록 하겠습니다."

이게 끝인가 싶어 아줌마는 잠시 경리를 물끄러미 보더니 눈이 마주치자 어색하게 웃으며 손뼉을 쳤다. 그리고 주위를 둘러보다가 정수기로 직행한다. 요즘 것들은 싸가지가 없어, 손님한테 차 한 잔 안 내주고. 그러면서 믹스커피를 하나, 아니 여기까지 온 버스비 본전을 뽑아야 하니 두 개를 흔들어 털더니 스틱 째로 휘휘 젓는다. 칸막이 너머로 혐오스러운 눈빛을 주고받는 직원들의 상황을 눈치채지 못한 채, 쩝쩝 입맛을 다시더니 그 뜨거운 것을 후루룩 소리 내며 마신다. 그런 후, 마치 갤러리에 온 듯이 한 손에 종이컵을 든 채로 우아하게 걸으며 둘러보더니 문을 나선다.

그때 경리가 외쳤다.

"실례지만 성함이 어떻게 되세요? 한자로 써주셔서..."

"못 살겠네, 증말. 한자 못 읽어요?"

아줌마는 아까와 달리 억척스럽게 남은 커피를 단숨에 털더니 종이컵을 한 손에 꽉 찌그러뜨렸다. 그리고 우쭐대며 말했다.

"계수나무 계, 길 장, 이을 련."